人民共和國文化與文學叢書

五 編

李 怡 主編

第 9 冊

新世紀文學論稿
——文學思潮（上）

孟繁華 著

花木蘭文化事業有限公司

國家圖書館出版品預行編目資料

新世紀文學論稿——文學思潮（上）／孟繁華 著 — 初版 — 新
北市：花木蘭文化事業有限公司，2017〔民106〕
目 4+204 面；19×26 公分
（人民共和國文化與文學叢書 五編：第 9 冊）
ISBN 978-986-485-080-8（精裝）
1. 中國文學 2. 文學評論
820.8   106013284

特邀編委（以姓氏筆畫為序）：

ISBN-978-986-485-080-8

吳義勤　孟繁華　張　檸
張志忠　張清華　陳思和
陳曉明　程光煒　劉福春
（臺灣）宋如珊
（日本）岩佐昌暲
（新西蘭）王一燕
（澳大利亞）鄭　怡

9 789864 850808

人民共和國文化與文學叢書
五 編 第 九 冊　　　　　ISBN：978-986-485-080-8

新世紀文學論稿——文學思潮（上）

作　　者　孟繁華
主　　編　李 怡
企　　劃　北京師範大學民國歷史文化與文學研究中心
　　　　　四川大學現代中國文化與文學研究中心
總 編 輯　杜潔祥
副總編輯　楊嘉樂
編　　輯　許郁翎、王 筑　美術編輯　陳逸婷
印　　刷　普羅文化出版廣告事業
出　　版　花木蘭文化事業有限公司
社　　長　高小娟
聯絡地址　235 新北市中和區中安街七二號十三樓
　　　　　電話：02-2923-1455／傳真：02-2923-1452
網　　址　http://www.huamulan.tw 信箱 hml810518@gmail.com
初　　版　2017 年 9 月
全書字數　362552 字
定　　價　五編30 冊（精裝）台幣56,000 元　　　版權所有・請勿翻印

新世紀文學論稿
——文學思潮（上）

孟繁華　著

作者簡介

　　孟繁華：祖籍山東，1951 年 9 月生於吉林省敦化市。現爲瀋陽師範大學特聘教授、中國文化與文學研究所所長；中國人民大學、吉林大學博士生導師，中國當代文學研究會副會長，北京文藝批評家協會副主席，遼寧作協副主席，《文學評論》編委等。曾任中國社會科學院文學研究所研究員、博士生導師，當代文學研究室主任。

　　著有《眾神狂歡》、《1978：激情歲月》、《夢幻與宿命》、《中國 20 世紀文藝學學術史》(第三卷)、《傳媒與文化領導權》、《中國當代文學發展史》(與人合著)、《想像的盛宴》、《游牧的文學時代》、《堅韌的敘事》、《文化批評與知識左翼》、《文學革命終結之後》等 20 餘部。主編文學書籍 80 餘種，在《中國社會科學》、《文學評論》、《文藝研究》等國內外重要刊物發表論文 400 餘篇，部分著作譯爲英文、日文、韓國文等，百餘篇文章被《新華文摘》等轉載、選編、收錄；2014 年獲第六屆魯迅文學獎文學理論評論獎、2012 年獲華語文學傳媒大獎‧年度批評家獎，多次獲中國社會科學院優秀理論成果獎、中國文聯優秀理論批評獎等。

提　　要

　　《新世紀文學論稿──文學思潮》，是著名評論家孟繁華研究、評價新世紀文學思潮的文集。多年來，孟繁華一直站在文學批評前沿，密切關注當下文學思潮的變化與發展，對諸多切近的文學現象和潮流做出了批評和判斷。因此，這是一部特別具有現場感的文學研究文集。作爲資深的文學批評家，孟繁華的文學批評敏銳而流暢，氣象磅礡而不流於空疏。被批評界認爲：「研究背景清晰、視野寬闊、情懷沛然而正大，他對文學的熱忱真摯、堅定，對學術理想的守護亦不容置疑。他對新問題的敏感，對新作家的關切，他的史論意識與雄辯文風，他的尖銳與寬容、嚴肅與戲謔，都蘊含在心性可見、題材駁雜的論析之中。他對文學與政治、歷史與敘事、傳統與革命、學術人格與批評風習等一系列問題的重視，使批評這種易逝的文體開始分享有重量的話題，並在當下的學術格局中找尋到了別的文體所不可替代的位置。」

當代的意識與現代的質地——
《人民共和國文化與文學叢書》第五編引言

李　怡

　　我們對當代批評有一個理所當然的期待：當代意識。甚至這個需要已經流行開來，成爲其他時期文學研究的一個追求目標：民國時期的文學乃至古代文學都不斷聲稱要體現「當代意識」。

　　這沒有問題。但是當代意識究竟是什麼？有時候卻含混不清。比如，當代意識是對當代特徵的維護和強調嗎？是不是應該體現出對當代歷史與當代生存方式本身的反省和批判？前些年德國漢學家顧彬對中國當代文學的批評引發了中國批評家的不滿——中國當代文學怎麼能夠被稱作「垃圾」呢？怎麼能夠用作家是否熟悉外語作爲文學才能的衡量標準呢？

　　顧彬的論證似乎有它不夠周全之處，尤其經過媒體的渲染與刻意擴大之後，本來的意義不大能夠看清楚了。但是，批評家們的自我辯護卻有更多值得懷疑之處——顧彬說現代文學是五糧液，當代文學是二鍋頭，我們的當代學者不以爲然，竭力證明當代文學已經發酵成爲五糧液了！其實，引起顧彬批評的重要緣由他說得很清楚：一大批當代作家「爲錢寫作」，利欲薰心。有時候，爭奪名分比創作更重要，有時候，在沒有任何作品的時候已經構思如何進入文學史了！我們不妨想一想，顧彬所論是不是大家心知肚明的事實呢？

　　不僅當代創作界存在嚴重的問題，我們當代評論界的「紅包批評」也已然是公開的事實。當代文學創作已經被各級組織納入到行政目標之中，以雄厚的資本保駕護航，向魯迅文學獎、茅盾文學獎發起一輪又一輪的衝鋒，各

級組織攜帶大筆資金到北京、上海，與中國作協、中國文聯合辦「作品研討會」，批評家魚貫入場，首先簽到，領取數量可觀的車馬費，忙碌不堪的批評家甚至已經來不及看完作品，聲稱太忙，在出租車上翻了翻書，然後盛讚封面設計就很好，作品的取名也相當棒！

當代造成這樣的局面都與我們的怯弱和欲望有關，有很多的禁忌我們不敢觸碰，我們是一個意識形態規則嚴厲的社會，也是一個人情網絡嚴密的社會，我們都在為此設立充足的理由：我本人無所謂，但是我還有老婆孩子呀！此理開路，還有什麼是不可以理解的呢！一切的讓步、妥協，一切的怯弱和圓滑，都有了「正常展開」的程序，最後，種種原本用來批評他人的墮落故事其實每個人都有份了。當然，我這裡並不是批評他人，同樣是在反省自己，更重要的是提醒一個不能忽略的事實：

> 中國當代文學技巧上的發達了，成熟了，據說現代漢語到這個時代已經前所未有的成型，但這樣的「發達」也伴隨著作家精神世界的模糊與自我偽飾。而且這種模糊、虛偽不是個別的、少數的，而是有相當面積的。所謂「當代意識」的批評不能不正視這一點，甚至我覺得承認這個基本現實應當是當代文學批評的首要前提。

因為當代文學藝術的這種「成熟」，我們往往會看輕民國時期現代作家的粗糙和蹣跚，其實要從當代詩歌語言藝術的角度取笑胡適的放腳詩是容易的，批評現代小說的文白夾雜也不難，甚至發現魯迅式的外文翻譯完全已經被今天的翻譯文學界所超越也有充足的理由。但是，平心而論，所有現代作家的這些缺陷和遺憾都不能掩飾他們精神世界的光彩——他們遠比當代作家更尊重自己的精神理想，也更敢於維護自己的信仰，體驗穿梭於人情世故之間，他們更習慣於堅守自己倔強的個性，總之，現代是質樸的，有時候也是簡單的，但是質樸與簡單的背後卻有著某種可以更多信賴的精神，這才是中國知識分子進入現代世界之後的更為健康的精神形式，我將之稱作「現代質地」，當代生活在現代漢語「前所未有」的成熟之外，更有「前所未有」的歷史境遇——包括思想改造、文攻武衛、市場經濟，我們似乎已經承受不起如此駁雜的歷史變遷，猶如賈平凹《廢都》中的莊之蝶，早已經離棄了「知識分子」的靈魂，換上了遊刃有餘的「文人」的外套，顧炎武引前人語：「一為文人，便不足觀」，林語堂也說：「做文可，做人亦可，做文人不可。」但問題是，我們都不得不身陷這麼一個「莊之蝶時代」，在這裡，從「知識分子」

演變爲「文人」恰恰是可能順理成章的。

在這個意義上，今天談論所謂「當代性」，這不能不引起更深一層的複雜思考，特別是反省；同樣，以逝去了的民國爲典型的「現代」，也並非離我們「當代」如此遙遠，與大家無關，至少還能夠提供某種自我精神的借鏡。在今天，所謂的批評的「當代意識」，就是應該理直氣壯地增加對當代的反思和批判，同時，也需要認同、銜接、和再造「現代的質地」。回到「現代」，才可能有眞正健康的「當代」。

人民共和國文學研究，我以爲這應當是一個思想的基礎。

目

次

「新世紀文學」的經典化與當代性

　　「新世紀文學」在不同的議論中悠然走過了十年的歷史，十年的歷史都發生了什麼會有不同的敘事。但在我看來更重要的是，「新世紀文學」十年這束時間之光，照亮了我們此前未曾發現或意識到的許多問題，當然也逐漸地照亮了「新世紀文學」十年自身。從最初的對「新世紀文學」這個概念的質疑，逐漸轉化爲對當下文學、也可以理解爲對近些年來文學價值認知的討論，這是十年時間之光照亮的一部分問題。無論持有怎樣的觀點，有一點可以肯定的是：「新世紀文學」十年需要做出價值認知的判斷。但目前討論因各種因素的制約，所達到的水準還不高，還僅僅限於情感態度和立場方面。但是，透過這些表面或感性的表達，其背後隱含的根本性問題，應該是對「新世紀文學」十年的當代性或經典化問題的認識。這既是一個對文學現實的認知問題，也是一個文學觀念和批評的理論問題。

　　關於文學經典化的問題，我曾在不同的場合中表達過，特別是在幾次編寫中國現當代文學史的現場討論中。我認爲，文學史的編寫，就作品而言，一是要確立文學經典，一是要注意文學史經典。所謂文學經典，就是經過歷史化之後、經過時間淘洗經受了時間檢驗的優秀作品。用弗克馬的話來說，文學「經典」是指一個文化所擁有的我們可以從中進行選擇的全部精神寶藏；〔註1〕所謂文學史經典，是指在文學發展過程中產生過重要影響、但本身並不具有經典性的作品。如果不講述這樣的作品，文學史的敘述就不能完成。在

〔註1〕　佛克馬、蟻布思著：《文學研究與文化參與》，北京大學出版社 1996 年 6 月版，第 50 頁。

當代文學領域，就「十七年」而言，它的「經典化」已經初步實現，雖然其間經歷過「再解讀」，但「三紅一創保山青林」（《紅日》、《紅岩》、《紅旗譜》、《創業史》、《保衛延安》、《山鄉巨變》、《青春之歌》、《林海雪原》）被普遍認為是「十七年」帶有鮮明社會主義文學特徵的文學經典；而《我們夫婦之間》、《達吉和她的父親》等，只是「文學史經典」。這樣的作品雖然不具有經典性，但通過對這些作品的評價，我們才能講述清楚社會主義初期階段需要的是什麼樣的文學。社會主義初期階段的文學是一個「試錯」的過程，或者說，剛剛跨進共和國門檻的部分作家、特別是來自「國統區」的作家，並不明確如何書寫新的時代，並不瞭解文學實踐條件究竟發生怎樣的變化，因此，在「試錯」的過程中，制度化地建構起了文學規約和禁忌。還有一點值得注意的是，在「十七年」時期，文學界有絕對權威話語權的擁有者。比如周揚，他對某部作品的肯定或否定，其作品在文學史上的地位或價值的評價，就有了基本的依據；比如茅盾，如果沒有他對《百合花》的肯定，不僅不能終止對《百合花》的質疑或批評，《百合花》在它的時代究竟是怎樣性質的作品，恐怕還是個問題。除此之外，西方經典文學的尺度和對我們的影響、不同時期的閱讀趣味和意識形態要求、不同的文學獎項的頒發、不同的文學選本、一個時期對某些文學傾向的倡導等，都會直接影響到我們對文學經典的指認或認同。這樣看來，「新時期」三十年來文學經典的難以確立，重要的原因就不僅是時間問題，是「歷史化」程度不夠的問題，同時，也與沒有絕對的權威批評家的認定以及上述提到的諸多因素都有程度不同的關係。因此，在各種當代文學史著作中，對三十年來文學經典的確認都採取了謹慎的態度，一方面這是正確的，一方面也是不得已而為之。

中國文學經典的確立，在全球化的語境中，並不僅僅是中國文學研究者和批評家的事情。這個過程並不是線性的按照現代歷史發展的邏輯展開的，它的變化的全部複雜性並不完全在我們的想像和實踐中。一個突出的例證是夏志清的《中國現代小說史》，他的許多判斷對重寫中國百年文學史產生過重要影響。也正是在他的影響下，對中國現代文學作家作品的評價發生了重大變化。過去張愛玲、沈從文和錢鍾書在中國現代文學歷史敘述中的地位，與魯郭茅巴老曹比較起來並不那麼重要。但夏志清的《中國現代小說史》在中國大陸得以傳播之後，許多人接受了他的看法。對夏志清的接受不止是抬高了張愛玲、沈從文和錢鍾書在文學史上的地位，同時也引發了對現代文學史

上主流作家的重新評價。這個現象呈現出的問題是，對中國現代文學經典化的過程，已經不是中國文學自己的事情，國際漢學界對中國文學史研究的介入，極大地改變了中國現代文學經典化的進程和格局，它使「經典化」的問題進一步複雜化。一方面，它使現代中國文學逐漸被國際社會所注意，他們的評價帶來了國際背景並提供了另一種參照；一方面，文學評價也為另一種意識形態所掌控，帶來了文學評價的「對峙」格局。一個典型的事例是，並不閱讀中國當代小說的德國漢學家顧彬在 2006 年對中國當代文學發表的「垃圾」說。〔註2〕這一評價在國內批評界引起了軒然大波。問題不在於顧彬語出驚人的評價，在此之前，國內文學界內外對當代文學的詬病在大小媒體上早已耳熟能詳，但批評界耳充不聞坦然處之。問題在於為什麼一個外國漢學家對中國當代文學的負面評價，使文學界難以接受。這件事情使我們聯想到 80 年代文學界的一個口號：「讓中國文學走向世界」。這是一個祈使句，在這樣的表達中，我們總會感到這是一個文學弱勢國家內心的失落或不自信。或者說，中國文學自覺地將自己設定在世界文學的總體版圖之外，並表達了能夠融入世界文學總體格局的強烈願望；但是，2010 年 1 月 14 日，由北京師範大學文學院、美國俄克拉荷馬大學孔子學院、美國《當代世界文學》雜誌社，在北京師範大學文學院聯合召開的一次會議則被命名為「中國文學海外傳播」。在這個陳述句中，「中國」是陳述主體，「向海外傳播」既是方向也是意志，它的堅定是不能動搖的。這是「二十一世紀是中國的世紀」、「東方文化向西方輸出」的想像在文學上的表達。但是，在這樣的表達中我們可以看到，25 年間中國和中國文學發生了怎樣的變化。雖然我們已經獲得了某種意義上的主體性，但是，通過顧彬「垃圾」說事件表明的是，當代文學的評價和經典化與國際背景有了密不可分的關係。

對現代文學、六十年或近三十年來文學經典的確認尚且如此，對十年來文學經典指認的困難可想而知。因此，對當下文學或近十年來文學的評價，用我們過去理解的「經典」不可能成為一個尺度。我們更需要面對的是十年來文學的「當代性」問題。這個「當代性」是指文學的總體狀況改變了「時

〔註2〕《中國作家、批評家集體反擊顧彬》，金羊網 2006-12-17；另：2010 年 1 月 14 日在北京師範大學召開的「中國文學海外傳播」學術研討會上，作家李洱說，在顧彬和他的交談中顧彬說，他「從來不看中國當代小說」。一個不讀中國當代小說的漢學家說「中國當代文學是垃圾」，可見其不負責任到了什麼程度。

間的總體化」邏輯，而是以一種不確定性和非邏輯化的方式在發展運行。許多文學因素以突如其來的方式改變了現代性時間總體化的預設，使本來就撲朔迷離的文學現狀變得更加複雜。而恰恰是這種複雜的「整體性」構成了當下文學狀況的豐富性和「當代性」特徵。那麼「新世紀文學」十年究竟發生了什麼或者是如何發生的，我以2009年長篇和中篇小說的狀況為例來展開討論。一方面，長篇和中篇小說創作出現了許多值得注意和評論的新的趨向和作品，為當代文學提供了新的本土經驗；一方面，「當代性」包含了更為廣闊和豐富的內容，包括已成為「歷史」的文學也在不同力量的支配下，強行進入了當代並構成文學當代性的一部分。

如前所述，夏志清對張愛玲的舉薦所產生的影響，在2009年並沒有成為過去。張愛玲的《小團圓》在2009年的出版，不僅是90年代「張愛玲熱」在2009年不作宣告的延伸和不可忽視的存在的提示，同時也以「事件化」的方式，加劇了「新世紀文學」當代性的複雜性。2009年4月，北京十月文藝出版社出版了張愛玲的《小團圓》，據悉，首印三十萬冊頃刻銷售一空。出版宣傳指出「《小團圓》以一貫嘲諷的細膩工筆，刻畫出張愛玲最深知的人生素材，在她歷史中過往來去的那些辛酸往事現實人物，於此處實現了歷史的團圓。那餘韻不盡的情感鋪陳已臻爐火純青之境，讀來時時有被針扎人心的滋味，故事中男男女女的矛盾掙扎和顛倒迷亂，正映現了我們心底深處諸般複雜的情結。」它的出版，被稱為是「全球三千萬張迷翹首企盼」的事件。於是一時間裏「張迷」們奔走相告。《小團圓》將經久不息的「張愛玲熱」推向了2009年的高潮，並被中國圖書評論學會評選為「2009年十大圖書」。張愛玲在大陸的閱讀幾經起伏，但通過電影《色·戒》和《小團圓》之後，可以肯定的是，她的「經典性」被最大化的同時也已經品牌「透支」。因此，在圖書出版「策劃化」的今天，她強行進入「當代」就遠非是一個文學事件。

《廢都》的初版距今已經十四年過去，它無論以哪種形式重新出版，都是一個重要的事件，都會引起讀者和文學界極大的興趣和關注。無論1993年前後《廢都》遭遇了怎樣的批評，賈平凹個人遭遇了怎樣的磨難，都不能改變這部作品的重要性。我當年也參與過對《廢都》的「討伐」，後來我在不同的場合表達過當年的批評是有問題的，那種道德化的激憤與文學並沒有多少關係。在「人文精神」大討論的背景下，可能任何一部與道德有關的作品都會被關注。但《廢都》的全部豐富性並不只停留道德的維度上。今天重讀《廢

都》及它的後記，確有百感交集的感慨。在其他場合，包括在文學會議或文學講座上，我都曾表達過：《廢都》一定會重新評價。這個看法，是源於對文化環境的分析和對《廢都》的重新認識獲得的。如上所述，在1993年代——社會大轉型的年代，道德化標準還是文學批評的標準之一。《廢都》中的性描寫的不合時宜是不難想像的。但是，經過十幾年之後，這部作品的全部豐富性才有可能重新認識。《廢都》的重要我覺得主要體現在兩個方面：一、作為長篇小說，它在結構上的成就，至今可能也鮮有出其右者。長篇小說是結構的藝術，很多長篇小說寫不好，不是作家沒有才華、沒有技巧和生活，主要是對長篇小說文體的理解有問題，也就是對長篇結構的理解有問題。但《廢都》在結構上無論作家是否有意識，都解決的很好；二、小說在思想內容上得風氣之先：賈平凹最早感受到了市場經濟對人文知識分子意味著什麼。可以說，這個階層自現代中國以來，雖然經歷了各種變故，包括他們的信念、立場、心態以及思想方式和情感方式，但從來沒有經歷過市場經濟大潮的衝擊。這個衝擊對當代中國人文知識分子來說，實在是太重大了。賈平凹感知了生活變化對他們精神世界的改變，於是才有了莊之蝶。1993年以來，長篇小說我們能記住幾個人物？但我們都記住了莊之蝶。更重要的是賈平凹對莊之蝶的態度，我們不能說賈平凹對他的主人公是欣賞的，他只是用小說的方式呈現了他。莊之蝶最後的命運說明了賈平凹的態度。在那個時代，迷惑、困頓的不止是賈平凹，我們都不是先知，都在困惑和迷惘中。也正是這個困惑迷惘成就了作家的創作，卻使批評陷入了迷途。《廢都》的重新出版只是提供了我們重新閱讀和評價這部作品的機會。更重要的是，「莊之蝶心態」在今天知識階層的普遍性，我們可能會體會得更為充分，它提供了知識階層精神當代性的一個範本。

當然，新世紀文學更值得關注的是本土經驗的積累。在現代性的時間總體化邏輯中，「新」是一個重要指標，「新」不僅清楚地標示了時間的變化，而且在理論上容易概括和掌握。但是進入新世紀之後，文學的變化除網絡文學這個新媒體催發的文學形式之外，傳統意義上的文學變化的步伐越來越緩慢。文學形式革命雖然仍有可能性，但經過八十年代旋轉木馬式的追新浪潮，形式革命已疲憊不堪。因此文學的變化呈現的是漸進性而非激進式的，這種緩慢的變化不易被粗糙的批評所察覺。而有些批評甚至連認真考察的願望都沒有。我仍以2009年的小說創作為例。長篇小說如宗璞的《西征記》、蘇童

的《河岸》、阿來的《格薩爾王傳》、高建群的《大平原》、方方的《水在時間之下》、張翎的《金山》等都受到了普遍的好評。但在文學的當代性可供談論的可能還是劉震雲的《一句頂一萬句》和曹征路的《問蒼茫》。一個寫歷史，一個寫當下。劉震雲寫歷史並沒有寫「大歷史」，沒有執行「史傳傳統」的路線，甚至歷史的背景都相當模糊。他書寫的是兩代人與「說話」的關係，說話是小說的核心內容。我們每天實踐、親歷和不斷延續的最平常的行為，被劉震雲演繹成驚心動魄的將近百年的難解之迷。歷史敘事大多是國家民族或是家族敘事，歷史在這裡是一個依託：沒有歷史就不能展開敘事。但在劉震雲這裡，「祛歷史化」表現在這只是一個關於個人內心秘密的歷史延宕，只是一個關於人和人說話的體認。對「說話」如此歷盡百年地堅韌追尋，在小說史上還沒有第二人。無論是楊百順出走延津尋女，還是牛愛國奔赴延津，都與「說話」有關。「說話」是一種交流，但更是一種「承認」。夫妻之間的關係，除了生理需要、傳宗接代之外，「說話」就是最重要形式。但老高和吳香香私通前說了什麼話，吳摩西一輩子也沒想出來；章楚紅要告訴牛愛國的那句話最後我們也不知道，曹青娥臨死也沒說出要說的話。沒說出的話，才是「一句頂一萬句」的話。當然，那話即便說出來了，也不會是驚天動地的話。在小說中一定要這樣表達，只是小說的技法而已，這和《紅樓夢》中的黛玉臨死也沒說出寶玉如何、《廢都》中有許多空格沒有什麼區別。需要破譯的恰恰是已經說出的話，是普通人在日常生活中的「說話」如何形成政治的。這些普通人是中國最邊緣或底層的群體，在葛蘭西的意義上他們是「屬下」，在斯皮瓦克的意義上他們是「賤民」，他們是「沉默的大多數」，是沒有話語權力的階層。他們在日常生活中的言說被排除在歷史敘事之外，是劉震雲發現了這個群體「說話」的歷史和隱含其間的倫理、智慧、品性等，最根本的是，說話就是他們的日子，他們最終要尋找的還是那個能說上話的人。劉震雲雖然寫的是歷史，但他是通過當代發現了歷史，發現了人性的普遍性。人與人內心真正的隔膜是被當代人更深刻的體悟和發現的。

反映當代生活、並以文學的方式參與當下公共事務的作品，最有影響的作品應該是曹征路的《問蒼茫》。多年來，曹征路站在改革開放的最前沿地帶，密切關注著 30 年來中國大地上發生的這場改變國家民族命運的社會大變革。他的作品不是那種花團錦簇、鶯歌燕舞式的時代裝飾物，也不是貌似揭露、實際迎合的所謂「官場文學」。他陸續發表的《那兒》、《霓虹》、《豆選事件》

以及長篇小說《問蒼茫》等，在以「現場」的方式表現社會生活激變的同時，
更以極端化的姿態或典型化的方法，發現了變革中存在、延續、放大乃至激
化的問題。在這個意義上，曹征路承繼了百年來「社會問題小說」的傳統、
特別是勞工問題的傳統。不同的是，現代文學中包括勞工問題在內的「社會
問題小說」，是民主主義、社會主義在中國傳播的背景下展開實踐的，它既是
五四時代啓蒙主義思潮的需要，也是啓蒙主義必然的結果。在那個時代，「勞
工神聖」是不二的法則，勞工利益是啓蒙者或現代知識分子堅決維護或捍衛
的根本利益。但是，到了曹征路的時代，事情所發生的變化大概所有人都始
料不及，儘管「人民創造歷史」、「工人階級」、「社會公平」、「人民利益」、「勞
動法」、「工會」等概念還在使用，但它們大多已經成為一個詭秘的存在。在
現代性的全部複雜性和不確定中，這個詭秘的存在也被遮蔽的越來越深，以
至於很難再去識別它的本來面目或真面目。無數個原本自明的概念和問題，
在忽然間變得迷蒙曖昧甚至倒錯。於是，便有了這個「天問」般的迷惘困惑
又大義凜然的《問蒼茫》。

我還想指出的是，新世紀以來文學成就最大的是中篇小說，這是一個不
大引人注意的文體。它的整體成就我在其他場合論述過。在 2009 年的中篇小
說創作中，我尤其需要談到曉航的《斷橋記》〔註3〕。這是一部發生在城鄉連
接處的小鎮的故事。小鎮在中國是一個獨特的存在：小橋流水、青石小路、
淑女雅士、貞節牌坊……，都是中國文化的奇觀。既有靜謐的傳統生活，又
與都市一箭之遙，文化深厚又不事張揚。文學中的魯鎮、烏鎮、天迴鎮，都
是如此。《斷橋記》中落玉川雖然歷史不長，但它的小鎮屬性與悠久歷史的小
鎮並沒有區別。但在這裡上演的故事卻意味深長讓人唏噓不已。在《斷橋記》
中，傳統就是詩意。不僅落玉川的自然地貌一山一水，被傳統文化薰陶出來
的人亦如此。落玉川的締造者龍秋泉和他的女兒龍姍姍被描繪出的形象就是
想像的傳統符號。「現代」文明雖然也文質彬彬溫文爾雅，但這個文明的背後
似乎總與陰謀聯繫在一起。我更感興趣的是曉航在這個純屬虛構的故事裏，
對傳統與現代的態度。

新世紀以來，包括鄉土文學、女性文學、都市文學甚至「官場小說」，都
不同程度地提供了本土經驗，甚至它們不那麼成功的經驗，一起構成了新世
紀文學的當代性。無論是成功或不成功，都不應是對新世紀文學簡單的價值

〔註3〕曉航：《關於〈斷橋記〉》，中國作家網 2009 年 10 月 16 日。

新世紀十年：中篇小說論要

　　2011 年的春天，北方持久乾旱，日美、韓美在聯合軍演，日俄北方四島主權之爭不斷升級，埃及、利比亞局勢動蕩，中國動用陸海空力量撤僑，從歐洲左派領袖到國內精英，密切關注世界政治格局變化；在國內，「兩會」即將召開，代表們已經啟程陸續抵京，「十二五」是政治生活的核心話題；在文化領域，電視媒體更感興趣的是「春晚」或趙本山及弟子們，其他媒體關於「春晚」及趙本山小品的口水戰業已拉開帷幕；這一時段最具號召力的電視連續劇，是鄧超、張嘉譯、董潔聯合主演的《你是我兄弟》。在日常生活領域，關於文學的話題幾乎完全消失，這就是文學在這個時代的遭遇。當然，被我們描述出的肯定是這個時段生活的表面，大眾傳媒不那麼關心人的精神世界，這個時代的精神生活已經潛隱到生活的最深層。如果是這樣的話，日常生活不再談論文學無可厚非。無論我們怎樣強調當今文學的重要性、強調某個文體取得了怎樣高端的藝術成就，都不能改變文學已然「小眾化」的事實。文學與飛漲的物價、與攀升的房價、與不斷枯竭的資源、與環境污染和不安全的食品比較起來，遠不重要。但是「小眾」也在證明終究有人還需要文學，關於文學的真相終還需要有人說出。這也正是我們堅持研究和講述文學的最後理由，儘管是如此的勉為其難。

　　「十年」是一個時間計量單位，十年可以看出文學的發展和變化。而且多年來《文藝爭鳴》一直倡導和堅持「新世紀文學研究」，並取得了蔚為大觀的成果。中篇小說作為一個文體，代表了十年來高端藝術的成就，總結它的成就和問題，對瞭解這個時代的文學意義重大。需要說明的是，一篇文章遠不可能窮盡十年中篇小說的全部成就和問題，掛一漏萬在所難免。

一、鄉土中國

　　鄉土中國依然是新世紀中篇小說最重要的書寫對象。劉慶邦、畢飛宇、胡學文、葛水平、孫惠芬、溫亞軍、郭文斌、張學東等，是這個領域的重要作家，他們的作品構成了這個時代中篇小說的主力陣容。

　　畢飛宇新世紀以來先後發表了《青衣》、《玉米》、《玉秀》、《玉秧》、《家事》等作品，使他無可爭議地成為當下中國這一文體最優秀的作家。《玉米》應該是他最具代表性的作品，在百年中篇小說史上，也堪稱經典之作。《玉米》的成就可以從不同的角度評價和認識，但是，它在內在結構和敘事藝術上，在處理時間、空間和民間的關係上，更充分地顯示了畢飛宇對中篇小說藝術獨特的理解和才能。

　　《玉米》的時間是玉米情感「疼痛的歷史」。經驗表明，人在生理上感覺到身體的哪個部分、關注哪個部分，哪個部分就出了問題。在情感願望上也是一樣。王連方的妻子施桂芳生下「小八子」後，有一種「鬆鬆垮垮」的自足和「大功告成後的懈怠」，連續生了七個女兒的「疼痛的」歷史的終結，「小八子」是療治施桂芳唯一的「良藥」。從此她就從王家和大王莊作為「話題」的處境中解放出來。甚至不是這個「話題」主角的玉米，也有了一種揚眉吐氣和「深入人心」的喜悅，她是替母親「鬆了一口氣」。但是，「小八子」的到來卻沒有終結玉米「疼痛的歷史」。父親王連方與大王莊多個女性的不正當關係，仍然是玉米的痛楚，她為母親和這個家感到疼痛。因此「玉米平時和父親不說話，一句話都不說。各種原委王連方猜得出，可能還是王連方和女人的那些事」。玉米不僅不和父親說話，而且「背地裏有了出手」。那些和王連方不乾淨的女人，玉米就是她們的「剋星」，她抱著小八子站在有些人家的門口，用目光羞辱和蔑視那些和王連方上過床的女人，於是這些女人對玉米幾乎聞風喪膽。這些舉動是玉米為母親「復仇」，也是療治自己「疼痛」的手段。

　　當然，這還不是玉米的切膚之痛。玉米真正的疼痛是關於個人的情感史。彭家莊箍桶匠家的「小三子」是個飛行員，叫彭國梁。在彭家莊彭支書的介紹下，和玉米建立了「戀愛關係」。儘管是一個扭曲畸形的年代，但玉米還是經歷了短暫的愛情幸福。與彭國梁的通信，與彭國梁的見面。玉米內心煥然一新，愛情改變了玉米眼前的世界，因王連方和那些女人帶來的疼痛也得到了緩解。彭國梁的來信，「終於把話挑破了。這門親事算是定下來了。玉米流

出了熱淚。」玉米不僅爲自己帶來了榮耀，也爲王家和王家莊帶來了榮耀。但愛情的過程仍然伴隨著苦痛，這不止思戀的折磨，還有玉米文化的「病痛」。她只讀過小學三年級，「那麼多的字不會寫，玉米的每一句話甚至是每一個詞都是詞不達意的。又不好隨便問人，這太急人了。玉米只有哭泣。」於是，「寫信」又成了玉米揮之不去的隱痛。彭國梁終於從天上回到了人間，一瓶墨水、一隻鋼筆、一紮信封和信箋以及竈臺後的親密接觸，玉米的幸福幾近昏厥。但玉米還是沒有答應彭國梁的最後要求，她要守住自己的底線。彭國梁又回到了天上。幸福是如此的短暫。更讓玉米難以想像的，這幾乎就是玉米一生的全部幸福。

王連方近乎瘋狂的婚外性行爲終於迎來了報應，他觸了高壓線，秦紅霞是現役軍人的妻子。王連方被「雙開」了。王連方四十二歲出門遠行學油漆匠。王家從此家道敗落，不幸接踵而來。先是玉秀和玉葉慘遭蹂躪，接著是彭國梁越飛越遠的飛機直至沒了蹤影。最後，玉米把自己交給了一個五十多歲即將喪妻的公社革委會的郭副主任。一個心氣高傲、曾經如花似玉的玉米，就這樣經歷了自己慘痛的情愛歷史。對她來說，一切都沒有開始，但一切已經結束了。她此後將要經歷的生活，就這樣無聲無息地融入了可以想像的無論是大王莊或其他任何地方。《玉米》的社會土壤是腐敗的，但作爲文學土壤又是堅實的。畢飛宇就在這堅實的文學土壤上塑造了玉米。他將玉米情感疼痛的歷史書寫得悠長而悲愴，就像利刃緩慢劃過皮膚，綻放的是帶血的花朵；他在一個虛擬的空間——戰機飛翔的天空，和一個切實的空間——大王莊的世俗世界，爲玉米的虛幻想像和現實的處境提供了進退自如的廣闊天地；在軟弱麻木的民間社會，展現了權力的力量和它墳墓般的幽暗。玉米從自強、自尊、多情到妥協、無奈和冷漠的心路歷程，使我們看到的是——「現代」對鄉村中國來說還是多麼的遙遠。也正因爲如此，畢飛宇僅憑《玉米》便可獨步文壇。

葛水平與鄉土生活有關的中篇小說，都是以「原生態」的方式，在緩慢流淌的物理時間裏，充分展示了太行山區「賤民」生活的殘酷和艱窘，在極端化的自然和社會環境中，在簡單又原始的人際關係中，揭示了社會最底層和最邊緣群體的生存狀態和精神狀態。在她舒緩從容波瀾不驚的敘述背後，聚集了強大的情感力量，表達了她對文學獨特的理解，同時也表達了她堅韌不拔的文學意志和勃勃雄心。因此，葛水平是近年來批評界關注和議論最多

的作家之一。

《甩鞭》的故事發生在解放前後。王引蘭是晉王城裏李府的一個丫頭。十六歲時不堪李老爺和太太的凌辱，鼓動送碳人麻五帶自己逃離了李府，然後被麻五娶了做妾。《甩鞭》中的主體地位是變化的：麻五的存在，男人是主體，但王引蘭因其千嬌百媚和處女身，一直受到麻五的寵愛。要種油菜便種油菜，要吃酸的給酸的，要吃甜的給甜的。於是作家有了這樣的議論：「男人有些時候是很聽話的，他的聽話是需要一個不聽話的女人來媚惑他，就像他的財產要女人來揮霍一樣，歷史只是女人對男人的調教。」這是女人對男人的征服，歷史上這樣的故事不勝枚舉。但落實到王引蘭這裡也許還勉為其難。從大戶人家走出的女人，終有一些不同，也正是這些不同才讓麻五神魂顛倒。但大歷史的發展卻不是女人調教出來的。土改運動讓「地主」麻五一命歸天。麻五的死，與大歷史有關，但更與男人對女人的爭奪有關。《喊山》的歷史又切近一些，它應該是當下生活的一部分。岸上坪的韓沖和發興媳婦琴花有男女私情，而且是交換關係充滿了庸俗氣，是經不得事情的，因此乏善可陳。果然，當韓沖因麻煩來借錢時，琴花與丈夫沆瀣一氣夫唱婦隨果真斷了韓沖的念想。但這卻並非閒筆，它是反襯後面男女情緣的。新來的人家男人名臘宏，帶著個啞巴媳婦和孩子。臘宏突然被韓沖炸獾的雷管炸傷死去了。孤兒啞母今後的日子可以想像。《喊山》是一部充滿了浪漫氣息的小說，韓沖和啞巴紅霞沒有身體接觸，但這裡的兩性關係比身體接觸過的韓沖與琴花要動人得多。紅霞是因為韓沖開口說話的，當韓沖被警察帶走的瞬間，一句「不要」刻骨銘心，甚至比啞女的「喊山」還要動人。

生死，是葛水平小說反覆出現的主題和場景。生離死別陰陽兩界是人生必須面對的大限。但葛水平的小說裏，生死大多與男女關係有關。在葛水平的男女、生死的背後，最為動人的還是情義。惡人心裏積聚的是怨恨、憎恨和仇恨，恨最後一定導致暴力和死亡。情義是恨的相反一極，它是善的情感表達，是動人心魄的溫暖和愛，是恨的化解力量。情義在女性那裏要更多更充分。男女、生死和情義，是最要緊的文學元素，沒有這些關係、場景和情感，文學就無以存在。葛水平以自己獨特的經驗和想像，在生死、情義中構建了說不盡的男女世界。於是，那封閉、荒蕪和時間凝滯的山鄉，就是一個令人迷戀的樸素而斑斕的精神場景，那些性格和性情陌生又新鮮，讓人難以忘記。

二、小鎮風情

　　城市的周邊是城鄉交界地帶的小鎮。中國的小鎮因其千變萬化而別具韻味。但也正因為處於城鄉交界處，在中國城市不斷膨脹和鄉村萎縮得到更多注意的時候，小鎮風情依舊，卻只能在懷鄉者的鄉愁和旅遊者「窺秘」時被光顧。因此，當代文學的小鎮景觀一直不如現代文學發達。值得注意的是，一旦文學坐落於小鎮的時候，它煥發的光彩竟如此令人震動或震驚。

　　鮑十的小鎮一直呈現著溫婉的暖色，他對日常生活的敘述總是透露著生活的某些原生狀態，這與他的小說和歷史建立的關係有關。他的小說也有苦澀的味道，比如《痴迷》、《我的父親母親》等。但鮑十沒有意識形態上的怨恨，他的價值觀總是與人的善惡有關。《芳草地去來》寫了一個省城「支教」的青年教師高玉銘，在單位不得志被領導下放到基層。但在芳草地中學高玉銘省卻了許多省城的煩惱，他和小鎮中學的老師學生相處的很好。因此，當兩年「支教」期滿後，高玉銘決定放棄省城重新回到了芳草地中學，最直接的原因是他刻骨銘心地愛上了校長的女兒高卉。高玉銘很像這個時代的「多餘人」或「零餘者」，也與八十年代回城後的知青重返鄉村或精神還鄉的小說多有相似。不同的是，高玉銘不是柔石《二月》中的蕭澗秋，不是因同情或憐憫與一個鄉村女教師的愛情賜予；也不是因在城市找不到位置迫不得已地返回鄉村的《本次列車終點》中的陳信，或《南方的岸》的知青們。高玉銘的選擇是主體性的選擇，是對官場文化、瑣屑情愛生活厭倦後的選擇。這種選擇說是道家文化也好，說是反樸歸真回歸自然也好，總之，他是高玉銘自己做主的選擇。事實的確如此，一個能夠堅持個人內心價值並不妥協的人，自覺邊緣化於小鎮，也許是最好或最後的選擇。

　　溫亞軍的小鎮就不這樣溫婉和多情了。近年來，溫亞軍的小說、特別是中篇小說日趨成熟。他寫的都是尋常日子百姓人家，都是普通的日常生活。但日常生活也有緊要處，也有生存或心理邁不過去的門檻。在《赤腳走過桑那鎮》中，幾個人物就都面對著必須要邁過的門檻：鎮長必須完成縣裏捕殺所有狗的任務，不然就能向縣裏交代；方大牙必須殺掉最後一隻狗，儘管那是小學校長、無數官員姘頭的哈巴狗。不然，鎮長不僅不會兌現為他找媳婦，而且還拿不到捕殺狗的酬金；方小妮一定要嫁給補鞋的老頭蔣連省，不然就還要在娘家寄人籬下。但故事的最後我們看到，恰恰是最無辜的孩子磊瓜瓜承擔了所有的後果，他還是因為舅舅方大牙捕殺了校長的哈巴狗被開除了。

小說中苦難氣息漫長無邊，赤腳走過桑那鎮的孩子矗瓜瓜在眼前久久佇立。就在這樣壓抑無望的氣氛中，溫亞軍還能夠從容地描寫景物和雕刻人物。

三、都市風景

對當下的城市生活，我們都有一個悖論性的感受：一方面，城市化進程空前加快，城市人口急遽膨脹；一方面，我們並沒有整合出當下的城市文化經驗，不知道究竟如何表達我們對當下城市生活的真切理解。因此，當「官場小說」退場之後，城市生活在文化表達中僅僅剩下了空洞的時尚符號。這時我們發現，與城市生活有關的，大概只存活了兩個故事：一個是重新回望歷史，在略有感傷或懷舊的情調中，尋找或建構城市曾有的風韻或氣息，在想像中體驗城市曾有的豐富和多情；一個是對城市新階層——農民工悲情生活的再現，對城市現代性過程中「與魔共舞」的呈現和書寫。這兩個故事雖然都不能表達當下城市真正的文化經驗，但它卻在提供城市文學經驗的同時，也從一個方面改變了城市文學的蒼白。

須一瓜城市題材的小說寫得複雜，我們必須用心閱讀，假如錯過某個細節，閱讀過程將會全面崩潰，或者說，遺失一個具體的細節，閱讀已經斷裂。另一方面，須一瓜的小說還有明顯的存在主義的遺風流韻，她對人與人之間的難以理解、溝通和人心的內在冷漠麻木，有持久的關注和描摹。《第三棵樹是和平》是一篇撲朔迷離的小說，它有精密的細節構成的內在邏輯。犯罪嫌疑人髮廊妹孫素寶的殺夫案似乎無可質疑，她年輕漂亮卻無比殘忍，她的殺夫與眾不同，她肢解了丈夫，而且每個切口都整齊得一絲不苟，就像精心完成的一個解剖作業。法官對這樣一個女人的不同情順理成章。但年輕的法官戴諾卻在辦案過程中的細微處發現了可疑處，這個倍受摧殘的女人並不是真正的凶手，她是一個真正的受害者：不僅在日常生活中她沒有尊嚴，即便在丈夫那裏她也受盡淩辱。丈夫被殺後她被理所當然地指認為殺人凶手。但通過一個具體的細節，法官發現了真正的案情。小說雖然以一個女性的不幸展開故事，但它卻不是一個女性主義的小說。它是一個有關正義、道德、良知和捍衛人的尊嚴的作品。對人與人之間缺乏憐憫、同情和走進別人內心的起碼願望，作家表達了她揮之不去的隱憂。《回憶一個陌生的城市》，有須一瓜一貫的後敘事視角，沒有人知道事情的結果甚至過程，即便是當事人或敘述者也不比我們知道的更多。於是，小說就有與生俱來的神秘感或疏異性：因

車禍失去記憶的「我」，突然接到了外地寄來自己多年前寫的日記，是這個日記接續了曾經有過的歷史、情感和事件，最重要的是一九八八年九月我製造的那起「三人死亡、危機四鄰的居民區嚴重爆炸案」。「我」決定重返失去記憶的陌生城市調查這起爆炸案。當「我」置身這座城市的時候，「我」依然斷定「是的，我沒有來過這裡。」這注定了是一次沒有結果的虛妄之旅，荒誕的緣由折射出的是荒誕的關係。一些不相干的人因這起事件被糾結在調查的過程中，但彼此間沒有真正的理解和溝通，甚至連起碼的願望都沒有。存在主義的遺風留韻和荒誕小說的敘述魅力，在《回憶一個陌生的城市》中再次得到呈現。

遲子建的《起舞》，是一篇精緻而充沛的小說。她奇巧的構思和張馳有致的情節，將上個世紀上半葉一直到改革開放時期哈爾濱的萬種風情，展示得萬花紛呈。她在講述情感傳奇的同時，也表達了她對普通人面對現實時的勇武和決絕。「情」是《起舞》的起點也是歸宿。哈爾濱的「老八雜」就這樣幻化為坦率的人格和達觀的性格。跌宕的故事和多種文化的交融將《起舞》裝扮成北國都市的俏麗佳人。與遲子建的《起舞》大異其趣的，是深圳青年女作家吳君的《親愛的深圳》。吳君曾因長篇《我們不是一個人類》受到文壇的廣泛關注。許多名家紛紛撰文評論。一個新興移民城市的拔地而起，曾給無數人帶來那樣多的激動或憧憬，它甚至成為蒸蒸日上日新月異北方的象徵。但是，就在那些表象背後，吳君發現了生活的差異性和等級關係。作為一個新城市的「他者」，底層生活就那樣醒目地躍然紙上。《親愛的深圳》，對城市的打工生活的表達達到了新的深度。一對到深圳打工的青年夫妻──程小桂和李水庫，既不能公開自己的夫妻關係，也不能有正當的夫妻生活。在親愛的深圳──到處是燈紅酒綠紅塵滾滾的新興都市，他們的夫妻關係和夫妻生活卻被自己主動刪除了。吳君卻發現了中國農民偶然遭遇或走向現代的艱難。民族的劣根性和農民文化及心理的頑固和強大，將使這一過程格外漫長。可以肯定的是，無論是李水庫還是程小桂，儘管在城市裏心靈已傷痕累累力不從心，但可以肯定的是，他們很難再回到貧困的家鄉──這就是「現代」的魔力：它不適於所有的人，但所有的人一旦遭遇了「現代」，就不再有歸期。這如同中國遭遇了現代性一樣，儘管是與魔共舞，卻不得不難解難分。

曉航的《一張桌子的社會幾何原理》，是我所見到的最具城市意味的小說。許多年來，我們還沒有整合出被普遍認同的城市文化經驗。但曉航的這

篇作品，卻一眼可以讀出當下都市的味道：雖然情節或人物都略顯誇張——那個「未來學家」謝斌、手機製造商宋城，都是出色的幻想型演說家。但鼓動或輿論的力量，出色的狂熱分子的言辭，總會平息更多的「群氓之族」的衝動情緒，足以讓他們銷聲匿跡行消神滅。對「未來」懷有期待的「理想主義者」，對那些烏托邦的鼓譟者眞誠地著迷，對與未來有關的人與事都興致盎然。「每個人都有烏托邦夢想，這是人類的一大特點，是中性的。但是這個特點不能被無限放大，特別是不能把單純的想像直接放到社會實踐層面來無限制的執行，那會造成一種整體的瘋狂」。小說在揭示現代生活紛亂迷離無從把握的同時，塑造了一群現代病患者。小說在理性與感性的縫隙遊刃有餘，既是一出生動幽默的情景劇，也是一齣蒼涼迷茫的悲劇。在整體構思和語言上，曉航的小說如在空中飛翔，上下翻飛有萬千氣象。曉航書寫的城市文化經驗在當下又特別重要的意義。

四、新人民性

　　文學的新人民性是一個與人民性既有關係又不相同的概念。人民性的概念最早出現在十九世紀二十年代，俄國詩人、批評家維亞捷姆斯基在給屠格涅夫的信中就使用了這一概念，普希金也曾討論過文學的人民性問題。但這一概念的確切內涵，是由別林斯基表達的。它既不同於民族性，也不同於「官方的人民性」。它的確切內涵是表達一個國家最低的、最基本的民眾或階層的利益、情感和要求，並且以理想主義或浪漫主義的方式彰顯人民的高尚、偉大或詩意。應該說，來自於俄國的人民性概念，有鮮明的民粹主義思想傾向。此後，在列寧、毛澤東等無產階級革命導師以及中國五四運動時期的文學家那裏，對人民性的闡釋，都與民粹主義思想有程度不同的關聯。我這裡所說的「新人民性」，是指文學不僅應該表達底層人民的生存狀態，表達他們的思想、情感和願望，同時也要眞實地表達或反映底層人民存在的問題。在揭示底層生活眞相的同時，也要展開理性的社會批判。維護社會的公平、公正和民主，是「新人民性文學」的最高正義。在實現社會批判的同時，也要無情地批判底層民眾的「民族劣根性」和道德上的「底層的陷落」。因此，「新人民性文學」是一個與現代啟蒙主義思潮有關的概念。

　　北北是新世紀聲名鵲起的小說家，她的書寫對象都是來自底層的「小人物」。《王小二同學的愛情》裏的王大一、藍彩荷、肖虹、肖君；《有病》裏的

陸多多、王二頌；《尋找妻子古菜花》裏的李富貴、古菜花、奈月等。對底層人群生存狀況和心理環境的關注，是北北小說最動人的地方。這些人物，一方面表達了底層階級對現代生活的嚮往、對現代生活的從眾心理；一方面也表達了現代生活為他們帶來的意想不到的後果。王小二只有八歲就會寫情書，王大一因現代信息的影響懷疑王小二不是自己的兒子，為了報復妻子藍彩荷而北上做生意，與肖虹肖君姐妹同居，期待這兩個如花似玉的北國姑娘給他生一個自己的兒子，結果釀出了一出讓人啼笑皆非的悲喜劇；《有病》中的陸多多如果沒有現代都市欲望的誘惑，她也不會得最時髦的愛滋病。北北在她的小說中注入時代內容的同時，仍然以一種悲憫的情懷體現著她對文學最高正義的理解。我們在兒童王小二的經歷中，在王大一的「現代愚昧」中，在路多多慘遭不幸的短暫生涯中，在王二頌本能、素樸的「理不斷、剪還亂」的人性矛盾中，在李富貴尋妻、奈月堅貞的愛情中，讀到了久違的震撼和感動。北北以現代的浪漫、幽默和文字智慧，書寫和接續了文學偉大的傳統。她提供的悲憫情懷，以及對文學正義的堅持和重新書寫，為文學提供了新的活力。北北的小說始終關注人的心靈苦難，日常生活的貧困僅僅是她小說的一般背景，在貧困的生活背後，她總是試圖通過故事來壯寫人的心靈債務。《轉身離去》敘述的是一個志願軍遺孀芹菜卑微又艱難的一生。短暫的新婚既沒有浪漫也沒有激情，甚至丈夫參加志願軍臨行前都沒有回頭看上她一眼。這個被命名為「芹菜」的女性，就像她的名字一樣微不足道，孤苦伶仃半個世紀，她不僅沒有物資生活可言，精神生活同樣匱乏得一無所有。她要面對動員拆遷的說服者，面對沒有任何指望和沒有明天的生活，她心如古井又渾然不覺。假如丈夫臨行前看上她一眼，可能她一輩子會有某種東西在信守，即便是守著一個不存在的婚姻或愛情，芹菜的精神世界也不致如此寂寞和貧瘠；假如社會對一個烈士的遺孀有些許關愛或憐惜，芹菜的命運也不致如此慘不忍睹。因此，「轉身離去」，既是對丈夫無情無義的批判，也是對社會世道人心的某種隱喻。

陳應松多年來深居簡出往返於神農架山區。他的「神農架系列」小說引起了極大的反響。《松鴉為什麼鳴叫》、《望糧山》、《豹子最後的舞蹈》、《馬斯嶺血案》、《太平狗》等作品，以絕對和極端的方式書寫了苦難的淒絕。《豹子最後的舞蹈》中，孤獨地行走於山中的豹子，幾乎沒有藏身之地，籠罩在豹子周圍的是一種滅頂的絕望。豹子的苦難可以找到施加的對象，但如同豹子

般絕望的人物伯緯，也在最後的舞蹈，但他卻找不到施加的對象在那裏。能把苦難寫到這樣的絕對和極致，是陳應松小說的力量所在。

對現實生活的關注以及在文學界引發的爭論，是文學創作和批評介入公共事務的典型事件。爭論仍在繼續，創作亦未終止。曹征路對工人階級的生存狀況關注已久。2005 年，他的《那兒》轟動一時。我在《中國的文學第三世界》一文中對《那兒》曾有如下評價：曹征路的《那兒》是……一部正面反映國企改革的力作。它的主旨不是歌頌國企改革的偉大成就，而是意在檢討改革過程中出現的嚴重問題。國有資產的流失、工人生活的艱窘，工人為捍衛工廠的大義凜然和對社會主義企業的熱愛與擔憂，構成了這部作品的主旋律。當然，小說沒有固守在「階級」的觀念上一味地為傳統工人辯護，而是通過工會主席為拯救工廠上訪告狀、集資受騙，最後無法向工人交代而用氣錘砸碎自己的頭顱，表達了一個時代的終結。朱主席站在兩個時代的夾縫中，一方面他向著過去，試圖挽留已經遠去的那個時代，以樸素的情感為工人群體代言並身體力行；一方面，他沒有能力面對日趨複雜的當下生活和「潛規則」。傳統的工人階級在這個時代已經力不從心無所作為。小說中那個被命名為「羅蒂」的狗，是一個重要的隱喻，它的無限忠誠並沒有換來朱主席的愛憐，它的被驅趕和千里尋家的故事，感人至深，但它仍然不能逃脫自我毀滅的命運。「羅蒂」預示的朱主席的命運，可能這是當下書寫這類題材最具文學性和思想深刻性的手筆。如果是這樣，我認為《霓虹》堪稱《那兒》的姊妹篇，它的震撼力同樣令人驚心動魄。不同的是，那個殺害下崗女工（也是一個暗娼）的凶手終於被繩之以法，但對那個被殺害的女工而言已經不重要了。對我們來說，重要的是在這篇作品中，我們看到了一個從生活到心靈都完全破碎了的女人——倪紅梅全部的生活和過程。她生活在人所共知的隱秘角落，但這個公開的秘密似乎還不能公開議論。倪紅梅為了她的女兒和婆婆，為了最起碼的生存，她不得不從事最下賤的勾當。但她對親人和朋友的真實和樸素又讓人為之動容。她不僅厭倦自己的生存方式，甚至連自己都厭倦，因此想到死亡她都有一種期待和快感。最後她終於死在犯罪分子的手裏，只因她拒絕還給犯罪分子兩張假鈔嫖資。

在這一文學現象中，青年作家胡學文的《命案高懸》是特別值得重視的。一個鄉村姑娘的莫名死亡，在鄉間沒有任何反響，甚至死者的丈夫也在權力的恐怖和金錢的誘惑下三緘其默。這時，一個類似於鄉村浪者的「多餘人」

出現了：他叫吳響。村姑之死與他多少有些牽連，但死亡的真實原因一直是個迷團，各種謊言掩蓋著真相。吳響以他的方式展開了調查。一個鄉間小人物——也是民間英雄，要處理這樣的事情，其結果是可以想像的。於是，命案依然高懸。當然，《命案高懸》並不是一篇正面為民請命的小說。事實上，作品選擇的也是一個相當邊緣的視角：一個鄉間浪者，兼有濃重的流氓無產者的氣息。他探察尹小梅的死因，確有因自己的不檢點而懺悔的意味，他也有因此在這個過程中洗心革面的潛在期待。但意味深長的是，作家「並非記憶中的暖意」，卻是通過一個虛擬的鄉間浪者來實現的。或者說，在鄉村也只有在邊緣地帶，作家才能找到可以慰藉內心的書寫對象。人間世事似乎混沌而迷蒙，就如同高懸的命案一樣。但這些作品卻以睿智、膽識和力量洞穿世事，揭示了生活的部分真相。

對底層生活的關注，逐漸形成了一股巨大的文學潮流。劉慶邦的《神木》、《到城裏去》、李洱的《龍鳳呈祥》、熊正良的《我們卑微的靈魂》、遲子建的《零作坊》、吳玄的《髮廊》、《西地》、楊爭光的《符馱村的故事》、張繼的《告狀》、何玉茹的《胡家姐妹小亂子》、胡學文的《走西口》、張學東的《堅硬的夏麥》、王大進的《花自飄零水自流》、溫亞軍的《落果》、李鐵的《我的激情故事》、孫惠芬的《燕子東南飛》、馬秋芬的《北方船》等一大批中篇小說，這些作品的人物和生存環境是今日中國的另一種寫照。他們或者是窮苦的農民，工人，或者是生活在城鄉交界處的淘金夢幻者。他們有的對現代生活連起碼的想像都沒有，有的出於對城市現代生活的追求，在城鄉交界處奮力掙扎。這些作品從不同的方面傳達了鄉土中國或者是前現代剩餘的淳樸和真情、苦澀和溫馨，或者是在「現代生活」的誘惑中本能地暴露出農民文化的劣根性。但這些作品書寫的對象，從一個方面表達了這些作家關注的對象。對於發展極度不平衡的中國來說，物質和文化生活歷來存在兩種時間：當都市已經接近發達國家的時候，更廣闊的邊遠地區和農村，其實還處於落後的十七世紀。在這些小說中，作家一方面表達了底層階級對現代性的嚮往、對現代生活的從眾心理；一方面也表達了現代生活為他們帶來的意想不到的複雜後果。底層生活被作家所關注並進入文學敘事，不僅傳達了中國作家本土生活的經驗，而且這一經驗也必然從一個方面表現了他們的價值觀和文學觀。這不僅使新世紀的中篇小說接續了現代文學「社會問題小說」的傳統，也使文學具有了一種新的人民性。

五、邊緣經驗

邊緣經驗，是指在潮流之外、或被遺忘或被遮蔽的文學資源。文學是一個想像和虛構的領域。它除了對現實的直接經驗做出反映和表達之外，對能夠激發創作靈感的任何事物、任何領域都應當懷有興趣。有些經驗雖然是間接的，但一旦被當下的經驗所激活，就有可能放射出意想不到的藝術光華。這種情況在百年文學的歷史上不勝枚舉。

韓少功的《報告政府》無論對新世紀文壇還是對他個人來說，都是一部重要的作品。多年來，韓少功對傳統的小說形式似乎感到絕望，他一直在尋找小說絕處逢生的可能性。而重新正面創作的中篇小說《報告政府》，對文壇來說，它所涉及的領域鮮為人知，一牆之隔劃分了兩個世界，生與死、善與惡、正與邪等，是我們基本的認知或瞭解，那是一個神秘和令人難以想像的所在。但韓少功所書寫的監獄景觀遠遠超出了我們的想像。那裏的殘酷、丑惡甚至血腥不僅仍在暗中上演，而且也有超級智慧、絕頂聰明在極限的環境裏表現的淋漓盡致。更重要的是，即便是十惡不赦罪大惡極的人，其內心深處仍有人性乃至良心的複雜存在。對韓少功個人而言，自「尋根文學」開始，他對文學可能性的探索深懷迷戀，但略有誇張的「先鋒」和前衛姿態曲高和寡。《報告政府》大概是他為數不多的從「正面」挑戰小說的創作。在這個把握難度極大的小說中，在對分寸、火候和節奏的掌控中，韓少功再次證實了他鋒芒銳利的小說才能。

馬曉麗的《雲端》，應該是新世紀最值得談論的中篇小說之一。說它重要有兩個原因：一是對當代中國戰爭小說新的發現，一是對女性心理對決的精彩描寫。當代中國戰爭小說長期被稱為「軍事題材」，在這樣一個範疇中，只能通過二元結構建構小說的基本框架。於是，正義與非正義、侵略戰爭與反侵略戰爭、英雄與懦夫、敵與我等規定性就成為小說創作先在的約定。因此，當代戰爭小說也就在這樣的同一性中共同書寫了一部英雄史詩和傳奇。英雄文化與文化英雄是當代「軍事文學」最顯著的特徵。《雲端》突破了「軍事文學」構築的這一基本框架。解放戰爭僅僅是小說的一個背景，小說的焦點是兩個女人的心理「戰爭」──被俘的太太團的國民黨團長曾子卿的太太雲端和解放軍師長老賀的妻子洪潮之間的心理戰爭。洪潮作為看管「太太團」的「女長官」，有先在的身份和心理優勢，但在接觸過程中，洪潮終於發現了她們相通的東西。一部《西廂記》使兩個女人有了交流或相互傾訴的願望，共

同的文化使他們短暫地忘記了各自的身份、處境和仇恨。但戰爭的敵我關係又使她們不得不時時喚醒各自的身份記憶，特別是洪潮。兩個女性就在這樣的關係中糾纏、搏鬥、間或地推心置腹甚至互相欣賞，她們甚至談到了女性最隱秘的生活和感受。在這場心理戰爭中，她們的優勢時常微妙地變換著，一波三折跌宕起伏，但這裡沒有勝利者。戰場上的男人也是如此，最後，曾子卿和老賀雙雙戰死。雲端自殺，洪潮亦悲痛欲絕。有趣的是，洪潮最初的名字也是雲端，那麼，洪潮和雲端的戰爭就是自己和自己的戰爭，這個隱喻意味深長。它超越了階級關係和敵我關係，同根同族的內部撕殺就是自我摧殘。小說在整體構思上出奇制勝，在最緊要處發現了文學的可能性並充分展開。戰爭的主角是男人，幾乎與女性無關。女性是戰爭的邊緣群體，她們只有同男人聯繫起來時才間接地與戰爭發生關係。但在這邊緣地帶，馬曉麗發現了另外值得書寫的戰爭故事，而且同樣驚心動魄感人至深。這是一篇可遇不可求的優秀之作。

六、重返浪漫的文學

沒有經過浪漫主義文學的洗禮、或沒有經過大規模的浪漫主義文學運動，應該是百年中國文學最大的缺失。我們也有過浪漫主義文學，但這個「浪漫主義」前面是有修飾語的。比如「革命的浪漫主義」、「社會主義浪漫主義」等。這與法國、德國的浪漫主義文學是非常不同的。但是進入新世紀以後，我們發現，與過去我們所經歷的浪漫主義不同的浪漫主義文學潮流，正在悄然生長。它們對人性、愛情、歷史以及內心欲望的另一種表達，都是不曾遭遇的。

葉舟先後寫過《目擊》、《羊群入城》等名篇。葉舟的小說是心在雲端筆在人間的小說，是麗日經天驚雷滾地的小說；他的小說有詩意但更有關懷，他的關懷不止是人性、人物命運或技巧技法，更重要的是他在追問、質疑、批判中有終極關懷。這個終極關懷，就是對人類普遍價值的守護。現在，我們讀到的這篇《姓黃的河流》就是這樣一部小說。

《姓黃的河流》在結構上層嵐疊嶂迷霧重重。它有兩條線索：一條是敘述者艾吹明與妻子遲牧雲的婚姻危機；一條是德國人托馬斯·曼——李敦白撲朔迷離的家世和命運。國人的婚姻危機是輔線，德國人的家世是主線；國人的婚姻危機虛偽而混亂；德國人的家世深沉而苦難。當然，這不是妄自菲

薄長他人志氣滅自己威風。葉舟在這裡無非是講述兩個故事，在比較中表達
人性中最珍貴、高貴的情感和情懷，並籍此傳達他對人類普遍價值的理解和
守護。衣衫襤褸的李敦白一出現是在黃河邊上，他要自己修一隻獨木舟，然
後順著黃河一直漂下去。他要用黃河水洗去姐姐的罪惡。這個故事不僅千回
百轉九曲迴腸，重要的是葉舟借用這個故事表達了人類應該恪守的基本價
值。無論是沃森還是克拉拉，他們都飽受苦難和屈辱，但他們不是以惡報惡
以怨報怨，而是以高貴的無疆大愛處理了那些難以逾越的萬重關口：他一次
次地化解了仇怨，一次次地築起了愛意無限的高原。與艾吹明與妻子遲牧雲
虛偽的婚姻相比較，那就是天上人間。這當然是葉舟對異國文化和文明的一
種想像，但在我看來，這個故事無論發生在哪裏並不重要，重要的是葉舟發
現了在紅塵滾滾心無皈依的時代，還有這樣的故事和講述的可能。因此，在
當下的小說創作中，《姓黃的河流》是一個奇跡，儘管它難以改變我們面對的
一切。但是，無論哪個時代，只要有高貴和詩意的聲音在隱約飄蕩，我們就
有勇氣朝向那個方向——讓我們一起祝福李敦白吧，祝他早日抵達他的彼岸。

載《文藝爭鳴》2011 年 4 期

文學革命終結之後
——新世紀中篇小說的「中國經驗」與講述方式

　　當下的文學狀況告知我們：「後現代主義」的文學革命業已完成之後，文學革命的道路基本宣告終結。文學未來的道路走向了「千座高原」——沒有方向，也到處都是方向。但是，文學革命的終結並不是文學的終結。新世紀以來的文學不僅仍在發展，而且中篇小說代表了這個時代文學的高端成就：浪漫主義文學暗流湧動，文學與政治的關係正在重建，多樣化的講述方式構建了一個沒有主潮的文學時代。「中國經驗」的出場和多樣的講述方式，就這樣構成了新世紀中篇小說的斑斕景觀。但是，無論這個時代再產生多少優秀的文學作品，都不可能再產生石破天驚的效果。這是因為，與資源短缺、環境污染、就業緊張等問題比較起來，文學被關注的程度已大為降低。但是，文學對人類社會久遠和漸進的影響不會因此改變。

　　對當下文學的疑慮或焦慮，隱含了對文學「轟動」或「突變」的期待，換句話說，對那種石破天驚式的文學革命震撼性的期待。在文學發展歷史的描述中，文學內部的革命，基本是在現代性的框架內展開的：浪漫主義、現實主義、現代主義、後現代主義，這種「遞進式」的文學革命不斷改寫文學的面貌和發展路向。每次革命都引發了審美地震，也一次次地將文學推向了社會歷史的前臺。但是，在上世紀 80 年代末期，文學的「轟動效應」已被宣布失去，當後現代主義的文學革命業已完成之後，文學革命的道路基本終結。文學未來的路向開始處於不明或徹底的開放，這種景況也從一個方面表達了「現代性是一項未竟的事業」的判斷。但這只是一個方面，另一方面，

我們還需意識到：我們正處在一個並未「完全定型的社會」，文學表達的各種聲音或情感，「多少有助於影響最後的定型──哪怕極為輕微的影響。至少到目前為止，歷史仍在大幅度地調整。所謂的『中國模式』可能是一個有待於論證的提法，但是，『中國經驗』這個概念無可爭議。『中國經驗』表明的是，無論是經濟體制、社會管理還是生態資源或者傳媒與公共空間，各個方面的發展都出現了游離傳統理論譜系覆蓋的情況而顯現出新型的可能。現成的模式失效之後，不論是肯定、贊頌抑或分析、批判，整個社會需要特殊的思想爆發力開拓嶄新的文化空間。這是所有的社會科學必須共同承擔的創新職責」〔註1〕。文學當然也在行使這樣的職能，參與社會歷史的建構或重構。

在這樣的背景下，客觀地觀察當下文學，就會看到不同的文學風景。我曾在不同的場合表達過這樣的看法：評價一個國家、一個民族、一個時期的文學成就，首先要著眼於它的高端成就，如英國文學與莎士比亞，法國文學與雨果，印度文學與泰戈爾，俄國文學與托爾斯泰，美國文學與海明威，日本文學與川端康成，中國文學與魯迅等等。只有看到這些高端的文學成就，我們才有可能評價一個國家、民族或不同時期的文學。那麼，討論文學革命終結後的新世紀文學，我們首先應該看到的是代表這個時代高端文學成就的中篇小說。其他文體和形式也取得了重要成就，但是，多年來，中篇小說的「數量之多、質量的相對穩定，都是其他文體難以比較的。20世紀80年代初期以來，中篇小說在大型文學刊物的推動下，有了突飛猛進的發展，中篇小說的創作積累了豐富的經驗，它的容量和傳達的社會與文學信息，使它具有極大的可讀性；當社會轉型、消費文化興起之後，大型文學期刊頑強的文學堅持，使中篇小說生產與流播受到的衝擊降低為最小限度。文體自身的優勢和載體的相對穩定，以及作者、讀者群體的相對穩定，都決定了中篇小說在物欲橫流時代獲得了絕處逢生的機緣。這也是中篇小說能夠不追時尚、不趕風潮，能夠以『守成』的文化姿態堅守最後的文學性成為可能。在這個意義上，中篇小說很像是一個當代文學的『活化石』。當然，從來沒有一成不變的『不變』，這個『不變』是指對文學信念的堅持和對文學基本價值的理解。在這個前提下，無論中篇小說書寫了什麼，都不能改變它文學性的基本性質。

〔註1〕 南帆：《文學批評正在關心什麼》，見中國作家網 http://www.chinawriter.com.cn
2011年03月30日。

因此，新世紀以來，中篇小說成爲各種文學文體的中堅力量並塑造了自己純粹的文學品質。」〔註2〕而「中國經驗」的出場或有意無意的集中表達，證實了這一看法並非虛妄。

一、暗流湧動的浪漫主義文學

中國自新文學誕生以來，沒有經歷大規模的浪漫主義文學的洗禮。特殊的歷史境遇，使其一誕生就承載著苦難和實用的訴求。這一點與 19 世紀的法國和德國的浪漫派文學大異其趣。歐洲 19 世紀文學主流是浪漫主義領銜主演的。當雨果的《歐那尼》在巴黎上演的時候，青年追隨者在里佛里街的拱廊上寫滿了「維克多・雨果萬歲」，幕布一升起，一場暴風雨就爆發了：劇場人聲鼎沸，要費九牛二虎之力才能收場。後來，勃蘭兌斯在《十九世紀文學主流・法國的浪漫派》中寫道：「作爲一齣戲劇，《歐那尼》是極不完美的；它是抒情性的作品，是雄辯的作品，包含很多誇張的成分。但是它卻有一個十分重要的優點，那就是，一個獨立而卓越的人類靈魂在這裡得到了無拘無束、淋漓盡致的表現。……作者本人，他的天才，他的局限，他的性格，他的全部過去——他對於自由和權威的見解，他對於榮譽和高貴的見解，他對於愛情和死亡的見解，全部傾注在這部作品中了。……《歐那尼》是七月革命時期鼓舞了法國青年的精神的眞髓；他是整個法國的形象，而從浪漫主義的眼光看來，它已擴大成爲世界的形象了。」〔註3〕這樣的文學革命是如此的激動人心，但與我們這個時代說來，它只可想像而難再體驗。

在「五四」時代追求個性解放的文學中，浪漫主義如電光石火稍蹤即逝。在當時的歷史語境下它沒有、也不可能形成文學主潮。沒有受過浪漫主義文學洗禮是百年中國文學的一大缺憾。但在新世紀的中篇小說中，浪漫主義雖沒有形成革命般的潮流，卻如暗流湧動，浪漫主義的文學元素越來越多地呈現中篇小說中。

遲子建的《起舞》〔註4〕，是一篇精緻而充沛的小說。其奇巧的構思和張馳有致的情節，將上個世紀上半葉一直到改革開放時期哈爾濱的萬種風情，

〔註2〕 孟繁華：《一個文體與一個文學時代》，載《人民文學》2008 年增刊。
〔註3〕 勃蘭兌斯：《十九世紀文學主流・法國的浪漫派》，李宗杰譯，人民文學出版社 1988 年版，第 29～36 頁。
〔註4〕 遲子建：《起舞》，載《小說選刊》2007 年 11 期。

展示得萬花紛呈。在講述情感傳奇的同時，也表達了對普通人面對現實時的勇武和決絕。「老八雜」這個市井之地，在表面的世俗生活背後，也因久遠而埋藏無數鮮爲人知的故事：一個女工在舞會上與「老毛子」意外發生關係，生下的「二毛子」，歷盡人間羞辱，女工一生枯守，至死不悔；丟丟敢爲萬人先，不僅嫁給「二毛子」，而且敢於爲民眾、也爲自己守護那個僅存的理想與生存的家園。《起舞》有刻骨銘心的愛情，也有齊耶夫可以理解的偷情，「情」是《起舞》的起點也是歸宿。「老八雜」就這樣幻化爲坦率的人格和達觀的性格。跌宕的故事和多種文化的交融將《起舞》裝扮成北國的俏麗佳人。

魯敏作爲「70後」作家，近年的中、短篇小說有相當高的聲譽。《逝者的恩澤》〔註5〕是一篇構思縝密、想像奇崛、苦澀淒婉又情調浪漫的小說。無論趣味還是內在品格，在當下的中篇小說中都可謂不可多得的上品。小說可以概括爲「兩個半男人和三女人的故事」。那個不在場者但又無處不在的「逝者」，是一個重要的人物，一切都因他而起；小鎮上一個風流倜儻、有文化有教養的男人，被兩個年齡不同的女性所喜愛，但良緣難結；一個八歲的男孩，「聞香識女人」，患有嚴重的眼疾。一個女人是「逝者」陳寅冬的原配妻子紅嫂，一個是他們的女兒青青，還有一個就是「逝者」的「二房」——新疆修路時的同居者古麗。這些人物獨特關係的構成，足以使《逝者的恩澤》成爲一篇險象環生、層巒疊嶂的作品。值得注意的是，這些通俗文學裏常見的元素，在魯敏這裡並沒有演繹爲愛恨情仇的通俗小說。恰恰相反，小說以完全合理、了無痕跡的方式表達了所有人的情與愛，表達了本應仇怨卻超越了常規倫理的至善與大愛。紅嫂對古麗的接納，古麗對青青戀情的大度呵護與關愛，青青對小男孩達吾提的親情，紅嫂寧願放棄自己乳腺疾病的治療而堅持醫治達吾提的眼疾；古麗原本知道陳寅冬給紅嫂的匯款，但從未提起。這一切使東壩這個虛構的小鎮充滿了人間的暖意和陽光。在普通生活裏，那些原本是孽債或仇怨的事物，在魯敏這裡以至善和寬容作了新的想像和處理。普通人內心的高貴使腐朽化爲神奇，我們就這樣在唏噓不已、感慨萬端中經歷了魯敏的化險爲夷、絕處逢生。這種浪漫和淒婉的故事、這種理想主義的文學，在當下的文學潮流中有如空穀足音，受到普遍讚譽而當之無愧。

魯敏另一篇《紙醉》〔註6〕，情節在年輕人的心事上展開，在沒有碰撞中

〔註5〕魯敏：《逝者的恩澤》，載《芳草》2007年2期。
〔註6〕魯敏：《紙醉》，載《人民文學》2008年1期。

碰撞，在無聲中潮起潮落。時有驚濤裂岸，時如微風扶柳。一家裏的兩兄弟同時愛上了一個女孩：開音、大元的一曲笛聲、小元的幾個故事，都是項莊舞劍，意在沛公。在尋常的日子裏，筆底生出萬丈波瀾。最後，還是「現代」改變了淳樸、厚道、禮儀等鄉村倫理，鄉村中國的小情小景的美妙溫馨，在大世界的巨變面前幾乎不堪一擊，轟然倒塌。當然，魯敏還不是一個純粹的「鄉村烏托邦」的守護者。她對鄉村的至善至美還是有懷疑的，啞女開音的變化，使東壩的土地失去了最後的溫柔和詩意。小敘事在大敘事面前一定潰不成軍。就作品而言，我欣賞的是魯敏對細節的捕捉能力，一個動作或一個情境，人物的性格特徵就勾勒出來。大元愛著開音，他的笛聲是獻給開音的，但總是「等開音低下頭去剪紙了，他才悄悄地拿出笛子，又怕太近了扎著開音的耳朵，總站到離開音比較遠的一個角落裏，側過身子，嘴唇撅住了，身子長長地吸一口氣，鼓起來，再一點點慢慢瘺下去。吹得那個脆而軟呀，七彎八轉的，像不知哪兒來的春風在一陣一陣撫弄著柳絮。外面若有人經過，都要停下，失神地聽上半晌」。小元也愛著開音，但他心性高遠，志氣磅礴，上了高中以後，「小元現在說話，學生腔重了，還有些縣城的風味，比如，一句話的最後一個兩個字，總是含糊著吞到肚子裏去的，聽上去有點懶洋洋的，意猶未盡的意思。並且，在一些長句子裏，他會夾雜著幾個陌生的詞，是普通話，像一段布料上織著金線，特別引人注意。總之，高中二年級的小元，他現在說話的氣象，比之伊老師，真可謂出於藍而勝於藍了，大家都喜歡聽他說話，感到一種撲面而來的『知識』」。這些生動的細節，顯示了魯敏對東壩生活和人物的熟悉，其敏銳和洞察力令人歎為觀止。

如何通過小說表達我們對 80 年代的理解，就如同當年如何講述抗日、「反右」和「文革」的故事一樣。在 80 年代初期的中國文壇，「傷痕文學」既為主流意識形態所肯定，也在讀者那裏引起了巨大反響。但是，當一切塵埃落定，文學史家在比較中發現，真正的「傷痕文學」可能不是那些爆得大名的作品，而恰恰是《晚霞消失的時候》、《公開的情書》、《波動》等小說。這些作品把「文革」對人心的傷害書寫得更深刻和複雜，而不是簡單的「政治正確」的控訴。也許正因為如此，這些作品才引起了激烈的爭論。近年來，對80 年代的重新書寫正在學界和創作界展開。就我有限的閱讀而言，蔣韻的《行走的年代》〔註7〕是迄今為止在這一範圍內寫得最好的一部小說。它流淌的氣

〔註 7〕蔣韻：《行走的年代》，載《小說界》2010 年 5 期。

息、人物的面目、它的情感方式和行為方式以及小說的整體氣象,將 80 年代的時代氛圍提煉和表達得爐火純青,那就是我們經歷和想像的青春時節:它單純而浪漫,決絕而感傷,一往無前頭破血流。我讀這部小說,就如同 1981 年讀《晚霞消失的時候》一樣激動不已。那代人的青春時節就這樣如滿山杜鵑,在春風裏怒號並帶血綻放。

新世紀中篇小說的這一傾向,在講述方式上是浪漫主義的,但它的經驗則是中國的。無論是哈爾濱的「老八雜」、「二毛子」還是那場具有傳奇性的舞會,都只能發生在中國;而魯敏的「小鎮風情」和小鎮上的故事,它的色彩、情調和所有的文化符號,無論是文化記憶還是依然存在的現實,都明確無誤地承載著「中華性」;蔣韻的 80 年代敘述也是典型的中國的 80 年代,那裏的如詩如畫以及感傷感慨,只有我們才感同身受,心領神會。

二、歷史調整時期的文學與政治

政治與文學的支配與被支配的權力關係在 80 年代被終結之後,這個問題已經不再被注意。這裡大概有兩個潛在的心理因素在起作用:一是在文學與政治的關係式裏,文學充滿了挫敗感和慘痛記憶,文學的依附性使它一直卑微地存活。這個歷史過去之後,沒有人願意再觸及這曾有的傷痛;二是這似乎已經是一個自明的關係,文學是一個自由、獨立的領域。袪政治甚至消滅政治不僅是文學家的幻覺,他們更願意作為一種新的文學實踐條件。但是,文學與政治的關係並沒有因此而解除,並沒有因這兩種心理因素的暗示而不存在。因此,文學作品中的政治從來就沒有退場。儘管「個人寫作」、「解構宏大敘事」等口號和實踐改寫了中國文學的路向,但這種袪政治本身就是一種政治。更重要的是,政治在現實生活中的支配關係並沒有、也不可能結束,它滲透在日常生活的各個領域和角落:

> 種種實質性的不平等無論如何都不會從世界和國家裏消失;它們只會轉移到另一個領域裏去。它們可能脫離政治領域而在經濟領域集結起來,但它們之所以離開,是因為它們現在在另一個領域獲得了新的、遠遠更富於決定性的重要性。在表面的、膚淺的政治平等的條件下,當一個領域裏的實質性不平等佔了上風(例如今天的經濟領域),這個領域就將取得對政治的支配權,這是不可避免的。任何對政治理論的反思都會看到,當今經濟學支配國

家和政治這個可悲的、受人詬病的現實，其背後眞正的原因正在
於此。無論在什麼地方，不平等概念都作爲一個連帶性概念制約
著平等概念，而一旦對具體差別漠不關心的平等概念擺脫了這種
制約，並在事實上控制了某個人類生活領域，這個領域就失去了
它的實質性，另一個體現著不平等的無情力量的領域，就會把它
籠罩在自己的陰影中。〔註8〕

　　新世紀中篇小說關於鄉土、官場、底層、歷史等題材的書寫，都與政治
有千絲萬縷的關係。這也從一個方面回應了所謂當下中國文學沒有進入公共
論域、文學沒有擔當、作家沒有良知的無端指責。在這一方面，長期以來被
議論的「底層寫作」最有代表性，也被認爲是自 1993 年「人文精神討論」以
來，惟一進入公共論域的文學現象。它提出的問題是改革開放成果如何被全
民共享，關注改革發展過程中底層生活、特別是農民和農民工、下崗工人、
城鄉邊緣處群體等的生存處境和精神處境等問題。代表性作品有曹征路的《那
兒》、《霓虹》，劉慶邦的《神木》、《啞炮》，北北的《尋找妻子古榮花》、《家
住廁所》，胡學文的《命案高懸》，陳應松的《馬斯嶺血案》、《望糧山》，葛水
平的《喊山》，李鐵的《工廠的大門》、《點燈》，吳君的《親愛的深圳》、《菊
花香》，馬秋芬的《螞蟻上樹》、《朱大琴，請與本臺聯繫》等。

　　李鐵對傳統產業工人的生存狀態和精神狀態持久地關注，但他的小說不
是「工業題材」。「工業題材」是個是似而非的概念，似乎國務院有多少個部
門就有多少種題材。文學沒有能力處理諸如工業、農業、軍事乃至計劃生育
的問題，這些問題充其量只是文學創作的背景。文學最終還是人學。李鐵創
作的背景是工廠，但他從來都在寫普通人和他們的日常生活上下工夫。《點燈》
〔註9〕寫得蒼涼甚至凄慘：工人趙永春家境貧寒，談了六個對象，無一成功。
最後「入贅」給了「長在一個胡同裏的」二十八歲的王曉霞。「嫁」到女方家
裏，趙永春的日子可想而知。但事情並沒有那麼糟糕，當科長的岳父非常熱
情，每天晚飯一定要趙永春陪其喝酒，以至於本來不會喝酒的趙永春酒量陡
長。還算平靜的日子被大舅哥因房屋搬遷回到父母家而打破。忍無可忍的趙
永春用極端的方法強行入住了不屬於他的房子。好景不長，妻子王曉霞患了

〔註8〕轉引自張旭東《全球化時代的文化認同——西方普遍主義話語的歷史批判》，
　　　　北京大學出版社 2006 年版，第 341～342 頁。
〔註9〕李鐵：《點燈》，載《小說選刊》2009 年 3 期。

尿毒癥，在自己母親去世不久也撒手人寰。這時，岳父每晚請他喝酒的謎底才揭開：他知道女兒身體有病，不想他們房事頻繁。但患難夫妻在窘迫的日子裏恩愛有加，趙永春要回家為病危之際的王小霞取壽衣時，王曉霞用氣若遊絲的聲音告訴他樓道黑，別忘了把燈點上。「點燈」是有故事的。趙永春當初並沒有那麼愛王小霞。他有自己的女性標準，比如白麗麗。後來發現樓上的張女郎更符合他的標準。於是，每當張女郎下班將要進樓的時候，趙永春都為她將燈點亮，他只能做這麼多。事實上，他最後也沒有越雷池一步。當趙永春回到家裏，看到昏黃的門燈，心頭又閃過了張女郎，但僅僅是一閃而已。

小說還是寫到了苦難，不寫苦難還能夠寫底層什麼呢？但李鐵的不同就在於，在苦難的另一頭，底層人的善良、相互溫暖的真情誼，仍然動人無比。在情誼日趨淡漠的當下生活中，李鐵打撈出的是人性中彌足珍貴的東西。

吳君一直在深圳打撈她的故事和人物，並深情款款，興致盎然。《菊花香》〔註 10〕中的主人公王菊花是外來打工者，就要三十歲了還是單身一人。這時王菊花的焦慮和苦痛主要集中在情感和婚姻上。工廠裏不斷湧入「80 後」或「90 後」的打工妹，這些更年輕的面孔加劇了她的危機和焦慮。這時的王菊花開始夢想有間屬於自己的宿舍，有一個屬於自己的獨立空間。王菊花不是城裏的、有女性意識的「主義者」，也不會讀過伍爾芙。「自己的一間屋」不是象徵或隱喻，她是為了用以戀愛並最後解決自己的終身大事。為此她主動提出到公司的飯堂那個只有一個女工的地方上班，這樣她便可以有間單人房間了。那個曾經的倉庫被王菊花粉刷一新後，仍然讓她感到溫馨滿意。就是這樣簡單的空間，讓一個身處異鄉的女孩如此滿足。讀到這裡，我彷彿感到讀《萬卡》時的某種情感在心理流淌。

馬秋芬的《螞蟻上樹》為她帶來了極大的聲響。她對建築工地上民工生存現狀和未來命運的關注和書寫，使她多年後重出江湖就站在文學的潮頭和高端。《朱大琴，請與本臺聯繫》〔註 11〕延續了她對底層普通人關注的文學立場。不同的是，她不再刻意書寫這個群體難以為繼的生存苦難，而是將視角投向了更難以捕捉的精神領域──他們的精神遭遇和境況。

小說中一直流淌的是城市永不消歇的喧囂與躁動，馮主任、楚丹彤、翁

〔註 10〕吳君：《菊花香》，載《芒種》2010 年 1 期。
〔註 11〕馬秋芬：《朱大琴，請與本臺聯繫》，載《人民文學》2008 年 2 期。

小淳等，都沉浮於都市紛亂又可以安全自轉的軌跡。他們辦兒童藝術團、組織大型電視節目、奮不顧身地為朋友也為交換而救場等。都市深處的生活場景就這樣掩藏於鋼筋水泥的森林和霓虹燈的陰影處。作為一個外來務工者、一個普通的家庭清潔工的朱大琴，對這樣的都市生活和場景一無所知。她原本就是一個城市的「他者」，一個不得不闖入城市謀生活的人。但一場意外的救場活動，使朱大琴終於和這座城市建立了「內在聯繫」。楚丹彤在朋友翁小淳的請求下，答應寫一首兒童朗誦詩《在愛的陽光下》。在與朱大琴的閒聊中楚丹彤找到了靈感，在「徵求」朱大琴「意見」時，她在誦讀中看到了朱大琴湧出的淚水。那首詩將農民工孩子受到的教育和成長過程，以極度誇張的修辭作了極端化的表達，農民工和他們的子女彷彿生活在天堂，他們過著城裏人應有的一切，而那一切都是城裏人給他們提供的。沒有識別能力的朱大琴，在這種充滿煽情的文字裏怎能不感激涕零。演出果然空前成功，嘉賓和觀眾淚光閃閃，連楚丹彤自己都被感動了。翁小淳為了做一筆「更大的買賣」，為了提高收視率，不惜讓楚丹彤找人「編觀眾來信」。朱大琴成為「觀眾來信」的「執筆者」。電視臺在為自己「造勢」的宣傳中，因為朱大琴的「突出貢獻」，要獎勵她一臺電視機。於是就有了「朱大琴，請與本臺聯繫」的故事。當然，朱大琴最後也沒有拿到那個電視機，因為節目一期一結算，那期節目早就封賬了。朱大琴反覆被利用，反覆成為裝點城市「人性化」的道具和裝飾品，除了被欺騙的淚水，一無所獲。

小說沒有著眼於進城務工者慘不忍睹的生存狀況和永無盡期的苦難敘事。小說將朱大琴在城市遭遇的精神盤剝和尊嚴踐踏，淋漓盡致地書寫出來。在生存艱難的背後，朱大琴們還在承受著另外的鮮為人知的精神苦難。他們內心卑微的希望在城市規則那裏轉眼即逝。在這個事件中，同學、同事、朋友等關係群是最大的贏家：翁小淳的三十萬落實了，楚丹彤的節目在電視上暢行無阻，馮團長的「小星星藝術團」也在電視上「多給時段」。他們共享資源相互利用，用時髦的話叫「雙贏」。他們密切結成的社會關係網、公共資源正在以不同渠道和形式被瓜分。行業壟斷和行業權力資本在「合理」、「合法」地兌換成金融資本。但這一切與朱大琴們沒有任何關係。都市合謀榨取了他們最後的資源，一切都順理成章，朱大琴還要含著眼淚表達她的感激和理解。在我看來，《朱大琴，請與本臺聯繫》開闢了「底層寫作」的新思路，它的深刻性將這一題材的創作提高到了新的高度。「底層」從生存苦難的寫作中被「解

放」出來，但他們的精神苦難更觸目驚心。朱大琴所經歷的城市生活於是就可以被理解為一個精神事件。

如前所述，中國正在經歷前所未有的歷史調整，在這個調整過程中問題最大的，莫過於改革開放的成果沒有被全民共享。社會分層和貧富差距越來越大的事實，使作家不能不面對這個現象。當作家表達這個社會現象的時候，他們回到了現代文學史上「社會問題小說」的講述方法：用現實主義反應或再現當下的社會問題，一時蔚為大觀。無論如何，這是自 1993 年「人文精神」大討論後，十多年來惟一走進公共論域的文學現象。僅此一點，這個文學現象就功莫大焉。

三、沒有主潮的文學時代

新世紀中篇小說在整體上呈現的是「中國經驗」，但這個經驗是由不同的個人經驗匯集而成的。或者說，無論這些作品表達了怎樣的情感和故事，它都屬於中國的。儘管我們可以整合或歸納出一些具有普遍性的文學現象或傾向，但並沒有形成類似 80 年代的文學潮流。當我們走進新世紀中篇小說內部的時候，我們發現，許多具有很高藝術水準的作品，很難將其納入到某一現象中討論，而且這樣的作品越來越多。因此，這是一個沒有主潮的文學時代。

袁勁梅是遠居海外的作家，她的寫作資源與本土作家明顯不同。從查見英《從林下的冰河》開始，對兩種文化的比較是這種身份作家常見的思路。《羅坎村》〔註 12〕就是在兩種文化之間，以文學的方式對一個根本性或永恒性的命題，做了哲學的思考和論證。小說開篇引用了約翰·羅爾斯《正義論》中關於正義的論述——「正義是社會制度的最高美德，就好像真理是思想體系的最高美德。正義是靈魂的需要和要求。」——為題解，然後發生在美國一個華人家庭的「虐待子女案」進入我們的視野。有趣的是，小說在描述這個案件的過程中，比照了中國的家族宗法制度。在對比中探討了中美文化的差異性和司法、倫理、社會公正等諸多差異。應該說，小說更多地意屬西方現代民主制度，對美國司法的公正性肯定的同時，也對其僵化和教條頗有諷喻；在批判中國傳統文化劣根性的同時，亦對羅坎村為表意形式的中國文化領悟於心。此外，小說還涉及了全球化時代個人身份認同、宗教信仰、專制制度

〔註12〕袁勁梅：《羅坎村》，載《人民文學》2008 年 12 期。

等諸多問題。值得肯定的是，這些抽象的觀念在小說不僅具體可感，而且生動無比。小說的尖銳性、大氣象，在 2008 年的中篇小說中幾乎無出其右者。但小說觸摸的問題本來更適於理論探討，當用形象來表現的時候，難免有概念化的痕跡。

孫惠芬生活在城市，但她的小說多半書寫鄉村。這既與她的文化記憶有關，也與城市文化至今尚未整合出有效的經驗有關。《致無盡關係》〔註 13〕書寫的血緣和家族關係，與流行歌曲《常回家看看》製造的虛假溫情形成了鮮明的對比。現代性的過程早已將家族、血緣神話拆解得四分五裂分崩離析。「過年」團圓的習俗只是民間表達親情最後的形式，如果這個形式也瓦解了，鄉村中國的整體性就徹底解體了。《致無盡關係》恰恰在這個關節點上發現了問題，並產生了深刻的質疑。與這些「無盡關係」的接觸，不是盼待中的發自內心的喜悅、快樂或心心相印的親情。那種應酬、不得已的感受與社會其他應酬幾乎沒有差別，內心的真實想法是盡快結束。但這個現實沒有人正視，它是被虛假維護卻再也不能整合的文化幻覺。這個秘密一旦被戳穿，我們不僅大吃一驚：這是我們要求的生活嗎？那曾經千百年敘述的家族關係真的變成了這個樣子嗎？這「無盡的關係」究竟帶給了我們什麼呢？「底層寫作」事實上所展示或呈現的問題是非常不同的。《致無盡關係》在民間文化層面上所要表達的可能更豐富得多。

林那北的《唇紅齒白》〔註 14〕，秘密在當代家庭內部展開：一對雙胞胎姐妹陰差陽錯地嫁錯了人，本來屬於杜鳳的男人娶了杜凰，這個名曰歐豐沛的人官場得意無限風光。但在風光的背後，杜凰與其分居多年，在杜凰出國期間，歐豐沛誘姦了有求於他的杜鳳。杜鳳一次染上性病，矛盾由此浮出水面。杜鳳丈夫李真誠不問妻子問妻妹，妻妹杜凰平靜地幫助姐姐療治。但此時的杜凰早已洞若觀火掌控事態：雖然分居多年，但歐豐沛仍然懼怕杜凰從實招來。對杜鳳實施了「始亂終棄」的歐豐沛沒了蹤影，自慚形穢的杜鳳只能選擇離異。小說對當下生活的失序狀態深入到家庭內部，或者說社會結構中最小的細胞已經發生病變，欺騙、欲望幾乎無處不在，任何事情都在利益之間展開，最親近的人都不能信任，家庭倫理搖搖欲墜危機四伏。不僅杜鳳走投無路，杜凰、歐豐沛、李真誠又有什麼別的選擇嗎？林那北在不動聲色

〔註 13〕孫惠芬：《致無盡關係》，載《小說月報》2009 年 1 期。
〔註 14〕林那北：《唇紅齒白》，載《北京文學中篇小說月報》2008 年 8 期。

間將彌漫在空氣中的虛空、不安、無聊或無根的氣息，切入骨髓地表達出來，特別是對生活細節的處理，舉重若輕，不經意間點染了這個時代的精神際遇。

新世紀作為高端成就的中篇小說，可圈可點的作品隨處可見。無論對當下小說作出怎樣的評價，重要的是我們需要走進當下小說內部，認真檢視到底有沒有好作品。這些好作品是在什麼意義上被我們認為是好的。如果這個表達能夠成立的話，那麼，在我看來，「中國經驗」的出場和多種多樣的小說講述方式，就這樣構成了新世紀中篇小說的斑斕風景，並當之無愧地創造了新世紀文學的高端成就。

原載《文藝研究》2011 年 8 期

沒有文學經典的時代

　　當文學被無數次地宣告死亡之後，2003 年美國批評家希利斯・米勒再次訪問了北京，他在帶來的新作《論文學》中，對文學的命運作了如下表達：「文學的終結就在眼前，文學的時代幾近尾聲。該是時候了。這就是說，該是不同媒介的不同紀元了。文學儘管在趨近它的終點，但它綿延不絕且無處不在。它將於歷史和技術的巨變中幸存下來。文學是任何時間、地點之任何人類文化的標誌。今日所有關於『文學』的嚴肅思考都必須以此相互矛盾的兩個假定爲基點。」這確實是一個悖論，一方面我們爲文學的當下處境憂心忡忡，爲文學不遠的末日深感不安和驚恐，另一方面，新世紀文學日見奇異和燦爛的想像，又爲文學注入了前所未有的活力和魅力。

　　現代小說的誕生在中國已近百年。四部不列，士人不齒的小說，其地位的改變緣於現代小說觀念的提出。這一點，梁啓超的《論小說與群治之關係》大概最有代表性。小說地位的提高及其再闡釋，背後隱含了那一代知識分子對建立現代民族國家強烈而激進的渴望。於是，小說成了開啓民眾最得心應手的工具，小說帶著通俗易懂的故事傳播了小說家希望表達的思想。這一現代小說傳統在 20 世紀大部分時間裏得以延續，並成爲那一世紀思想文化遺產重要的組成部分。

　　這個小說傳統在後來的一段時間裏遭到了質疑，普遍的看法是，20 世紀激進的思想潮流培育了作家對「宏大敘事」的熱情；培育了作家參與社會生活的情感需求。這一傳統形成的「主流文學」壓抑或壓制了「非主流」文學的生長，因此也是文學統一風格形成的重要前提和土壤。如果從文化多元主義的角度出發，從文學生產和消費的多樣性需求出發，這一質疑無疑是合理

的。但一個有趣的現象是，這個爭論在今天已經沒有意義，或者說，文學傳統及其解構者誰是誰非都不能解決小說生死存亡的現實和今後。就現代長篇小說而言，其成熟的標誌無論是《子夜》還是《財主底兒女們》，他們都是從社會問題出發的，但它們都取得了偉大的藝術成就。當籲求的多元文化在今天可以部分地實現的時候，長篇小說創作的整體水平可以說已經達到了百年來的最高水平。這個時候我們可能會發現，包括長篇小說在內的敘事文體的衰落，顯然並不來自小說創作的內部問題。

新世紀以來，雖然有《白銀谷》、《滄浪之水》、《能不憶蜀葵》、《醜行或浪漫》、《花腔》、《石榴樹上結櫻桃》、《兵謠》、《桃李》、《經典關係》、《龍年檔案》、《抒情年華》、《無字》、《銀城故事》、《大漠祭》、《張居正》、《解密》、《作女》、《大秦帝國》、《漕運碼頭》、《白豆》、《水乳大地》、《我們的心多麼頑固》、《狼圖騰》、《英格力士》、《人面桃花》、《婦女閒聊錄》、《天瓢》、《聖天門口》、《秦腔》、《空山》、《笨花》、《生死疲勞》等一大批很好或藝術性很高的長篇作品，但小說在今天社會文化生活結構中的地位，仍然不令人感到鼓舞。因此，在我看來，一個令人悲觀又無可迴避的問題是，包括長篇小說在內的敘事文學的輝煌時代就要終結了。在中國文學發展的歷史上，每一文體都有它的鼎盛時代，詩、詞、曲、賦和散文都曾引領過風騷，都曾顯示過一個文體的優越和不可超越。但同樣無可避免的是，這些輝煌過的文體也終於與自己的衰落不期而遇。於是，曾輝煌又衰落的文體被作為文學史的知識在大學課堂講授，被作為一種修養甚至識別民族身份的符號而確認和存在。它們是具體可感的歷史，通過這些文體的輝煌和衰落，我們認知了民族文化的源遠流長。因此，一個文體的衰落是不可避免的，它只能以「歷史」的方式獲得存活。今天的長篇小說同樣遇到了這個問題。也就是說，無論如何評價近百年的中國現代長篇小說創作，無論這一文體取得了怎樣的成就，它的輝煌時代已經成為歷史。它的經典之作通過文學史的敘事會被反覆閱讀，就像已經衰落的其他文體一樣。新的長篇小說可能還會大量生產，但當我們再談論這一文體的時候，它還能被多少人所認知，顯然已經是個問題。

當然，如果把包括長篇小說在內的文學地位的下跌，歸結於市場和利益的驅動是不準確的。這一說法的不可靠就在於，市場可能改變作家的創作動機，但在現代中國，許多作家也是靠稿酬生存的，魯迅的收支帳目大多來自稿酬。這些靠稿酬生活的作家與市場有極其密切的關係，但並沒有因市場的

存在而改變大師的創作動機，也沒有因市場的存在而失去他們大師的魅力。另一方面，市場的誘惑又確實可以改變作家的目標訴求。利益也可以成為一個作家創作潛在或明確的目標。因此，小說的衰落與其說是與市場的關係，不如說是與接受者的趣味變化的關係更大。現在，對魯迅及其那一代作家有了不同的評價及其爭論，不同的評論我們暫不評說，但有一點可以肯定的是，魯迅的意義和價值，其人格成就可能大於他的文學成就。魯迅的魅力不僅僅來自他對現代小說形式把握的能力，不僅僅來自他嫻熟的現代小說藝術技巧，更來自於他的文化信念和堅守的人格。也正因為如此，他才能在小說中表達出他的悲憫和無奈。他是在市場化的時代用一種非市場的力量獲得尊重和信任的。當代中國的知識分子，在不間斷的政治批判運動和不間斷的檢討過程中，獨立的精神空間幾近全部陷落。當政治擠壓被置換為經濟困窘之後，檢討也置換為世俗感慨。當希望能夠維護知識分子最後的一點尊嚴的時候，推出的也是陳寅恪、顧準等已經作古的人。因此，作家人格力量的萎縮和文化信念的喪失，才是當代小說缺乏力量的重要原因之一。

另一方面，消費文化的興起和傳媒多樣化的發展，也終結了長篇小說在文化市場一枝獨秀的「霸權」歷史。科學技術主義霸權的建立，是帶著它的意識形態一起走進現代社會的。雖然我們可以批判包括網絡在內的現代電子傳媒是虛擬的「電子幻覺世界」，以「天涯若比鄰」的虛假方式遮蔽了人與人的更加冷漠。但在亞文化群那裏，電子幻覺世界提供的自我滿足和幻覺實現，是傳統的平面傳媒難以抗衡的。它在通過「開放、平等、自由、匿名」的寫作空間的同時，也在無意中結束了經典文學的觀念和歷史。因此，現代傳媒的發展和多元文化、特別是與科技手段相關的消費文化的興起，是文學不斷走向式微的原因和條件。

事實上，關於文學命運的預言和爭論，幾十年前在西方就已經開始。80年代初期，英國兩所舉世聞名的大學——牛津大學和劍橋大學，由師生們發起了一場激烈的爭論，爭論的問題是：「英語文學」教學大綱應包括什麼內容？它的連鎖反應便是對文學價值、評價標準、文學經典確立的討論。激進的批評家發出了「重新解讀偉大的傳統」的籲請；而大學教授則認為：「傳授和保護英國文學的經典是我們的職責。」這一看似學院內部的爭論，卻被嚴肅傳媒認為「一半是政治性的，一半是學術性的」。

類似的討論在西方其他國家也同樣存在過。而事實上，文學經典的確立

重新發現的鄉村歷史
——世紀初長篇小說中鄉村文化的多重性

　　當代中國社會發展的不平衡性，不僅爲政治學家、經濟學家所發現，在他們的表達中越來越急切和尖銳，而且它同樣被文學家強烈地感知。在不同的文學作品中，城市和鄉村的巨大反差以形象的方式被表現的越來越突出，這種反差和不平衡，不止是城鄉的空間物理距離，或者是城鄉現代化水平和物資生活的天然差距。而是說，在整體上仍然是欠發達的中國，鄉村潛隱的文化問題可能仍然是中國最本質、最具文化意義的問題。進入 21 世紀以來，應該說是中國現代化進程不斷加快速度的時代，中心城市與發達國家和地區的差距不斷縮小，發達國家和地區享受的物資、文化生活，在中心城市幾乎已經無所不有，發達國家的生活圖景似乎指日可待。但是，中國最廣大的鄉村甚至還沒有告別「前現代」的生活，在極端化的地區，由於土地徵用、環境惡化等因素的制約，生存境況甚至比現代化的承諾之前還要惡劣。因此在當代中國，一直存在著兩種文化時間：一種是都市快速奔湧的現代化時間；一種是鄉村相對穩定和變化緩慢的傳統時間。這兩種文化時間在表面上是城鄉之間的差別，但在近期小說創作表達出的文化精神來說，卻是「前現代」與現代的矛盾或衝突。或者說鄉村對現代化的渴求，具有歷史的合目的性，但鄉村在現代化過程中遇到的危機、矛盾，也從一個方面表達了現代社會發展過程的整體危機和矛盾。這與中國還沒有完全蛻盡鄉村傳統的文化形態現狀有關，當然更與文化傳統延續、接受和導致的文化統治有關。因此，當下

小說創作所揭示、表現的問題，也就具有了民族精神史和文化史的意義。

一、鄉村身份和精神危機

在現代中國，對鄉村的表達一開始就是猶疑和不確定的。比如在魯迅那裏，阿Q、華老栓、祥林嫂等農民形象，他們是愚昧、病態和麻木的，這些「前現代」的人物形象蘊涵了魯迅對國民性的批判訴求。但是，在魯迅的《社戲》、《故鄉》、《少年閏土》等作品的表達中，鄉村的質樸、悠遠和詩意又躍然紙上，它幾乎就是一首韻味無窮的古老歌謠；在沈從文的筆下，湘西鄉村生活幾乎就是田園牧歌式的世外桃源，那裏既粗俗又純淨，既寂寞靜穆又趣味盎然；到趙樹理那裏，由於第一次塑造了中國鄉村健康、生動的中國農民形象，鄉村的神話在建設現代民族國家的意識形態敘述中進一步得到放大。因此，對鄉村中國的頌歌幾乎就是當代中國的主題曲。特別是在20世紀中國文學的歷史敘述中，由於農村對中國革命的意義，對農民、鄉村的歌頌甚至就是道德化的。因此，一方面，中國鄉村文化的全部複雜性和多樣性，在近一個世紀文學歷史敘述中得到部分揭示的同時，卻在當下的文化語境中越發顯得撲朔迷離。或者說，由於時代的變故，鄉村文化由於在全部文化傳統中的穩定性，它顯示出了多重的功能和可能。

鄉村身份在革命話語中是一個可以誇耀的身份，這個身份由於遮蔽了魯迅曾經批判的劣根性，而只是抽取了它質樸、勤勞以及和革命天然、本質聯繫的一面。當代文學的經典作品幾乎都是農民或者農民出身的軍人。知識分子階層被排斥的主要依據也是因為他們和農民巨大的心理和情感距離。但是，接近現代社會之後，鄉村身份遭遇了危機。如果說50年代初期蕭也牧的《我們夫婦之間》，試圖在精神和情感邁進「現代」還為時過早而遭到了壓制的話，那麼，30多年過後，1982年路遙的《人生》的發表則適時地反映了鄉村進入現代的精神危機。但是，遺憾的是由於路遙把同情完全偏移於鄉村姑娘巧珍一邊，對高加林走進「現代」的要求訴諸於批判，並明確告知只有鄉村烏托邦才能拯救高加林，使他的小說仍然流於傳統而未能成為一個具有現代意義的小說。但是，更值得我們注意的是，小說和電影與讀者、觀眾見面之後，社會輿論幾乎眾口一詞地偏向了巧珍而斥責高加林。如果說那一時代的美學原則還含有鮮明的道德化意味的話，那麼，進入新世紀之後，我們在表現鄉村文化的作品中，卻明確地感知了鄉村文化的真正危機。

　　城市現代化建設的全面展開，使農村過剩的勞動力大量地湧進了中心城市，他們成了城市強體力勞動的主要承擔者或其他行業的「淘金者」。但是走進城市只是農民的身體，事實上城市並沒有也不可能在精神上徹底接受他們。城市因「現代」的優越在需要他們的同時，卻又以鄙視的方式拒絕著他們。因此，走進城市的鄉村文化是小心翼翼甚至是膽怯的。城市的排斥和鄉村的膽怯構成了一個相反的精神向度：鄉村文化在遭遇城市屏蔽的同時，那些鄉村文化的負載者似乎也準備了隨時逃離。

　　劉慶邦在近期的小說中，格外關注鄉村文化與城市文化的衝突。《到城裏去》和《神木》表達的都是農民與「現代」關係的焦慮、困苦和絕望中的堅忍與掙扎。《到城裏去》甚至成了一種戰鬥的姿態，城裏彷彿就是農民改變命運唯一的歸宿，是前現代向現代過度的唯一途徑，但是這個途徑是那樣漫長和遙遠；《神木》還是一群「走窯漢」，是社會邊緣的弱勢群體。社會生活的變化以及新的世風，對離開土地的底層人同樣有觀念和心理上的影響，作家在淒楚的故事中，令人驚心動魄地展示了人與人之間具有的時代特徵的關係變化，同一階層的關係、與老闆的關係以及與欲望之間的關係，都被作者不動聲色地表達出來。但其間流淌的那種沉重和無奈，表達了作者對底層生活深切的理解和同情。特別是十五歲的孩子走出「小姐」房間後的號啕哭聲，尖銳地揭示了鄉村文化危機的無可避免。

　　青年小說家吳玄的《髮廊》和《西地》也是表現鄉村危機的小說。《西地》：西地本來沒有故事，它千百年來就像停滯的鐘錶一樣，物理時間的變化在西地沒有任何痕跡。西地的變化是通過一個具體的家庭的變故得到表達的。如果按照通俗小說的方法解讀，《西地》就是一個男人和三個女人的故事，但吳玄要表達的並不止是「父親」的風流史，他要揭示的是「父親」的欲望與「現代」的關係。「父親」本來就風流，西地的風俗歷來如此，風流的不止「父親」一個。但「父親」的離婚以及他的變本加厲，卻具有鮮明的「現代」色彩：他偷賣了家裏被命名為「老虎」的那頭牛，換回了一隻標誌現代生活或文明的手錶，於是他在西地女性那裏便身價百倍，女性艷羨也招致了男人的嫉妒或怨恨。但「父親」並沒有因此受到打擊。他在外面做生意帶回來一個女人。「帶回來」這個說法非常有趣，也就是說，「父親」見了世面，和「現代」生活有了接觸之後，他才會把一個具有現代生活符碼意義的女人「帶回」到西地。這個女人事實上和「父親」相好過的女教師林紅具有對象的相似性。林

紅是個「知青」，是城裏來的女人，「父親」喜歡她，雖然林紅和「父親」只開花未結果。但林紅和李小芳這兩件風流韻事，卻從一個方面表達了「父親」對「現代」的深刻嚮往，「現代」和欲望的關係，在「父親」這裡是通過兩個女性具體表達的。但最終使「父親」仍然與現代無緣而死在欲望無邊的渴求中。這個悲劇性的故事在《髮廊》中以另外一種形式重演。故事仍然與本土「西地」有關。妹妹方圓從西地出發，到了哥哥生活的城市開髮廊。「髮廊」這個詞在今天是個非常曖昧的場景，它不僅是個美容理髮的場所，同時它和色情總有秘而不宣的關係。妹妹和妹夫一起開髮廊用誠實勞動謀生本無可非議，但故事的發展卻超出了我們的想像：髮廊因為可以賺錢，他們就義無返顧地開髮廊；當做了妓女可以更快地賺錢的時候，方圓居然認為沒有什麼不好。貧困已經不止是一種生存狀態，同時它也成了一種生存哲學。妹夫李培林死了之後，方圓曾回過西地，但西地這個貧困的所在已經不能再讓方圓留連，她還是去了廣州，還是開髮廊。城市對鄉村文化來說雖然對立，但「現代」的巨大誘惑和對其不能遏止的渴望，是鄉村文化悲劇的雙重引力。

2004 年初，人民文學出版社出版了作家邵麗的長篇小說《我的生活質量》。在讀過了許多「官場小說」之後，再讀邵麗的《我的生活質量》，我相信有過官場經歷和官員身份的人，既可能心情舒暢也可能憂心忡忡。原因是，在過去的官場小說中，官場幾乎就是人性的墓場：爾虞我詐、欺上瞞下、魚肉百姓、貪污腐敗，最後，或者亡命天涯或者苦海餘生。這些小說在「反腐敗」的主流話語或生活的淺表層面，確實獲得了固若金湯的依據。但它的文學性始終受到懷疑，總讓人感到文學力量的欠缺。這與這些小說對官場生活追問的不徹底、對人性深處缺乏把握的能力是大有關係的。我們在這些小說看到的還只是官場奇觀，或者是誇大了的畸形黑暗的生活。邵麗的小說《我的生活質量》，也描摹或書寫了官場人生，但這不是一部僅僅展示腐敗和黑暗的小說，不是對官場異化人性的仇恨書寫。在某種意義上，這是一部充滿了同情和悲憫的小說，是一部對人的文化記憶、文化遺忘以及自我救贖絕望的寫真和證詞。

小說的主角王祈隆，是一個傳統的農家子弟，他在奶奶的教導下艱難地成長，終於讀完大學，並在偶然的機遇中走上仕途。他並不刻意為官之道，卻一路順風地當上了市長。這個為世俗社會羨慕角色的背後，卻有許多不足為外人道的人生苦衷和內心的煎熬。他惡劣的生活質量不是物質的，而是精

神和心靈的。一個人的生活質量或幸福與否，不是來自外在世界的評價，外在的評價只能部分地滿足一個人的虛榮心和成就感。特別是一個人的虛榮心和成就感已經獲得滿足的時候，其他方面欠缺就會強烈地凸現出來。王祈隆的生活質量之所以成為問題，就在於他已經實現的社會地位、社會身份和未能忘記的文化記憶的巨大反差。王祈隆先後遇到了幾個青年女性：舊情人黃小鳳、妓女戴小桃、大學生李青蘋和名門之後安妮。如果小說只寫了王祈隆與前三個女人的關係，也就是並無驚人之處的平平之作。王祈隆的欲望和對欲望的剋制，與常見的文學人物的心理活動並沒有本質區別。但邵麗的過人之處恰恰是她處理了王祈隆與安妮的情感過程。

王祈隆與安妮都是當下的「成功人士」、社會精英，按照一般理解，他們的結合是皆大歡喜情理之中。但面對安妮的時候，王祈隆有難以克服的心理障礙：他腳上的「拐」——那個「小王莊出身」的標記，是他深入骨髓的自傳性記憶。這個來自底層的卑微的徽記，即便他當上市長之後仍然難以遺忘，難以從心理上實現他的自我救贖。他見到安妮就喪失了男性功能，而面對相同出身的許彩霞他就勇武無比。文化記憶的支配性在王祈隆這裡根深蒂固並不是他個人的原因，哈布瓦奇在《論集體記憶中》區別了「歷史記憶」和「自傳記憶」兩個不同的範疇。他說：歷史記憶是社會文化成員通過文字或其他記載來獲得的，歷史記憶必須通過公眾活動，如慶典、節假日紀念等等才能得以保持新鮮；自傳記憶則是個人對於自己經歷過的往事的回憶。公眾場所的個人記憶也有助於維繫人與人的關係，如親朋、婚姻、同學會、俱樂部關係，等等。無論是歷史記憶還是自傳記憶，記憶都必須依賴某種集體處所和公眾論壇，通過人與人的相互接觸才能得以保存。記憶的公眾處所大至社會、宗教活動，小至家庭相處、朋友聚會，共同的活動使得記憶成為一種具有社會意義的行為。記憶所涉及的不只是回憶的「能力」，而且更是回憶的公眾權利和社會作用。不與他人相關的記憶是經不起時間銷蝕的。而且，它無法被社會所保存，更無法表現為一種有社會文化意義的集體行為。哈布瓦奇的集體記憶理論強調記憶的當下性。在他看來，人們頭腦中的「過去」，並不是客觀實在的，而是一種社會性的建構。回憶永遠是在回憶的對象成為過去之後。不同的時代、時期的人們不可能對同一段「過去」形成同樣的想法。人們如何建構和敘述過去在極大程度上取決於他們當下的理念、利益和期待。回憶

是爲現刻的需要服務的。〔註1〕

「回憶」當然也是一種社會資源和爭奪的對象。在過去的歷史敘事中，農民因在革命歷史中的巨大作用，這個身份就具有了神聖和崇高的意味。但在當下的語境中，在革命終結的時代，農民可能意味著貧困、打工、不體面和沒有尊嚴、失去土地或流離失所。它過去擁有的意義正在向負面轉化。這樣，農民──尤其是帶有「小王莊」標記的農民，在王祈隆這裡就成爲一種卑微和恥辱的象徵，面對安妮，這個具有優越的文化歷史和資本的欲望對象的時候，王祈隆就徹底地崩潰了，他不能遺忘自己小王莊的出身和歷史。這是王市長的失敗，也是傳統的鄉村文化在當下語境中的危機和失敗。因此王祈隆與安妮就成爲傳統與現代衝突的表意符號，他們的兩敗俱傷是意味深長的。

二、蠻荒之地的精神史

當代小說對鄉村文化的重新發現和表達，肇始於「尋根文學」。韓少功、鄭萬隆、阿城、賈平凹、王安憶等作家對鄉村文化的重新書寫，使我們發現了鄉村文化的另一種歷史。作爲一種文學潮流或運動，「尋根文學」似乎早已過去，但「尋根文學」留下的思想遺產卻仍在鄉村文化的不斷書寫中揮發著影響。

2003 年，人民文學出版社出版了林白的長篇小說《萬物花開》，這似乎是林白爲數不多的鄉村題材的長篇小說。這部長篇林白似乎是在飛翔中寫作，她獨行俠般地天馬行空如影隨形。《萬物花開》和她此前的作品相比，是一部變化極大的作品。這裡沒有了《說吧，房間》的現實主義風格，也沒有了《玻璃蟲》亦眞亦幻的寫實加虛構。這是一部怪異甚至是荒誕、完全虛構的作品。小說的人物也由過去我們熟悉的古怪、神秘、歇斯底里、自怨自愛，也性感，也優雅，也魅惑的女人變成了一個腦袋裏長著五個瘤子的古怪男孩。窗簾掩映的女性故事或只在私秘領域上映的風花雪月，在這裡置換爲一個愚頑、奇觀似的生活片段，像碎片一樣拼貼成一幅古怪的畫圖。瘤子大頭既是一個被述對象，也是一個奇觀的當事人和窺視者。王榨這個地方似乎是一個地老天荒的處所，在瘤子大頭不連貫的敘述中勉強模糊地呈現出來。我們逐漸接觸

〔註1〕 徐賁：《文化批評的記憶和遺忘》，載《文化研究》第一輯，天津社會科學院出版社 2000 年把版，第 111 頁。

了那些只會說出人的本能要求的各式人物，他們是殺豬的人，是製造土銃的人、是沒有被命名的在荒蕪中雜亂生長出的人物。這些人物在原初的生活場景中或是粗俗地打情罵俏，或是人與獸共舞。那些難以理喻毫無意義的生活在他們那裏興致盎然地過著。人的最原初的要求在這裡成為最高正義甚至是神話，他們的語言、行為方式乃至興奮的焦點無不與這個要求發生關聯，它既是出發點也是歸宿。這個類似飛翔的寫作，沒有為我們提供一個完整的故事，也沒有一條清晰可辨的情節線索，它留給我們的恰似散落一地不能收復的石玉相間的珠串。

有趣的是，小說附錄有「婦女閒聊錄」及「補遺」。這個「閒聊錄」以「仿真」的形式記錄了王榨發生的真實事件。所謂事件同樣是一些瑣屑得不能再瑣屑的生活片段，同樣是細微得不能再細微的日常符號。但在小說中卻有了「互文」的作用：正文發生的一切，在「閒聊」中獲得了印證，王榨的人原本就是這樣生活的。在我看來，這是林白一次有意的藝術實驗和冒險。她與眾不同的藝術追求需要走出常規，需要再次挑戰人們的想像力和藝術感受力。在這種挑戰中她獲得的是飛翔和獨來獨往的快感，是觀賞萬物花開的虛擬實踐，她面對的是鄉村古老或恆古不變的精神史，是具象的模糊表達形式上真實的一次有效實踐，它可能更需要藝術勇氣和膽識。

張煒是書寫大地的當代聖手，也是這個時代最後的理想主義作家。在他以往的作品中，鄉村烏托邦一直是他揮之不去的精神宿地，對鄉村的詩意想像一直是他持久固守的文學觀念。這一「張煒的方式」一方面延續了 20 世紀中國文學的民粹主義傳統，一方面也可理解為他對現代性的某種警覺和誇張的抵抗。但是，從《能不憶蜀葵》開始，張煒似乎離開了過去城市與鄉村、理想與世俗僵硬的對立立場，而回到了文學的人本主義。

他的長篇小說《醜行或浪漫》，是一部典型的人本主義的本文：一個鄉村美麗豐饒的女子劉蜜蠟，經歷重重磨難，浪跡天涯，最終與青年時代的情人不期而遇。但這不是一個大團圓的故事。在劉蜜蠟漫長的逃離苦難的經歷中，在她以身體推動情節發展的過程中，我們發現了「歷史是一個女人的身體」。劉蜜蠟以自己的身體揭開了「隱藏的歷史」。在傳統的歷史敘事中，當然也包括張煒過去的部分小說，中國鄉村和農民都被賦於了強烈的意識形態色彩：鄉村是纖塵不染的純淨之地，農民是淳樸善良的天然群體。這一敘事的合法性如上所述，其依據已經隱含在 20 世紀激進主義的歷史敘事之中。但《醜行

或浪漫》對張煒來說是一次空前的超越。儘管此前已有許多作品質疑或顛覆了民粹主義的立場，但張煒的貢獻在於：他不再從一個既定的理念出發，不是執意讚美或背離過去的鄉村烏托邦，而是著意於文學本體，使文學在最大的可能性上展示與人相關的性與情。於是，小說就有了劉蜜蠟、雷丁、銅娃和老劉懵；就有了伍爺大河馬、老獾和小油矬父子、「高幹女」等人。這些人物用「人民」、「農民」、「群眾」等複數概念已經難以概括，這些複數概念對這不同的人物已經失去了闡釋效率。他們同為農民，但在和劉蜜蠟的關係上，特別是在與劉蜜蠟的「身體」關係上，產生了本質性的差異。因此，小說超越了階級和身份的劃分方式，而是在鄉村文化對女性「身體」欲望的差異上，區分了人性的善與惡。在這個意義上，鄉村歷史是一個女人的身體。在小說的內部結構上，它不僅以劉蜜蠟的身體敘事推動情節發展、而且在一定程度上敞開了鄉村文化難以察覺的隱秘歷史。特別是對小油矬父子、伍爺大河馬等形象的塑造，顯示了張煒對鄉村文化的另一種讀解。他們同樣是鄉村文化的產物，但他們因野蠻、愚昧、無知和殘暴，卻成了劉蜜蠟凶殘的追殺者。他們的精神和思想狀態，仍然停留於蠻荒時代，人最本能又沒有道德倫理制約的欲望，就是他們生存的全部依據和理由。

值得注意的是，張煒在這裡並沒有將劉蜜蠟塑造成一個東方聖母的形象，她不再是一個大地和母親的載意符號。她只是一個東方善良、多情、美麗的鄉村女人。她可以愛兩個男人，也可以以施與的方式委身一個破落的光棍漢。這時的張煒自然還是一個理想主義者，但他已不再是一個烏托邦式的理想主義者。他在堅持無產階級文學批判性的同時，不止是對城市和現代性的批判，而首先批判的是農民階級自身存在並難以超越的劣根性和因愚昧而與生俱來的人性「惡」。對人性內在問題的關注，對性與情連根拔起式的挖掘，顯示了張煒理解鄉村文化和創造文學所能達到的深度。

閻連科的長篇小說《受活》剛一出版，在批評界就引起了強烈的震動。他以狂想的方式在當代背景下書寫了鄉村另一種蠻荒的精神史。《受活》的故事幾乎是荒誕不經的，它像一個傳說，也像一個寓言，但它更是一段我們熟悉並且親歷的過去：故事的發生地受活莊，是一個由殘疾人構成的偏遠村落，村民雖然過著聽天由命的日子，但渾然不覺其樂融融。女紅軍茅枝婆戰場負傷掉隊流落到這裡後，在她的帶領下，村民幾乎經歷了農村革命的全過程。但在「圓全人」的盤剝下，受活莊仍然一貧如洗。茅枝婆最後的願望就是堅

決要求退社。小說另一條線索是總把自己和政治偉人聯繫在一起的柳鷹雀副縣長帶領受活莊人脫貧的當代故事。蘇聯解體的消息，讓他萌生了一個極富想像力的致富門路——從俄羅斯買列寧遺體，在家鄉建立列寧紀念堂，通過門票收入致富。爲籌措「購列款」，柳縣長組成了殘疾人「絕術團」巡迴演出……。這雖然是個荒誕不經的故事，但這個故事卻會讓人聯想到湯因比對《伊里亞特》的評價：如果把它當作歷史來讀，故事充滿了虛構，如果把它當作文學來讀，那裏卻充滿了歷史。在湯因比看來，一個偉大的歷史學家，也一定是一個偉大的藝術家。閻連科是一個文學家，但他卻用文學的方式眞實地反映或表現了那段荒誕歷史的某個方面。如果從故事本身來說，它彷彿是虛擬的、想像的，但那些亦眞亦幻、虛實相間的敘述，對表現那段歷史來說，卻達到了「神似」的效果，它比眞實的歷史還要「眞實」，比紀實性的寫作更給人以震撼。這是藝術想像力的無窮魅力。

對歷史的書寫，就是對記憶的回望。那段歷史在時間的意義上是「現代」的，但在精神史上，它仍然是蠻荒和荒誕的，對這段荒誕的歷史，閻連科似乎深懷驚恐。不止閻連科，包括我們自己，身置歷史其間的時候，我們並沒有察覺歷史的殘酷性，我們甚至興致盎然並且眞誠地推動它的發展。但是，當歷史已經成爲陳跡，我們有能力對它做出反省和檢討的時候，它嚴酷和慘烈的一面才有可能被呈現出來。當它被呈現出來的時候，驚恐就化爲神奇。這個神奇是傑出的藝術表現才能所致。我們發現，在小說中閻連科汪洋恣肆書寫無礙，但他奔湧的想像力和獨特的語言方式，並不是爲了求得語言狂歡的效果，恰恰相反的是，那些俗語俚語神形兼具地成爲尚未開蒙的偏遠和愚昧的外殼，這個獨特性是中國特殊性的一個表意形式。尤其是中國廣大的農村，在融入現代的過程中，它不可能順理成章暢行無阻。因此，《受活》在表達那段歷史殘酷性的同時，也從一個方面表達了中國進入「現代」的複雜性和曲折性。閻連科對歷史的驚恐感顯然不止是來自歷史的殘酷性和全部苦難，同時也隱含了他對中國社會發展複雜性和曲折性的體悟與認識。

當然，閻連科不是歷史學家和社會學家。但是，作爲一個文學家，在表現那段歷史的時候，他在某種意義上甚至比歷史學家和社會學家爲我們提供的還要多。「茅枝婆」、「柳縣長」、「絕術團」、「購列款」，可能不會發生在眞實的歷史和生活中，但它就像這本書誇張的印製一樣，讓我們心領神會、心照不宣地回到了歷史記憶的深處，同時也認識了我們曾經經歷的歷史的眞

相。閻連科曾經寫過《耙樓山脈》、《耙樓天歌》、《日光流年》、《堅硬如水》等優秀作品，他的苦難感和悲劇感在當下的文學創作格局中獨樹一幟。但是，可以肯定地說，《受活》因對鄉村蠻荒精神史的逼真再現，從而使他走進了中國當代最傑出作家的行列。

三、抵抗現代的權力意志

現代文明的誕生也是等級社會衰敗的開始。現代文明所強調和追求的是赫爾德所稱的「本真性」理想，或者說我們每一個人都有一種獨特的作為人的存在方式，每個人都有他或她自己的尺度。自己內心發出的召喚要求自己按照這種方式生活，而不是模仿別人的生活，如果我不這樣做我的生活就會失去意義。這種生活實現了真正屬於我的潛能，這種實現，也就是個人尊嚴的實現。但是，在當鄉村文化遭遇了現代文化之後，它因家族宗法制度和等級觀念培育的「權力意志」並沒有妥協和再造。因此，鄉村文化和家族宗法制度中的權力意志就和「現代」構成了對峙甚至抵抗關係，在本質上它是反現代的。

上個世紀末，作家李佩甫發表了長篇小說《羊的門》，這部作品的發表在批評界引起了強烈的反響。這部小說是對包括中原文化在內的傳統鄉村文化重構後，對當下中國社會和世道人心深切關注和透視的作品，它是鄉土中國政治文化的生動畫圖。呼家堡獨特的生活形式和一體化性質的秩序，使呼家堡成了當下中國社會政治生活的一塊「飛地」，它既實現了傳統農業社會向現代文明轉化的過程，使農民過上了均等富庶的生活又嚴格地區別於具有支配性和引導性的紅塵滾滾的都市文明。它是一片「淨土」，是尚未遭到現代文明污染的「世外桃源」。從消滅剝削、不平等的物質形式來說，那裏已經完成了解放的政治；但從權力與資源分配的差異性來說，從參與機會與民主狀況來說，又沒有從傳統和習俗的僵化生活中解脫出來。他是現代的，又是傳統的；它的井然有序是文明的，而那裏只有一個頭腦，表明了它又是前現代的。呼家堡就是這樣一個複雜、奇特的不明之物，它是傳統和社會生活遭遇了現代性之後，產生的具有中國特色的社會生活場景。但它的非寓言性顯然又表達了作者對當下中國社會生活的某種理解和洞察。

呼家堡的主人呼天成，是一個神秘的、神通廣大和無所不能的人物，是一個大隱於野又呼風喚雨式的人物。在社會生活結構中，他的公開和合法性

身份是中國共產黨基層組織的負責人，但他的作用又很像舊式中國的「鄉紳」，他是呼家堡聯繫外部社會和地方統治的橋梁，但他又不是一個「鄉紳」，呼家堡的一切都在他的掌握之中，他是呼家堡的「主」，是合法化的當家人，是這塊土地不能缺少的脊梁和靈魂，他所建立起來的權威爲呼家堡的民眾深深折服，他對秩序和理性的尊崇，使他個人的統治也絕對不容挑戰和懷疑。呼家堡的生活方式是呼天成締造的，在締造呼家堡生活方式的同時，呼天成也完成了個人性格的塑造。這個複雜的、既有鄉村傳統、又有現代文明特徵的中原農民形象，是小說取得的最大成就。

事實上，呼天成是多種文化交互影響、特別是政治文化影響的產物，因此他是一個矛盾的複雜體。鄉村文化在民間有隱形的流傳，它不是系統的理論，它是在生活方式和人們的心理結構中得以表達的，其中實用理性、隨機應變等文化品格在民間如影隨形，呼天成的性格基調就是由這種文化品格培育出來的。它的土壤就是中原文化／（鄉村文化）中盲從、愚昧、依附、從勢以及對私有利益的倚重。從這個意義上說，中原文化也就是中國鄉村農民文化。呼天成的王朝統治正是建立在這樣的文化基礎上的。它的經典場景就是用一「賊」字對幾百口人的震懾：

> 一個「賊」字使他們的面部全部顫動起來，一個「賊」字使他們的眼睛裏全都蒙上了一層畏懼。一個「賊」字使他們的頭像大麥一樣一個個勾下去了。一個「賊」字就使他們互相偷眼望去，相互之間也突然產生了防範。那一層一層、看上去很堅硬的人臉在一刹那間碎了，碎成了一種很散很無力的東西……

這個場景啟示了呼天成，他對書上說的「人民」有了新的理解，也啟發了他統治呼家堡的策略，通過向孫布袋「借臉」、通過開「鬥私」大會讓婦女「舉手」等政治行爲，呼家堡民眾的尊嚴感、自主性、自信心就完全被剝奪了，呼天成不容挑戰的權威也就在這個過程中建立起來。值得注意的是，呼天成不是我們在一些作品中常見的腐敗的村幹部，也不是橫行鄉里的惡霸，而恰恰是一個修身克己、以身作則的形象。他不僅在一個欲望無邊的時代，將激情逐出了「私化」領域，以自我閹割和超凡的毅力剋制了他對秀丫的佔有，而且即便是他的親娘，也不能改變他「地下新村」的統一安排，一個命定的數字就是他親娘的歸宿。究竟是什麼塑造了呼天成的「金剛不壞之身」？或者說我們究竟應該如何評價呼天成「公」的觀念、集體信仰和他道德形象

以及民眾對他的信任亦或恐懼？在呼天成那裏，他擁有的權力使他可以視統治對象為「賤民」，他在權力和「賤民」的鏡像關係中獲得了統治的自信。這種權力意志使他難以走向以民主為表徵的現代而止步於遙遠的鄉村文化傳統。

董立勃《白豆》的人物和故事，也許並不是發生在典型的鄉村中國，但邊陲軍墾的生產、生活方式，是中國鄉村文化的另一種延伸和接續。那裏的等級、權力關係是以另一種形式表現出來的。《白豆》的場景是在空曠貧瘠的「下野地」，人物是農工和被幹部挑了幾遍剩下的年輕女人。男人粗陋女人平常，精神和物資一無所有是「下野地」人物的普遍特徵，一如我們常見的鄉村經典場景。無論在任何時代，他們都是地道的邊緣和弱勢的人群。主人公白豆因為不出眾、不漂亮，便宿命般地被安排在這個群體中。男女比例失調，不出眾的白豆也有追逐者。白豆的命運就在追逐者的搏鬥中一波三折。值得注意的是，白豆在個人婚戀過程中，始終是個被動者，一方面與她的經歷、出身、文化背景有關，一方面與男性強勢力量的控制有關。白豆有了自主要求，是在她經歷了幾個不同的男人之後才覺醒的。但是，白豆的婚戀和戀人胡鐵的悲劇，始終處在一種權力關係之中：吳大姐雖然是個媒妁角色，但她總是以「組織」的名義給年輕女性以脅迫和壓力，她以最簡單，也是最不負責任的方式處理了白豆和胡鐵、楊來順的關係之後，馬營長死了老婆，馬營長看上了白豆，就意味著白豆必須嫁給他。但當白豆遭到「匿名」的強暴之後，他就可以不再娶白豆而娶了另一個女性。

胡鐵不是白豆的強暴者，但當他找到了真正的強暴者楊來順之後，本來可以洗清冤屈還以清白，但一隻眼的羅「首長」卻宣布了他新的罪名。也就是說，在權力擁有者那裏，是否真的犯罪不重要，重要的是權力對「犯罪」的命名。胡鐵在絕望中復仇，也象徵性地自我消失了。在《白豆》裏，權力與支配關係是決定人的命運的本質關係。但是，如果把白豆、胡鐵的悲劇僅僅理解為權力與支配關係是不夠的。事實上，民間暴力是權力的合謀者。如果沒有楊來順圖謀已久的「匿名」強姦，如果沒有楊來順欲擒故蹤富於心計的陰謀，白豆和胡鐵的悲劇同樣不能發生，或者不至於這樣慘烈。因此，在《白豆》的故事裏，權力和暴力，是人性的萬惡之源。在鄉村文化的結構裏蘊涵著權力意志和權力崇拜：「萬般皆下品，惟有讀書高」，但「學而優則仕」才是真正的目的。入朝作官「兼善天下」不僅是讀書人的價值目標，而且也

是人生的最高目標。要兼善天下就要擁有權力。對於更多的不能兼善天下和入朝作官的人來說，權力崇拜或者說是權力畏懼，就是一種沒有被言說的文化心理。這種政治文化是一個事物的兩面，它們之間的關係越是緊張，表達出的問題就越是嚴重。

在邁向「現代」的過程中，經過「祛魅」之後，鄉村文化蘊涵的歷史多重性再次被開掘出來。如果說 50 年代機器隆隆的轟鳴打破了鄉村的寧靜，鄉村文化對現代文明還懷有羨慕、憧憬和期待，鄉村文化與現代的衝突還沒有完全顯露出來的話，那麼，進入新世紀以後，有聲和無聲的現代「入侵」和誘惑，則使鄉村文化遭遇了不曾料想的危機和困境。但是就在鄉村文化風雨飄搖的時代，重返自然卻成爲「現代」新的意識形態。那麼，在追隨「現代」的過程中，鄉村文化的永遠滯後就是難以逃脫的宿命嗎？這顯然是我們尚未明瞭的文化困惑。

文學主流潰散後的鄉土敘事
——近年來中國鄉土文學的新變局

　　鄉土文學或農村題材，是百年中國文學講述的主要對象。因此，百年來中國文學的主流就是與鄉土有關的文學。這與中國鄉土社會的性質是同構關係。但是，2012 年對於中國社會人口結構來說，則是一個石破天驚的年代，從這一年開始，中國城市人口首次超過了鄉村人口，鄉土中國的性質開始發生了轉折性的變化。這一現象不能不影響到文學創作。我發現，在這則重要消息公諸於世之前，當下文學創作已經悄然地做出了調整或改變。這就是，鄉土題材的作品越來越稀缺，與城市相關的題材佔有越來越多的份額。這種變化不僅在數量上，更重要的是，即便是書寫鄉土題材的作品，也難以表達或反映鄉村的主流生活，破碎雕敝的鄉村在這個時代彷彿只是剩餘的故事，感傷哀婉的情緒彌散其間。2012 年，可以說是中國文學內部轉型的標誌性年代——鄉土文學作為百年中國主流文學的現象已經成為過去。

　　當然，敏感的作家在近年的小說創作中，越來越切近地表達了這個過程的不可避免。我們從孫惠芬的《上塘書》、賈平凹的《秦腔》、《高興》、阿來的《空山》、劉震雲的《我叫劉躍進》、《一句頂一萬句》、《我不是潘金蓮》等作品中，明確感到了鄉村文明不斷崩潰的過程，那裏透露的各種信息，幾乎都是鄉村中國地殼裂變的聲音。還不止這些，在非虛構文學、懷鄉散文等諸多文體中，破敗的鄉村呼之欲出；已經蔓延將近十年的「底層寫作」，幾乎用寫實的方法記述了農民工或其他打工階層的生存狀況和精神際遇。如果說「底層寫作」的初始階段，作家還重在講述底層苦難故事的話，那麼近年來這一

寫作現象發生了重要的變化。比如深圳青年作家畢亮，他在表達城鄉交界處底層人生存境況的時候，更多地注意到了這個群體心靈和精神狀況，這才是需要文學處理的。《鐵風箏》是一篇情節曲折的小說，那裏既有寫實也有懸疑。小說的外部場景沒有更多的變化，失明的男孩、失去丈夫的妻子、失去女友的單身漢、失去行動能力的父親和悲苦的母親，這些元素是小說的外部條件，它確實構成了苦海般的畫面。但是，畢亮著意表達的不是這些。面對生不如死的楊沫，馬遲送給楊沫的是具體的春風拂面般的暖意，那是馬遲對楊沫失明的孩子張特發自內心的愛。這裡不是英雄救美，也不是王子與灰姑娘。這裡當然有馬遲對楊沫的男人和女人的想像關係，但馬遲的行為超越了這個關係，馬遲是一個心有大愛的男人。小說情節撲朔迷離，但畢亮仍慷慨地用了較大篇幅講述馬遲與張特的見面和交往，儘管短暫卻感人至深。

　　《外鄉父子》寫盡了一個男人的艱難，也寫盡了一個男人對父親的孝順和對女兒的愛，也寫盡了一個男人心理與身體的寂寞。外鄉人女人離異，他打工也需帶著無人照料的父親，中風的父親沒有自理能力，但他會把出租屋和父親收拾得乾淨利落。他唯一的念想是自己的女兒，當他聽到女兒要來看他時，他節日般的心情與平時的愁苦形成了鮮明的比對，他給女兒做木馬玩具，和年輕的店主談曾經的人生理想。後來他成了一個賊，被工業區的保安打得半死，打瘸了一條腿。然後他說要回廣西老家看女兒，此前他說女兒在越南。小說不止是寫這個外鄉人「捉摸不定的神情」，這個神情的深處是他捉摸不定微茫的希望。內心的枯竭並非是《外鄉人》的寫作之意，一個女兒的存在，臨摹的梵高《向日葵》的設置，使一個無望的男人絕處逢生，使一篇灰暗的小說有了些許暖意。他的《消失》講述了一個失戀的男人。失戀後他每天能做的是就是喝啤酒，他只能生活在回憶中，生活在過去。他講述的朋友的生活就是他自己的生活，後來出租屋的女孩在書櫃發現的「馬牧」「杜莉」的情書證實了這一點。是什麼讓這個80後男人如此頹廢和絕望？當然不止是失戀。沒有了工作就沒有了生活的前提，這是娜拉故事的男生版。房間裏飄忽的那種味道應該是一個象徵──那就是生活的味道，這個男孩的生活就這樣爛掉了。但是，生活畢竟還要繼續，新的愛情還會生長，這個房間的味道就會改變。畢亮是近年來異軍突起的青年小說家，他對留守兒童的書寫，對城裏外鄉人的描摹，都給人留下了深刻的印象，他讓我們看到了80後一代作家的另一種風采。值得注意的是，畢亮的小說極其簡約，甚至有簡約主義的

風範，無論人物、場景還是故事。但這還只是技術層面的事情。我更關注的是畢亮對這個領域敘事傾向的改變，這就是由悲情向溫暖的改變，由對外部苦難的書寫向對心靈世界關注的改變。

「底層寫作」，是近一個時期最重要的文學現象，關於這個現象的是是非非，也是近年來文學批評最核心的內容。這一寫作現象及其爭論至今仍然沒有成為過去。在我看來，與「底層寫作」相關的「新人民性文學」的出現，是必然的文學現象。各種社會問題的出現，直接受到衝擊和影響的就是底層的邊緣群體。他們微小的社會影響力和話語權力的缺失，不僅使他們最大限度地付出代價，而且也最大限度地遮蔽了他們面臨的生存和精神困境。也許正是因為這一狀況的存在，「底層寫作」才集中地表達了邊緣群體的苦難。但是，過多地表達苦難、甚至是知識分子想像的苦難，不僅使這一現象的寫作不斷重複，而且對苦難的書寫也逐漸成了目的。更重要的是，許多作品只注意了底層的生存苦難，而沒有注意或發現，比苦難更嚴酷的是這一群體的精神狀況。畢亮的小說從某種意義上改變了這個傾向。於是，底層寫作在這種努力下就這樣得到了深化，與我們說來，這畢竟是一個令人鼓舞的文學症候。

胡學文是今天鄉村中國生活的重要講述者，也是幾年來底層寫作重要的作家。他的《隱匿者》也可以看作是書寫底層生活的小說。他的《隱匿者》的故事一波三折非常複雜：三叔開著三輪車在皮城建材市場受雇拉貨，返程時有人想搭車。途中三叔停車在路邊不遠處小便，一輛大車把三叔的三輪車撞翻，將搭車人撞死——

> 等交警趕到並詢問那個和車一樣面目全非的死者是三叔什麼人時，三叔說是自己侄子。三叔說他起初並不是有意撒謊，他嚇壞了，不知那句話是怎麼滑出嘴的。他意識到，想改口，卻不敢張嘴。怕交警說他欺騙，怕他也得擔責任——畢竟，他拉了那個人並收了他的錢。交警並沒有懷疑，又問了些別的情況，三叔都回答上了。

> 後來的事，三叔說根本由不得他。他就像一隻風輪，不轉都不行。現在，一切都處理完了。車老闆賠三叔一輛新車，給了白荷二十萬。

故事從這裡開始，范秋的命運也從這裡開始改變——他是一個已經「死亡」的人，他的「骨灰」已經被帶到老家埋葬。他與妻子白荷躲到皮城，只能是皮城的一個隱形人。但事情遠沒有結束：老鄉趙青偶然發現了這個秘密，

不斷地向范秋借錢勒索，范秋怕事情敗露只能忍氣吞聲委曲求全。趙青對范秋的隱忍得寸進尺變本加厲，忍無可忍的范秋只能對趙青訴諸於武力，並以趙青的方式還治其人之身。趙青反倒身懷恐懼舉家逃避。為了改變命運，范秋踏上了尋找真正死者的慢慢長途。途中遇到瘋子拿刀砍人，他勇敢地將瘋子制服，卻無法去領取「見義勇為獎」；他冒充楊苗失蹤的丈夫去安慰她的公公婆婆；以為找到了真正的死者，但是，想要歸還那 20 萬塊錢時，卻發現楊苗的丈夫已經回來……車禍使那個「莫名」的遇難者真的不存在了，但 20 萬賠償金讓范秋這個真實的主體成了「隱匿者」。「隱匿者」改變了所有的社會關係──夫妻、父女、叔侄、個人與社會、生者與死者等等。這僅僅是三叔偶然的口誤嗎？當然不是。三叔下意識的撒謊從一個方面表達了當下的社會風氣和世道人心。因此，與其說胡學文機敏地講述了一個荒誕不經的故事，毋寧說他敏銳地感受到了當下社會的道德和精神危機。

劉慶邦是書寫鄉土中國的聖手。他也是一位多年來堅持中短篇小說創作的作家。不同的是，許多書寫鄉土中國的作家仍然固守於他們過去的鄉村經驗，而對當下中國鄉村的巨大變化沒有能力做出表達。而劉慶邦恰恰是密切關注當下中國鄉村變革現實的一位作家。《東風嫁》是寫鄉村姑娘米東風嫁人的故事，婚喪嫁娶是鄉土小說常見的題材或場景，這些場景最典型也最集中地反映了鄉土中國的生活與文化。但是，米東風的嫁人卻不是我們慣常見到的媒妁之言父母之命，也不是鄉村新青年的自由戀愛。這與米東風的經歷有關。米東風進城後做了風塵女子，她用身體賺的錢為父母在家鄉蓋起了兩層的小樓，但父母終覺得女兒的營生不是正路，硬是把她從城裏趕回了鄉下。父親米廷海不斷為米東風尋找對象，但是，所有的青年聽說是有過「雞」的名聲的米東風，避之唯恐不及。米廷海只好一再降低標準，最後懇求村長介紹了一個名叫王新開的青年。王新開雖然人高馬大，但幹不成事，只會喝酒打牌，家境也十分困窘。但米東風到了這步光景也只好認命。重要的不是米東風嫁人的過程，而是米東風嫁人之後。

米東風嫁到王家後，確有洗心革面之意，「她是帶著贖罪的心情接受到來的日子」的。但是，米東風的「小姐」經歷，成了王家公婆和丈夫虐待她的口實，她受盡了侮辱和踐踏，不僅每天戰戰兢兢看著公婆和丈夫的眼色，承擔了全部家務，甚至失去了人身自由。丈夫王新開動輒拳腳相加，米東風的日子可想而知。最後她萌生了逃跑的念頭。就在米東風絕望無助的時候，另

一個在隱秘處的人物出現了，這就是王新開的弟弟王新會。王新會在家裏沒有地位，是家裏可有可無的人物。在他看來只有這個嫂子把他當人看。於是，在米東風最危難的時候他放走了米東風，自己懸梁自盡了。

這顯然是一齣慘烈的悲劇。令人震驚的是，從五四運動的啓蒙到改革開放的今天，鄉村中國的某些角落的觀念沒有發生任何革命性的變化。對一個有過過錯女性的評價，仍然沒有超出道德化的範疇。他們不能理解，當他們用非人的方式對待米東風的時候，自己是一個怎樣的角色。因此，「底層的淪陷」在《東風嫁》中得到了遠非誇張的表達。劉慶邦的這一發現，使他對今日中國鄉村生活、特別是精神狀況的表達，達到相當的深度。

陳應松多年堅持書寫底層的路線，使他成爲這一領域的代表性作家。在這一領域展開小說創作的作家，他們關注底層人的生活和命運，在這裏尋找文學資源的努力是絕對應該得到支持的。因此，我一直關注並支持這一創作傾向和潮流。陳應松不僅多年來一直沒有分散他關注底層的目光，而且日漸深入和尖銳。這篇《無鼠之家》不僅仍然是他熟悉的鄉村生活，而且他將筆觸深入到了一個家庭的最隱秘處：閻國立是一個以賣「三步倒」鼠藥爲生的農民，他因家有特效鼠藥，所以是一個「無鼠之家」。在燕家灣賣鼠藥時遇見了燕家大女兒燕桂蘭，並親自爲自己的兒子提親。窮苦人家的燕桂蘭不日就自己去了野貓湖閻國立家，謊稱再買些鼠藥，實則實地查看閻國立家境及未來丈夫閻孝文究竟是一個怎樣的人。燕桂蘭對閻家及未來丈夫都滿意，婚事就這樣定了下來。不久燕桂蘭就被閻孝文用大紅轎子抬進了閻家。農家日子倒也尋常，但時日久了閻家發現燕桂蘭的肚子還是「沒有動靜」，這就驚動了閻家老少。事情出在十三年前的一個夏天：燕桂蘭的母親得了腦溢血，但閻家沒有人願意夜裏陪燕桂蘭去燕家灣，閻國立只好騎單車親自送燕桂蘭。這個路途不僅艱險，更重要的是閻國立知道了閻孝文沒有生育能力，他得了一種叫做「濃精症」的病，此前小說曾交代：

> 閻孝文生於七〇年代初，是野貓肆虐最嚴重的時候，也是農藥使用最嚴重的時候，而且都是劇毒農藥，像樂果、甲胺磷、甲拌磷、對硫磷等。農藥因雨水大量地流入堰塘，加上閻國立等回鄉知青開始研製殺貓的毒藥，一些試驗器皿的洗刷和試驗尾水也流入堰塘，周圍一些人家的吃水都在此塘，因而那幾年幾家出生的伢子都有一股農藥味且愛躲門旮旯兒。直到後來一個縣裏來的駐隊幹部發現此

水已不能飲用，便要求周圍住戶到野貓湖挑水食用。自閻孝文之後的他的兩個妹妹，才恢復了自然的花容月貌，身上也就有了蓮荷清香。

閻孝文的病顯然與他長期與農藥接觸有關。但事已至此，閻國立決不能讓自己斷了後。他思來想去以及和燕桂蘭的單獨接觸，他決定「代兒出征」，燕桂蘭在家照顧母親幾個月的時間裏，閻國立經常在燕家灣過夜，燕桂蘭終於懷上了閻家的血肉。於是閻聖武終於出生了。這是一個不倫之戀的結果，更糟糕的是閻聖武出生後，閻國立仍長久地霸占燕桂蘭，並致使燕桂蘭多次墮胎流產，乃至得了宮頸癌而且已經晚期。絕望的燕桂蘭終於道出了閻聖武是閻國立而不是閻孝文兒子的驚天秘密。閻家此時的生活秩序和心理環境可想而知。燕桂蘭最後悲慘地死去；閻孝文用磚頭砸死了閻國立然後逃之夭夭，是閻孝文的大妹妹報了案，磚頭上有閻孝文的指紋，結果已經不言自明。這顯然也是一齣悲劇，舊文化與新科技是這齣悲劇的合謀製造者：沒有傳宗接代的舊觀念，就不會有閻國立和燕桂蘭的不倫之戀；如果沒有化學農藥的長期毒害，閻孝文就不會得「濃精症」而失去生育能力並為父親閻國立提供機會。小說寫得觸目驚心又意味深長。

鄉村中國這些「剩餘的故事」確實從一個方面表達了中國鄉土文明巨大的變遷或轉型。而且從本質的意義上來說，無論我們是否願意，我們想像的鄉村的詩意或田園牧歌，就這樣無可避免地陷入了不能挽回的境地。這是現代性的後果，我們必須要面對——這用「好或不好」簡單的價值判斷是難以解釋的。另一方面我們也看到，對鄉村寄予期待的文學想像仍然存在。幾年前周大新的《湖光山色》、關仁山的《麥河》等，都對中國鄉村變革寄予樂觀的期待，他們的講述同樣有熱情的讀者。而且，即便到了 2012 年，懷有這樣期待的作家仍然存在，袁志學就是這樣的作家。

從身份的意義上說，袁志學還是個農民，是一個業餘作家。這時我們會講出許多關於農民、業餘作家如何不容易、如何艱難坎坷話。但這些話沒有價值，這裡隱含的同情甚至憐憫，與一個作家的創作沒有關係，只要評價一個作家的創作，其標準和尺度都是一樣的，這和評價一個大人和一個孩子不同；另一方面，身份在文化研究的意義上有等級的意味，或者說，一個農民、一個業餘作家還不是「作家」，這裡隱含著一個沒做宣告的設定——「承認的政治」，或者說作家是一個更高級的階層或群體，起碼袁志學現在還沒有進入

這個階層或群體，還沒有獲得「承認」。但是這個設定是「政治不正確」，它有明顯的歧視嫌疑。如果我們認真的話，首先需要質疑的是，這個「等級」是誰構建的？這個「承認」是誰指認的？過去加上一個身份——比如「工人作家」、「農民作家」，那是意識形態的需要，那時作爲修飾語的「工人」、「農民」與當下的意義並不完全相同。因此，在我看來，評論他的長篇小說《真情歲月》與我們評價其他作品的尺度是完全一樣的。

如果是這樣的話，我首先認爲《真情歲月》是一部優秀的長篇小說。這部小說對堡子村前現代日常生活的描摹，對生活細節的生動講述，對堡子村艱難變革歷程的表達，特別是對那個漸行漸遠、變革後堡子村的難以名狀的感傷或留戀，顯示了袁志學對鄉村生活及其變革的真切理解和感知。當他將這些生活用小說的筆法表現出來的時候，他就是一個現實主義作家。從底層成長起來的作家的處女作，大抵都有自敘傳性質，大抵是他們個人經歷的藝術概括或演繹。袁志學的《真情歲月》也大抵如此。小說從堡子村「清湯寡水的日子度日如年」的年代寫起，哪個年代，村裏人「都眼角深陷，餓得皮包骨頭，他們期盼能將洋芋煮熟後飽飽吃上一頓那才是福分呢，如同進了天堂一般。」堡子村和所有的村莊一樣，雖然已經是七十年代，從互助組、合作社到人民公社，在這條道路上的探索已經30多年，但是，中國共產黨和廣大農民在這條道路上並沒有找到他們希望找到的東西。堡子村「清湯寡水的日子」爲這條道路作了形象的注釋，這爲當代中國的鄉村變革提供了合理性的前提和依據。當然，堡子村不是中國發達地區的「華西村」或「韓村河」，這些村莊的變化因地緣優勢和強大的資本支持，可以在很短的時間內發生變化，從前現代進入現代的進程被大大縮短。但是堡子村不是這樣，作爲一個邊緣的欠發達地區的村莊，它的變化是緩慢和漸進的。這個變化是從有了「新政策」開始的。堡子村有了電、有了第一臺電視機，陸續有人捏起了瓦，有人磨起了麵，村裏有了第一眼機井等等。但是真正改變堡子村生活面貌的，還是「農村電網改造」和「退耕還林」，這時堡子村家家戶戶都在自己家的水井裏下了一寸的水泵，將水用泵抽了上來，抽到了自個兒家的水缸內，結束了用轆轤弔吃水的歷史。這個變化當然是巨大的。但是，堡子村的歷史變革，應該說只是小說的背景，小說要處理的還是堡子村人的心理、精神狀態的巨大變化。小說通過陳家三兄弟陳大、陳二、陳三、王生輝、喬懷仁、海生、強子、順來、敏子、陳二家的四蛋兒、以及劉二喜和齊小鳳的不同命運，展

示了堡子村從前現代進入現代的歷史過程。陳家兄弟、王生輝等這代人，無論物資生活還是精神面貌，事實都還處於「原生態」的狀態。那種生存狀態與周克芹的《許茂和他的女兒們》、古華的《爬滿青藤的木屋》等鄉村生活和人物的精神狀態沒有區別。但是，到了海生、強子這一代，堡子村才真正發生了革命性的改變。新一代在現代文明沐浴下，真正改寫了堡子村的文明史。最簡單的例子是劉二喜與齊小鳳的婚姻關係。劉二喜對齊小鳳沒有起碼的尊重，他對兩性關係的痴迷和混亂，與現代文明沒有任何關係。但是，到了敏子和順來這一代，他們的愛情關係應該是小說最為感人的段落。袁志學通過這樣的比較，已經形象地表達了堡子村翻天覆地的內在變化，表達了堡子村真正走上了現代文明之路。它與物質生活有關，但更與人的精神世界的改變有關。

作者為了表達堡子村的變化，曾刻意寫下了這樣一段：

> 一條寬闊平坦的油路修進了堡子村，沿「街道」一直修進了村西北角的小學，早年建起的戲樓又被拆除了，新蓋的比原來更闊氣更雄偉的戲樓和堡子村的村民娛樂室、黨員活動室、村衛生室一起，以一派琉璃之色坐落在村外一處寬敞地裏，整個地面用紅磚鋪了，村裏人再不怕看戲時下雨一腳泥、天晴一身土，舒舒服服將身子丟在戲場子裏，看著省城的大劇團在臺上演歌舞、唱秦腔，比吃肉喝酒更帶勁兒。為了保護城牆這文化遺產，四方的城牆都用磚包了，村口二面的城門墩子按照原來人們能記起的老樣子重新建設，那砌的青磚的個頭大得讓村裏人驚訝，磚縫子用白色勾勒，看上去感情就好像和電視裏的長城的樣子差不多。整個村子經過了這樣修整打扮，越發顯得和諧，聚集的有了神韻，真真正正成了一道靚麗的風景鑽進人們的眼裏。

這是小說最失敗的地方。這和新聞稿沒有區別。堡子村的歷史變化，已經通過村莊的物質生活和人的精神變化表達出來了，再用這種沒有任何表現力的方式直白的說出，實在沒有必要。這是袁志學今後創作需要改變的地方。

另一方面，在具體的表現上，《真情歲月》還有可圈可點的方面，比如景物描寫。我們經常在小說中讀到這樣的段落：

> 黑黝黝的山川輪廓，籠在霧一般的水墨色裏，月兒雖然已經上來，但像是誰用暗紅的畫筆輕細地勾勒出的一點弧線，如隻蚯蚓靜

靜地爬在這幅水墨色的景致中，不注意看根本發現不了它的存在，整個堡子村集體在山上的忙活尚未平靜，點點凝重的黑色在一抹水墨的輪廓中動彈……

天空一片瓦藍，風和日麗，草尖上、柳樹上已經透出小巧的一點綠，不注意根本發現不了它的存在，堡子村小學校園中琅琅的讀書聲縈繞在空中，構成了一幅帶有音樂旋律的和諧春暖圖。

青楊綠柳，和風細雨，滿山綠意濃，遍地草花香，五月這道靚麗的風景來了。

就在豌豆角掛滿豆蔓，給人們炫耀它的快成熟的那份金黃色的得意，藍瑩瑩的胡麻花微笑著彰顯它的振奮和熱烈，滿山充溢著花和綠的香的六月六的這一天清晨，天是那樣藍，雲是那樣淡，白楊綠柳靜靜地立著，空氣中飄浮著莊稼的清香，太陽下花草帶露、晶瑩剔透。

現在的小說不大注意景物描寫，這是不對的。景物描寫不僅使小說的色彩、節奏的處理發生變化，調節讀者的閱讀心理，同時也使小說的文學性得以體現和強化。

再比如喬懷仁去世時有這樣一段文字：「村外的莊稼地裏多了一個掛滿白色的新墳。絲絲涼風拂過，墳塋上的紙微微起動，似乎戴不動那沉重欲碎的傷痛，代表不了那很久以來就抹在心頭的一縷哀怨，鳥兒在墳的上空飛去，一聲鳴叫，似乎也在為離世的人傳著追隨來了的情。杯杯薄酒祭奠墳前，陣陣哭聲回繞山谷，來世匆匆去時淡淡，人生似夢只在朝夕。」這裡既有景物、場景描寫，也有對人生的萬端感慨。語言顯然借助了明清白話小說的筆法。但是，在袁志學這裡，這些景物描寫又大多出現在章節的開頭，這使小說又缺乏變化，有一種格式化或不斷重複的感覺。這個問題只要稍加處理很容易做到。

還值得提及的，是袁志學對鄉村中國現代性的直覺感受。這就是，現代性是一把雙刃劍，它帶來的新的景觀和氣象。但是，現代性的問題也如影隨形不期而至。小說最後有這樣一段敘述：

海生和強子視野中的堡子村：他和強子爬上了厚厚的土城墻，守望這一片村子，海生的心久久不能平靜。小時的那段夢依然那樣

清麗，然而就在倏忽間順來整個家庭中的那一張張面容都已經離自己遠去了，那沒有前墙的院落靜靜地留在村子裏，在一片紅墙新瓦的房舍中顯得孤寂和冷漠，墙頭屋頂的荒草在冬風中瑟瑟抖動，訴說著一段悲壯淒婉的生命歷程。

這是懷舊，但是，貧窮寂寥的過去爲什麼還讓這些有過童年記憶的青年懷念。這從一個方面證實了現代性不是萬能的，它可以創造新的物質和精神生活，但是人的需要顯然還有超出這個承諾的許多東西。因此，小說也無意識地表達了在當下的環境中，鄉村中國的未竟道路。

鄉村文明的崩潰和以都市文明爲核心正在建構的新文明的崛起，決定了百年來作爲主流文學的鄉土敘事的衰落。在社會學的意義上，這一變化意味著當代中國文化眞正的轉型，這一轉型決定了文學的變局。現實生活是文學創作的依據，離開了這個現實，文學的虛構或想像就是空穴來風。但是，一如我多次表達過的那樣，鄉村文明的崩潰並不意味著鄉土文學的終結。這也正如封建社會末期產生了偉大作品《紅樓夢》一樣，有才能、有歷史洞穿力的作家，還會寫出偉大的與中國鄉土文明有關的大作品。

2012 年 12 月於北京

怎樣講述當下中國的鄉村故事

——新世紀長篇小說中的鄉村變革

內容提要：20 世紀 40 年代的文學，在回應中國現代性、特別是鄉村中國現代性問題的時候，創造了一個中國式的「整體性」。這個「整體性」的寫作一直延續到文革結束。因爲中國共產黨和中國廣大農民發現，在這個「整體性」的道路上，他們沒有找到希望找到的東西。改革開放以後，隨著明星村莊的不斷湧現，中國農村改革道路似乎一覽無餘前程似錦，又一個「整體性」在形成。但是，隨著改革開放的進一步發展，鄉村中國的複雜性逐漸被認識。在這個過程中，文學不僅追蹤了鄉村中國改革開放的步伐，而且作家發現了其間隱含的多種矛盾。於是便出現了中國鄉村變革不同的講述方式。

關鍵詞：鄉村中國　整體性　整體性瓦解　整體性建構　猶疑不決

　　2010 年，《人民文學》發表了梁鴻的非虛構文學《梁莊》。在文學界引起了巨大反響。在這部「非虛構」作品中，梁鴻尖銳地講述了她的故鄉多年來的變化，這個變化不只是「十幾年前奔流而下的河水、寬闊的河道不見了，那在河上空盤旋的水鳥更是不見蹤跡。」〔註1〕重要的是她講述了她看到的爲難的村支書、無望的民辦教師、服毒自盡的春梅、住在墓地的一家人等。梁

〔註 1〕梁鴻：《梁莊》，載《人民文學》2010 年 9 期。

莊給我們的印象一言以蔽之：就是破敗。破敗的生活、破敗的教育、破敗的心情。梁莊的人心已如一盤散沙難以集聚，鄉土不再溫暖。更嚴重的是，梁莊的破產不僅是鄉村生活的破產，而且是鄉村傳統中的道德、價值、信仰的破產。這個破產幾乎徹底根除了鄉土中國賴以存在的可能，也就是中國傳統文化載體的徹底瓦解。

可以說，現代性的兩面性，在《梁莊》中被揭示得非常透徹。這倒不在於作家對前現代懷舊式的抒情。我們更關心的是中國走向現代的代價。現在，我們依然在這條道路上迅猛前行，對現代性代價的反省還僅僅停留在書生們的議論中。應該說，作為「非虛構」的《梁莊》，梁鴻書寫的一切肯定是真實的。三十年的改革開放取得了巨大成就，但是，改革開放的成果沒有被全民共享，發展的不平衡性已經成為一個突出的問題。因此，找到諸如「梁莊」這樣的例子不是一件困難的事情。另一方面，我們發現在虛構的小說中，講述變革的鄉村中國雖然不及《梁莊》尖銳，但觀念的分化已是不爭的事實。這些不同的講述是鄉村中國不同現實的反映，同時也是中國作家對鄉村中國未來發展不同觀念的表達。

一、鄉村中國「整體性」敘事的瓦解

鄉村中國整體性敘事發生於 20 世紀 40 年代，也就是鄉土文學轉向「農村題材」之後。這一現象的出現，與中國共產黨建立現代民族國家的目標密切相關。農民占中國人口的絕大多數，動員這個階級參與建立現代民族國家的進程，是被後來歷史證明的必由之路。於是，自延安時代起，特別是反映或表達土改運動的長篇小說《太陽照在桑乾河上》、《暴風驟雨》等的發表，中國鄉村生活的整體性敘事與社會歷史發展進程的緊密縫合，被完整地創造出來。此後，當代文學關於鄉村中國的整體性敘事幾乎都是按照這一模式書寫的，《創業史》、《山鄉巨變》、《三里灣》、《紅旗譜》、《艷陽天》、《金光大道》等概莫能外。「整體性」和「史詩性」的創作來自兩個依據和傳統：一是西方自黑格爾以來建構的歷史哲學，它為「史詩」的創作提供了哲學依據；一是中國文學的「史傳傳統」，它為「史詩」的寫作提供了基本範型。於是，史詩便在相當長的一個歷史時段甚至成為評價文藝的一個尺度，也是評價革命文學的尺度和最高追求。

但是，這個整體性的敘事很快就遇到了問題，不僅柳青的《創業史》文

革後難以續寫，而且 1980 年代周克芹的《許茂和他的女兒們》，率先對這個整體性提出了質疑：在這個整體性的道路上，中國共產黨和廣大中國農民並沒有找到他們希望找到的東西，許茂和他的女兒們無論精神還是物質，依然一貧如洗，這個整體性顯然不再被選擇。改革開放以後，隨著明星村莊的不斷湧現，中國農村改革道路似乎一覽無餘前程似錦。但是，事情遠沒有這樣簡單。2004 年，孫惠芬發表了長篇小說《上塘書》〔註2〕。《上塘書》以「外來者」視角描繪了一個被稱為上塘的社會生活和變化。孫惠芬的敘述非常有趣，如果從章節上看，她幾乎完全是「宏大敘事」，從上塘的地理、政治、交通、通訊到上塘的教育、貿易、文化、婚姻和歷史。不知底細還以為這「上塘」是考證出來的哪朝哪代的事情。但是，這一「宏大敘事」確實別具匠心：一方面，鄉村中國哪怕細微的變化，無不聯繫著中國社會發展的歷史進程，鄉村的歷史並不是沿著傳統的時間發展的；一方面，「宏大敘事」在具體的敘述中，完全被上塘的日常生活所置換。上塘人嚮往以城市為表徵的「現代」社會和生活，因此，「往外走」就成了上塘的一種「意識形態」，供出的大學生要往外走，供不出大學生的也要往外走，「出去變得越來越容易」，「不出去越來越不可能」。在上塘生活了一輩子的申家爺爺，為了跟孫子進城，提前一年就開始和上塘人告別，但是，當他們進城之後，他們不能隨地吐痰，不願意看孫媳婦的臉色，只好又回到了上塘。那個想讓爺爺奶奶見識一下城裏生活的孫子，也因與妻子的分歧夢裏回到上塘卻找不到自己的家了。這些情節在作者看來也許只是故事的需要，是敘述的需要，但無意間揭示了鄉村和現代兩種文化的尖銳對立，鄉村文化的不肯妥協，使鄉村文化仍然固守於過去而難以進入「現代」。勉強進入「現代」的鄉村子孫卻找不到「家園」了。

　　上塘的「地理」為上塘描繪了它的文化地圖，於是，上塘的政治、交通、通訊、教育、貿易、文化、婚姻和歷史，無不和國家建立起了看見或看不見的聯繫。鄉村原本是重要的，這不僅在於它和中國革命的天然聯繫，是中國革命最基本的力量和根據地，同時，中國最重要和基本的問題，都是緣於鄉村而發生和提出的。但是，革命勝利之後，這個無論是文學還是革命都被看作是家園的所在，卻經常被作為「代價」而付出。上塘也是如此，「水」對於上塘的重要幾乎和生命一樣，鄉親鄰里的矛盾也多因水而發生，但是，在缺水的日子裏，城裏不能沒有水，上塘卻被斷了水。上塘的「大敘事」都是在

〔註2〕孫惠芬：《上塘書》，人民文學出版社 2004 年版。

日常生活的「小敘事」中被體現出來的，小說不負有說明歷史的義務，但小說卻可以發現歷史。上塘這個地圖上都難以標出的村落，卻在作家的筆下呈現出了「現代性」的巨大矛盾，這個矛盾不僅是上塘的困惑，同時也是社會發展遭遇的巨大矛盾和困惑。《上塘書》的敘述給人以深刻的印象。小說幾乎沒有一條貫穿始終的情節或主線，作家筆之所至信手拈來，上塘生活的片段構成了上塘的過去和現在。文字也是白描式的，它不是水漫堤壩一瀉千里，而是不急不躁和風細雨，一點一滴地滲透到上塘的土地和人心。但在不露痕跡的兩種敘事中，我們確切地看到了鄉村文化的兩難處境。

鄉村敘事整體性的碎裂，在阿來和賈平凹的小說中最為突出。讀過阿來的《塵埃落定》之後，再讀《空山》〔註3〕會覺得這是一部很奇怪的小說：《塵埃落定》是一部英雄傳奇，是叱吒風雲的土司和他們子孫的英雄史詩，他們在壯麗廣袤的古老空間上演了一部雄赳赳的男性故事。也是從前現代走向現代的浪漫歷史。但《空山》幾乎沒有值得講述的故事，拼接和連綴起的生活碎片充斥全篇，在結構上也是由六個不連貫的篇章組成。它與《塵埃落定》是如此的不同。《隨風飄散》是《空山》的第一卷。這一卷只講述了私生子格拉和母親相依為命毫無意義的日常生活，他們屈辱而沒有尊嚴，甚至冤屈地死亡渾然不覺。如果只讀《隨風飄散》我們會以為這是一部支離破碎很不完整的小說片段，但是，當讀完卷二《天火》之後，那場沒有盡期的大火不僅照亮了自身，同時也照亮了《隨風飄散》中格拉冤屈的靈魂。格拉的悲劇是在日常生活中釀成的，格拉和他母親的尊嚴是被機村普通人給剝奪的，無論成人還是孩子，他們隨意欺辱這僅僅是活著的母子。原始的愚昧在機村彌漫四方，於是，對人性的追問就成為《隨風飄散》揮之不去一以貫之的主題。

《天火》是發生在機村的一場大火。但這場大火更是一種象徵和隱喻，它是一場自然的災難，更是一場人為的災難。那漫天大火的背後，有各種表演的嘴臉，在政治文化的支配下，「運動」不是改變了人性，而是催發了人性的惡。自然的「天火」並沒有也不可能給機村毀滅性的打擊，但自然天火後面的人為「天火」，卻為這個遙遠的村莊帶來了更大的不測。那個被「宣判」為「反革命」的多吉，連撒尿的權利都被剝奪了，他為了維護個人做人的尊嚴，不讓尿撒在褲子裏，以免被後人恥笑，但他不能。他能夠做到的只有捨身跳進懸崖。那個多情的姑娘央金，「在這短短的幾天裏，她的世界真是天旋

〔註3〕阿來：《空山》三卷本，人民文學出版社分別於 2005～2009 年出版。

地轉，先是被莫名的愛情而激情難抑，繼而又被拋進深淵，這還不夠，從色媄措湧出來的湖水差點奪去她的生命，當她從死神手中掙扎回來……，已經是救火戰場上湧現的女英雄了。」於是，這個女英雄臉上出現了一種「大家都感到陌生的表情」：她神情莊重，目光堅定，望著遠方。也是這個時代的電影、報紙和宣傳畫上先進人物的標準姿態。多吉的命運和央金的命運是那個時代人物命運的兩極，一念之差，或者在神秘的命運之手的掌控下，所有的人，即可以上天堂也可以下地獄。這是自然天火造成的嗎？《空山》的寫作在當下文學的處境中是一個奇跡。這部小說需要慢慢閱讀。它不是消費性的文字，它不那麼令人賞心悅目一目十行，但它確實是一篇多年潛心營造的作品，它將一個時代的苦難和荒謬，就蘊涵於一對母子的日常生活裏，蘊涵於一場精心構劃卻又含而不露的「天火」中。這時我們發現，任何一場運動，一場災難過後，它留下的是永駐人心的創傷而不僅僅是自然環境的傷痕。生活中原始的愚昧，一旦遭遇適合生長的環境，就會以百倍的瘋狂千倍的仇恨揮發出來，那個時候，災難就到來了。《空山》講述的故事就這樣意味深長。機村瑣碎生活的敘述與《塵埃落定》宏大的歷史敘述構成了鮮明的比較。僅僅幾年的時間，歷史主義在阿來這裡已煙消雲散化為烏有。

賈平凹是這個時代最重要的作家之一，他已經完成的創作無可質疑地成為這個時代重要的文學經驗的一部分。他倍受爭議毀譽參半恰恰證實了賈平凹的重要：他是一個值得爭議和批評的作家。在我看來，無論對賈平凹的看法有多麼不同或差異，有一點可以肯定的是，賈平凹幾乎所有的長篇創作，都是與現實相關的題材。二十多年來，賈平凹用文學作品的方式，密切地關注著他視野所及變化著的生活和世道人心，並以他的方式對這一變化的現代生活、特別是農村生活和人的生存、心理狀態表達著他的猶疑和困惑。但值得注意的是，在賈平凹的早期作品中，比如《浮躁》、《雞窩窪人家》、《臘月·正月》、《遠山野情》等，雖然也寫了社會變革中的矛盾和問題，但可以肯定的是，這些作品總還是洋溢著不易察覺的歷史樂觀主義。即便是《土門》、《高老莊》這樣的作品，仍能感到他對整合歷史的某種自信和無意識。

但是到了《秦腔》〔註4〕，情況發生了我們意想不到的變化。在他以往的作品中都有相對完整的故事情節，都有貫穿始終的主要人物推動故事或情節的發展。或者說，在賈平凹看來，以往的鄉村生活雖然有變化甚至震蕩，但

〔註4〕賈平凹：《秦腔》，作家出版社 2005 年出版。

還可以整合出相對完整的故事，那裏還有能夠完整敘事的歷史存在，歷史的整體性還沒有完全破解。這樣的敘事或理解，潛含了賈平凹對鄉村中國生活變化的樂觀態度甚至對未來的允諾性的期許。但是，到了《秦腔》這裡，小說發生了重大的變化：這裡已經沒有完整的故事，沒有令人震驚的情節，也沒有所謂形象極端個性化的人物。清風街上只剩下了瑣屑無聊的生活碎片和日復一日的平常日子。再也沒有大悲痛和大歡樂，一切都變得平淡無奇。「秦腔」在這裡是一個象徵和隱喻，它是傳統鄉村中國的象徵，它證實著鄉村中國曾經的歷史和存在。在小說中，這一古老的民間藝術正在漸漸流失，它片段地出現在小說中，恰好印證了它艱難的殘存。瘋人引生是小說的敘述者，但他在小說中最大的作為就是痴心不改地愛著白雪，不僅因為白雪漂亮，重要的還有白雪會唱秦腔。因此引生對白雪的愛也不是簡單的男女之愛，而是對某種文化或某種文化承傳者的一往情深。對於引生或賈平凹而言，白雪是清風街東方文化最後的女神：她漂亮、賢惠、忍辱負重又善解人意。但白雪的命運卻不能不是宿命性的，她最終還是一個被拋棄的對象，而引生並沒有能力拯救她。這個故事其實就是清風街或傳統的鄉村中國文化的故事：白雪、秦腔以及「仁義禮智」等鄉村中國最後神話即將成為過去，清風街再也不是過去的清風街，世風改變了一切。

《秦腔》並沒有寫什麼悲痛的故事，但讀過之後卻讓人很感傷。這時候，我們不得不對「現代」這個神話產生質疑。事實上我們在按照西方的「現代」在改變或塑造我們的「現代」，全球一體化的趨勢已經衝破了我們傳統的堤壩，民族國家的特性和邊界正在消失。一方面它打破了許多界限，比如城鄉、工農以及傳統的身份界限；一方面我們賴以認同的文化身份也越來越模糊。如果說「現代」的就是好的，那我們還是停留在進化論的理論。《秦腔》的感傷是正對傳統文化越來越遙遠的憑弔，它是一曲關於傳統文化的輓歌，也是對「現代」的叩問和疑惑。這樣的思想賈平凹在《土門》、《懷念狼》等作品中也表達過。如果是這樣的話，我同時也不免躊躇：《秦腔》站在過去的立場，或懷舊的立場面對今日的生活，它對敦厚、仁義、淳樸等鄉村中國倫理文化的認同，是否也影響或阻礙了他對「現代」生活的理解和認知，對任何一種生活的理解和描述，都不免片面甚至誇張。《秦腔》的「反現代」的現代性，在這個意義上也是值得討論的。因此，面對「現代」的叩問或困惑，就不止是《秦腔》及作者的問題，對我們而言同時也是如何面對那個強大的歷史主義的問題。

二、鄉村中國「整體性」敘事的重建

當孫惠芬的《上塘書》、賈平凹的《秦腔》、阿來的《空山》等作品發表之後，預示了鄉村中國整體性敘事已經徹底崩解，鄉村中國似乎就是一個支離破碎的敘述對象。但是，鄉村中國的全部複雜性並不掌握在任何人手中。2006 年，周大新《湖光山色》〔註5〕的出版，就對鄉村中國重新做了整體性的敘事：改革開放 20 多年的歷史，也是中國鄉村生活被不斷書寫的歷史。在這個不斷書寫的歷史中，我們既看到了最廣大農村逐漸被放大了的微茫的曙光，也看到了矛盾、焦慮甚至絕望中的艱難掙扎。《湖光山色》的故事也許並不複雜：它講述的是改革大潮中發生在一個被稱爲「楚王莊」裏的故事。主人公暖暖是一個「公主」式的鄉村姑娘，她幾乎是楚王莊所有男性青年的共同夢想。村主任詹石蹬的弟弟詹石梯甚至自認爲暖暖非他莫屬。但暖暖卻以決絕的方式嫁給了貧窮的青年曠開田，並因此與橫行鄉里的村主任詹石蹬結下仇怨。從此，這個見過世面性格倔強心氣甚高的女性，開始了她漫長艱辛的人生道路。但這不是一部興致盎然虛構當代鄉村愛恨情仇的暢銷小說，不是一個偏遠鄉村走向溫飽的致富史，也不是簡單的揚善懲惡因果報應的通俗故事；在這個結構嚴密充滿悲情和暖意的小說中，周大新以他對中國鄉村生活的獨特理解，既書寫了鄉村表層生活的巨大變遷和當代氣息，同時也發現了鄉村中國深層結構的堅固和蛻變的艱難。因此，這是一個平民作家對中原鄉村如歸故里般的一次親近和擁抱，是一個理想主義者對鄉村變革發自內心的渴望和期待，是一個有識見的作家洞穿歷史後對今天詩意的祈禱和願望。

主人公暖暖無疑是一個理想的人物，也是我們在理想主義作家中經常看到的大地聖母般的人物：她美麗善良、多情重義，樸素而智慧、自尊並心存高遠。楚王莊的文化傳統養育了這個正面而理想的女性。暖暖給人印象最爲深刻的，不是她決然地嫁給曠開田，不是她靠商業的敏感爲家庭帶來最初的物質積累，不是她像秋菊一樣堅忍地爲開田上告打官司，也不是她像當年毅然嫁給開田一樣又毅然和開田離婚，而是她爲了解救開田委曲求全被村主任詹石蹬侮辱之後，雖然心懷仇恨，但當詹石蹬不久人世之際，仍能以德報怨，以仁愛之心替代往日冤仇，甚至爲詹石蹬送去了醫治的費用。這一筆確實使暖暖深明大義的形象如聖母般地光焰萬丈。在傳統的階級對立的表達中，仇

〔註 5〕周大新：《湖光山色》，2006 年作家出版社出版。

恨和暴力是我們最常見的人際關係，對暴力的崇尚是源於快意恩仇的冤怨相報。仇恨和暴力轉換的美學傳統至今仍沒有徹底根絕。在這樣的美學原則統治下，當然不會產生冉‧阿讓或聶赫留朵夫這樣的人物。但到了暖暖這裡，可以斷定的是，即便在傳統的批評框架內，周大新為我們提供的，也是一個嶄新的人物和嶄新的人倫關係。這一超越性的創作震撼人心。

《湖光山色》對人性複雜性、可能性的表達是小說值得稱道的另一個方面。詹石蹬在任村主任期間，是一個典型的橫行鄉里的惡霸。在楚王莊「他想辦的事沒有辦不成的」，他「想睡的女人，沒有睡不成的」。他成府極深，幾乎把權力用到了無以復加的地步。他對暖暖的迫害讓人看到了人性全部的惡。他不僅因農藥事件拘留開田、在查封楚地居等行為中體驗到了權力帶給他的快感，而且還利用權力兩次佔有了暖暖的身體，「性與政治」在詹石蹬這裡以極端的方式得到了體現。在楚王莊他有恃無恐，他唯一懼怕的就是失去權力。只有在「民選」的時候，他才會向「選民」們表示一下「謙恭」。詹石蹬的作為使暖暖們也意識到，楚王莊要過上好日子，自己要過上安穩生活，必須把詹石蹬選下去。暖暖拉選票的方式在一個民主社會也未必是合法的，但在鄉村中國暖暖的做法卻有合理性。詹石蹬被村民選下去之後，再也沒有氣焰可言。但他為報復暖暖，還是將他與暖暖發生關係的事情以歪曲的方式告訴了後來楚王莊的「王」──曠開田。這是導致暖暖婚姻破裂的開始，詹石蹬內心深處的陰暗由此可見。但是，當他絕症在身不久人世的時候，暖暖不計恩怨情仇，不僅看望了詹石蹬而且送去了用作治療的費用。詹石蹬儘管已經喪失了語言功能，但還是讓人抬著他去看望了傷後的暖暖，並帶來了一包紅棗。這個細節如果以恩怨情仇的方式來看的話，可能不那麼動人，但對於詹石蹬來說卻在末日來臨的時候發生了人性的轉變。作家通過詹石蹬不僅揭示了人性的複雜性和惡的一面，而且他堅信人性終有善的一面。

作為一部書寫鄉村中國的小說，作家所追尋、探討的歷史和現實深度，更體現在曠開田這個人物上，這是一個鄉村中國典型的青年農民形象。他曾是一個普通的、小農經濟時代目光短淺、心無大志的農民，也是一個遇事無主張、很容易滿足的農民。就在他一文不名的時候，暖暖以超出楚王莊所有人想像的方式嫁給了他。他是在暖暖的溫暖、啟發甚至是教導下成長起來的。暖暖不僅是他的妻子、恩人，同時也是他成長的導師。當他是楚王莊普通農

民的時候，他對暖暖幾乎沒有任何疑義言聽計從，並且發自內心地愛著暖暖。他不是那種陰險、狡詐的壞人。但是，當暖暖聯合村民將他選上村主任之後，他逐漸發生了變化。他曾和暖暖玩笑地說：「將來我就是楚王莊的『王』」。這不經意的玩笑卻被後來歷史的所證實。他不僅專橫跋扈為所欲為，不僅與各種女人發生兩性關係，同時也不再把暖暖放在心上。因對經營方式的分歧，對暖暖與詹石蹬發生關係的怨恨等，終於導致了兩人婚姻的破裂。

有趣的是，楚王莊兩千三百多年前曾是楚國的領地，為了抵禦秦國的入侵，楚國臣民修築了楚長城，但當年的楚文王資卻是一個飛揚跋扈驕奢淫逸的君主。兩千多年過後，暖暖在楚王莊用湖光山色引進資金創建了「賞心苑」，為了吸引遊客，又命名了「離別棚」並上演以楚國為題材的大型節目「離別」，演出人員達 80 人之多，可見規模和氣勢。當初讓剛被選舉上村主任的曠開田飾演楚文王資，曠開田還推辭，但演出幾次之後，曠開田不僅樂此不疲甚至無比受用。這時的曠開田已經下意識地將自己作為楚王莊的「王」了。他不僅溢於言表而且在行為方式上也情不自禁地有了「王」者之氣。他對企業的管理、對妻子的情感、對民眾的態度以及對情慾的放縱等等，都不加掩飾並越演越烈。最後終於也到了飛揚跋扈橫行鄉里的地步，與詹石蹬沒有什麼區別。從楚文王資到詹石蹬和曠開田，中國鄉村的專制或統治意識幾乎沒有發生本質性的變化。詹石蹬和曠開田雖然是民眾選舉出來的村主任，但在缺乏民主和法制的鄉村社會，民選也只能流於一種形式而難以實現真正的民主。在這樣的環境裏面，無論是誰，都會被塑造成詹石蹬或曠開田。小說始於「水」又止於「水」，這當然不是一個簡單輪迴的隱喻，也不是對鄉村變革具有某種神秘色彩的解釋。但可以肯定的是，周大新在這個有意的結構中，一定寄予了他對中國傳統文化、特別是中原農村文化某種深思熟慮的、具有穿透性的思考，在這個意義上，《湖光山色》所做的努力和探索應該說是前所未有的。楚王莊的「湖光山色」終將在「招商引資」、在賞心苑按摩小姐以及薛傳薪「現代」管理和拜金主義的衝擊下褪盡它最後的詩意。就它的社會形態而言，楚王莊既不是過去的也不是現代的，它正處在一個進退維谷的兩難境地。或者說，楚王莊就是今日中國廣大鄉村的縮影，艱難的蛻變是它走進現代必須經歷的。暖暖的願望在鄉村中國還很難實現，暖暖的理想是作家周大新的「理想」，是周大新的期待和願望。如果這個看法成立的話，《湖光山色》在本質上是一部浪漫主義小說。

　　2010 年出版的《麥河》〔註6〕，是作家關仁山繼《天高地厚》、《白紙門》等長篇小說後，又一部表現當下中國鄉村生活的長篇小說。關仁山是一位長久關注當代鄉村生活變遷的作家，是一位努力與當下生活建立關係的作家，是一位關懷當下中國鄉村命運的作家。當下生活和與當下生活相關的文學創作，最大的特點就是它的不確定性，不確定性也意味著某種不安全性。如果是這樣的話，這種創作就充滿了風險和挑戰。但也恰恰因為這種不確定性和不安全性，這種創作才充滿了魅力。關仁山的創作幾乎都與當下生活有關。我欣賞敢於和堅持書寫當下生活的作家作品。

　　《麥河》是表現當下鄉村中國正在實行的土地流轉政策，以及面對這個政策麥河兩岸的鸚鵡村發生的人與事。實行土地流轉是小說的核心事件，圍繞這個事件，小說描繪了北中國鄉村的風情畫或浮世繪。傳統的鄉村雖然在現代性的裏挾下已經風雨飄搖，但鄉村的風俗、倫理、價值觀以及具體的生活場景，並沒有發生革命性的變化，這就是我曾經強調過的鄉村中國的「超穩定文化結構」。但是，鄉村中國又不是一部自然發展史，現代性對鄉村的改變又幾乎是難以抗拒的。因此，鄉村就著處在傳統與現代的夾縫中——面對過去，鄉村流連往返充滿懷戀；面對未來，鄉村躍躍欲試又四顧茫然。這種情形，我們在《麥河》的閱讀中又一次經驗。有趣的是，《麥河》的敘述者是由一個「瞎子」承擔的。三哥白立國是個唱大鼓的民間藝人，雖然眼睛瞎了，但他對麥河和鸚鵡村的人與事洞若觀火瞭如指掌。他是鸚鵡村的當事人、參與者和見證者。三哥雖然是個瞎子，但他心地善良，處事達觀，與人為善和寬容積極的人生態度，給人留下了深刻的印象。在某種意義上他是鸚鵡村的精神象徵。但作為一個殘疾人，他的行動能力和處理外部事務的局限，決定了他難以主宰鸚鵡村的命運。他唯一的本事就是唱樂亭大鼓。但是這個極受當地農民歡迎的地方曲藝，能夠改變鸚鵡村貧困的現實和未來的命運嗎？因此，小說中重要的人物是曹雙陽。這是一個我們經常見到的鄉村「能人」，他見多識廣、能說會道，曾經和黑道的人用真刀真槍震儡過黑石溝的地痞丁漢，也曾經為了合股開礦出讓了自己的情人桃兒。這是一個不安分、性格及其複雜的人物，也是我們常見的鄉村內心有「狠勁」的人物。他是當上「麥河集團」的老總以後重新回到鸚鵡村土地上的。他希望村民通過土地流轉加入「麥河集團」，實現鸚鵡村的集體致富。所謂土地流轉是指土地使用權流轉，土地

〔註 6〕 關仁山：《麥河》，2010 年作家出版社出版。

使用權流轉的含義,是指擁有土地承包經營權的農戶將土地經營權(使用權)轉讓給其他農戶或經濟組織,即保留承包權,轉讓使用權。也有的地區將集體建設用地可通過土地使用權的合作、入股、聯營、轉換等方式進行流轉,鼓勵集體建設用地向城鎮和工業園區集中。其要點是:在不改變家庭承包經營基本制度的基礎上,把股份制引入土地制度建設,建立以土地為主要內容的農村股份合作制,把農民承包的土地從實物形態變為價值形態,讓一部分農民獲得股權後安心從事二、三產業;另一部分農民可以擴大土地經營規模,實現市郊農業由傳統向現代轉型。

土地對農民是太重要了。歷朝歷代只有處理好土地問題,鄉村中國才有太平光景。對於農民來說,土地分下來容易合起來難。但土地流轉不是合作化運動,它是充分自由的,可以流轉也可以不參加流轉。對鄉村中國來說這當然是又一種新的探索。就鸚鵡村而言,由於曹雙陽的集中管理和多種經營,鸚鵡村已經呈現出了新的氣象,農民的生活和精神面貌發生了顯著的變化。當然,長篇小說是寫人物命運的。圍繞麥河兩岸土地流轉這個「事件」,《麥河》在描繪冀北平原風俗風情的同時,主要書寫了鸚鵡村民在這個時代的命運和精神狀態。曹雙陽是一個「能人」,但也誠如桃兒所說,這是一個患了「現代病」的人,他被金錢宰制,現代人所有的問題他幾乎都具備。但他最終還是回到了土地,對土地的敬畏才最終成就了這個能人。瞎子三哥的眼睛最後得以復明,這當然不是他說的「因果論」。但這個「大團圓」式的結局還是符合大眾閱讀趣味的。這個人物是《麥河》塑造得最成功的人物,他是樂亭大鼓的傳人,是一個民眾喜聞樂見的人物。在他身上我們才得以感受典型的冀北風情風物。應該說,就這個樂亭大鼓將《麥河》攪動得上下翻飛風情萬種。可以肯定的是,關仁山對三哥這類民間人物和樂亭打鼓相當熟悉。他身邊的蒼鷹是個「隱喻」,這個鳥中之王,因為飛得高才看得遠。三哥與蒼鷹「虎子」是相互的對象,用時髦的話說,他們有「互文」關係。

《麥河》中桃兒這個人物我們在《九月還鄉》中似乎接觸過。她是一個來自鄉村的賣淫女,但做過著類營生的人並非都是壞人。桃兒自從回到鸚鵡村,自從和瞎子三哥「好上」以後,我們再看到的桃兒和我們尋常見到的好姑娘並沒有不同。她性情剛烈,但多情重義。她不僅愛三哥,而且最終治好了三哥的眼疾使他重見光明。這裡當然有一個觀念的問題。自從莫泊桑的《羊脂球》之後,妓女的形象大變。這當然不是作家的「從善如流」或庸俗的「跟

進」。事實上妓女也是人，只是「妓女」的命名使她們必須進入「另冊」，她們在本質上與我們有什麼區別嗎？未必。桃兒的形象應該說比九月豐滿豐富得多。如果說九月是一個從妓女到聖母的形象，那麼桃兒就是一個冀北普通的鄉村女性。這個變化可以說，關仁山在塑造鄉村女性形象方面有了很大的超越。

中國的改革開放本身是一個「試錯」的過程，探索的過程。中國社會及其發展道路的全部複雜性還沒有被我們全部認識。它需要全民的參與和實踐，而不是誰來指出一條「金光大道」。事實證明，在過去那條曾被譽為「金光大道」的路上，鄉村中國和廣大農民並沒有找到他們希望找到的東西。但麥河兩岸正在探索和實踐的道路卻透露出了某種微茫的曙光。但這一切仍然具有不確定性，雙陽、三哥、桃兒們能找到他們的道路嗎？我們拭目以待。

三、在「潰敗」和重建之間的猶豫不決

與看到「整體性」的潰敗和以理想主義的方式重建整體性不同的，是游離於兩者之間的第三種敘事態度。這種敘事並不明確地反對或贊成當下中國鄉村的變革方式。但在講述方式上隱約透露了他們遲疑矛盾、猶疑不決的情感心理。這個矛盾一方面是小說人物在城鄉之間的尷尬處境和無辜無助決定的；一方面則是作家對鄉村中國發展道路猶豫不決的態度決定的。賈平凹的長篇小說創作，大多與現實保持著密切的關係，特別是鄉村中國現代性的問題。但是，值得注意的是，賈平凹的小說又不那麼現實。在他的小說中，總是注入了他豐富的個人想像或個人經驗，尤其是個人的心理經驗。他那不那麼現實的感覺或個人經驗的加入，恰恰是小說最具文學性因素的部分。

《高興》〔註7〕，是賈平凹第一次用人名做書名的小說。按照流行的說法，《高興》是一部屬於「底層寫作」的作品。劉高興、五富、黃八、瘦猴、朱宗、杏胡等，都是來自鄉村的都市「拾荒者」。生存困境和都市的誘惑，使這些身份難以確定人群開始了都市的漂泊生涯。他們維持生計的主要手段是拾荒。但是，面對中國最底層的人群，賈平凹並不是悲天憫人地書寫了他們無盡的苦難或萬劫不復的命運。事實上，劉高興們雖然作為都市的「他者」並不是城市的真正主人，但他們的生存哲學決定了他們的生存方式。他們並不

〔註 7〕賈平凹：《高興》，作家出版社 2007 年出版。

是結著仇怨的苦悶的象徵，他們以自己理解生活的方式艱難也坦然。堅強的女人杏胡在死了丈夫之後，她為自己做的計劃是：一年裏重新找個男人結婚，兩年裏還清一半的債務，結果她找到了朱宗結婚，起早貪晚地勞作真的還清了一半的欠債；她又定計劃：一年還清所有的債，翻修房屋。兩年後果然翻修了房屋還清了所有的債。然後她再計劃如何供養孩子上大學、在舊院子蓋樓、二十年後在縣城辦公司等。她說：「你永遠不要認為你不行了，沒用了，你還有許多許多事需要去做！」她認真地勞作，善良地待人，也敢於和男性開大膽的玩笑。杏胡的達觀、樂觀和坦白的性格，可能比無盡的苦難更能夠表達底層人真實的生存或精神景況。

當然，劉高興還是小說主要表達的對象。這個自命不凡、頗有些清高並自視為應該是城裏人的農民，也確實有普通農民沒有的智慧：他幾句話就搞定了刁難五富的門衛，用廉價的西服和劣質皮鞋就為翠花討回了身份證，甚至可以勇武地撲在汽車前蓋上，用獻身的方式制服了肇事企圖逃逸的司機等，都顯示了高興的過人之處。但高興畢竟只是一個來城裏拾荒的邊緣人，他再有智慧和幽默，也難以解決他城市身份的問題。有趣的是，賈平凹在塑造劉高興的時候，有意使用了傳統的「才子佳人」的敘事模式。劉高興是落難的「才子」，妓女孟夷純就是「佳人」。兩人都生活在當下最底層，生活是否有這樣的可能並不重要。重要的是賈平凹以想像的方式讓他們建立了情感關係，並賦予了他們情感的浪漫特徵。他們的相識、相處以及劉高興為了解救孟夷純所做的一切，亦真亦幻但感人至深。我們甚至可以說，劉高興和孟夷純之間的故事，是小說最具可讀性的文字。這種奇異的組合是賈平凹的神來之筆，它不僅為讀者帶來了巨大的想像空間，也為作家的創作提供了許多可能。但是，也正因為是「才子佳人」模式，劉高興和孟夷純之間才沒有發生「嫖客與妓女」的故事。他們的情感不僅純潔，而且還賦予了更高的精神性的價值和意義。賈平凹顯然繼承了中國古代白話小說和戲曲的敘事模式，危難中的浪漫情愛是最為動人的敘事方法之一。還值得注意的是，小說幾乎通篇都是白描式的文字，從容練達，在淡定中顯出文字的真工夫。它沒有大起大落的情節，細節構成了小說的全部。我們通常都認為，小說的細節是對作家最大的考驗，一個作家和一部作品，最精彩之處往往在細節的書寫或描摹上。《高興》在這一點上所取得的成就，應該說在近年來的長篇小說中是最為突出的。《廢都》之後我們再沒見到這樣的文字，但在長篇小說進退維谷之

際，賈平凹堅定地向傳統文學尋找和挖掘資源，不僅為自己的小說創作找到了新的路徑，同時也顯示了他「為往聖繼絕學」的勃勃雄心和文學抱負。

當然，《高興》顯然不止是為我們虛構一個「才子佳人」的浪漫故事。事實上，在這個浪漫故事的表象背後，隱含了賈平凹巨大的、揮之不去的心理焦慮：這就是在現代性的過程中，中國農民將以怎樣的方式生存。他們被迫逃離了鄉村，但都市並接納他們。當他們試圖返回鄉村的時候，也僅僅是個願望而已。不僅心難以歸鄉，就是身體的還鄉也成為巨大的困難。五富的入土為安已不可能，他只能像城裏人一樣被火化安置。高興們暫時留在了城市，也許可以生存下去，就像他們的拾荒歲月一樣。但是，那與他們的歷史、生命、生存方式和情感方式休戚與共的鄉村和土地，將會怎樣呢？他們習慣和熟悉的鄉風鄉情真的就這樣漸行漸遠地無可挽回了嗎？因此，《高興》雖然將情景設置在了都市，但它仍然是鄉土中國的一曲悲涼輓歌。

《吉寬的馬車》〔註8〕講述的是孫惠芬眼中的城與鄉。這也是作家孫惠芬一直堅持書寫的方向。作品講述了一個懶漢的愛情故事。上世紀 90 年代中期，所有鄉下男人都進城當民工的時候，吉寬依然留在鄉下優哉遊哉趕著馬車，成為歇馬山莊公認的懶漢。而一個叫許妹娜的山莊女孩，在城裏打工時被小老闆看中，讓她回家等他娶她。可是青春等不住，許妹娜回家辦嫁妝時，與趕馬車的吉寬相愛了。但是許妹娜還是嫁走了，吉寬卻再也無法在鄉下怡然的呆下去，棄馬丟車開始了遠離土地和自然的漂泊之旅。懶漢進城引出了裝修老闆、酒店小老闆、普通民工等農村進入城市的各色人物的心路歷程。他們經歷著挫折、辛酸、精神上的磨難，而城市依然不屬於他們。同時作品從一個鄉村懶漢的視角，隱含批判的筆觸寫出了城市邊緣人的另類生活。

《吉寬的馬車》中的每個人似乎都有一個頑固的進城情結，這種「向城求生」的情結又擴展為一種強烈的幾乎成為他們宿命和宗教的「向外」情緒。正是這種執拗而又不可遏制的情緒展現出鄉下人渴望變革的行動和實現自身現代化的方式和努力。進城其實就是逃離鄉村進入到城市中，在他們的想像中，城市就是能夠挽救他們自身的地方。現代化的大眾傳媒極盡各種所能傳播著現代城市的符碼。衣著光鮮的俊男靚女，駕駛著閃爍金屬質感光澤的香車寶馬，利用現代科技衍生的便利迅捷的通訊工具，穿梭於流光溢彩的寫字間中，這一切構築了一種優雅品質與效率至上兼顧的生活方式。這些符號化

〔註 8〕孫惠芬：《吉寬的馬車》，作家出版社 2007 年出版。

的影像在表達城市與鄉村巨大反差的同時，也在塑造著一個關於城市的夢幻般的神話。事實上，眞實的城市生活場景已經退居幕後，傳媒中表達的「城市」與鄉村相對的概念，它超越了形而下的地理位置，城市就像前方的明燈，讓鄉下人心中始終湧動著「現代性」的衝動和幻覺，給他們帶來的內心的騷動和渴望。在中國，鄉村和都市不僅僅像西方那樣以農村的城市化表明著中國現代化的進程，她還有特有的城鄉二元結構模式，人爲的城鄉結構模式，使得農村和都市不僅僅體現了傳統和現代的分野，而且還造就了極端複雜的心態，在這種鄉村和城市的相互凝望中，充滿了豐富的文化密碼。城與鄉的差異意味著兩種完全不同的生活方式，兩個完全不同的世界，因此進城意味著轉折和起止。歇馬山莊的人爲了進城，爲了心中不斷湧動的幻覺，不惜低三下四，喪失尊嚴。吉寬對許妹娜的百般呵護和疼愛也不能留住她進城的腳步，許妹娜明知小老闆水性楊花的劣性還是在鄉親們羨慕的眼神中義無反顧的嫁進城。在歇馬山莊人的眼中城市意味著一種天然高於鄉村的生活形態，「進城」幾乎成了歇馬山莊的一種「意識形態」。對城市的嚮往，在這裡轉化爲他們痴迷甚至不可想像的宗教式的追求。

作家顯然懂得變革對鄉村的意義，她清楚的知道現代化的腳步已不容得停留和固守。所以面對黑牡丹、許妹娜、三哥這些人物看似荒唐、不可理解的行爲，作者既沒有道德化的聲討指責，也沒有啓蒙、理性的批判；摹寫鄉下人在城市中遭到的不公正待遇時沒有把矛頭轉爲對城市義憤塡膺的批判；講述鄉下人在城市中野蠻陰暗的行徑時也沒有美化粉飾。作家借吉寬之口傳達的既有鄉下人的哀痛與幻滅，也有都市人的躁動與失落。鄉村在中國文學的敘述中，一直就是一個不斷被改寫和遮蔽的曖昧之地，既可以作爲或啓蒙或大地般崇拜的對象，也可以作爲民族寓言的表徵，其寓言大於眞實，意義大於形象。其實剝離出這種生存的眞實，看到進城才是農村人世世代代揮之不去的光榮和夢想，才是一個中國現代化與最廣泛的個體生命聯繫的命題，所以進城主題在當下語境中就別具意義了。

僅僅作爲一廂情願的「進城」遠不是想像中那麼簡單。城市在盤剝了鄉下人的體力與純樸之後，並沒有給予他們想要的尊嚴與夢想，黑牡丹爲了留在城市甚至不惜出賣自己的親生女兒，許妹娜遭到丈夫的蹂躪毒打監禁也堅決不離婚，林榕眞屈死他鄉，甚至農村出身進城落戶多年的大哥也被毫不留情的驅逐了。雖然這個情節的設置有作家刻意用力的痕跡，但在眞實的生活

中城市棚戶區住民的生活質量甚至更悲慘。城市的光怪陸離與弱肉強食超出鄉下人的想像和心理經驗,也直接威脅著城市人的生存。也許是預見了涉足這個「矛盾的漩渦」可能遭遇的困難,孫惠芬以一種並不高昂的語調講述這個關於底層的故事。小說的結構是一個底層文學基本的敘事模式:農民離鄉進城,在城市受盡盤剝,女的出賣肉體,男的出賣體力,最後被驅逐,但作者迴避了底層敘事慣用的高調情緒或代言立場。

在小說的結尾,走出去的鄉下人又回到了出走的鄉下。光鮮的衣著、氣派的車隊以及車上滿載的豐厚的物質,似乎證明了吉寬和黑牡丹都算得上衣錦還鄉榮歸故里。黑牡丹在眾人的羨慕和認可中終於換來了清白的名聲;鄉親們眾星捧月般的禮遇也足以說明今日的「我」——成功的老闆——已絕非彼時只能趕馬車的懶漢吉寬。可是在歡鬧的縫隙依然留下了無法挽回的苦澀。為什麼黑牡丹回鄉而不能回家?為什麼看見倒置房,吉寬遭遇的只是「不期而致的悲傷」?歸來的是人,歸不來的是心。「鄉愁,但已經無根」。無根,在文化的意義上,它徵兆著傳統價值準則、道德體系的崩潰,在社會學意義上,它意味著社區的瓦解,生活共同體的潰散。這就是鄉土、鄉下人不得不接受的現實宿命。所以,黑牡丹連夜走了,「我」只能在喝醉之後才能「看到天上的星星和銀河」,「看到樹上的鳥空中的雲」,「聽到嘚嘚嘚的馬蹄聲呼啦啦的風聲」,才能聽到自己編的歌兒。今日的鄉土和鄉下人亦如雅努斯神的兩副面孔,鄉土的詩意只能是存在於記憶中的感懷,現代的秩序更沒有預留鄉下人的位置。何處才是鄉下人的歸途,這是作品留給我們最大的困惑。

2010 年,劉亮程發表了《鑿空》。《鑿空》不是我們慣常理解的小說。它沒有可以梳理和概括的故事和情節,沒有關於人物命運陞降沉浮的書寫,也沒有刻意經營的結構。因此與其說這是一部小說,毋寧說這是劉亮程對沙灣、黃沙梁——阿不旦村莊在變動時代心靈深處感受的講述。在劉亮程的講述中,更多呈現的是場景,人物則是鑲嵌在場景中的。與我們只見過浮光掠影的黃沙梁——阿不旦村不同的是,劉亮程是走進這個邊地深處的作家。見過邊地外部的人,或是對奇異景觀的好奇,或是對落後面貌的拒之千里,都不能理解或解釋被表面遮蔽的豐富的過去,無論是能力還是願望。但是,就是這貌不驚人的邊地,以其地方性的知識和經驗,表達了另一種生活和存在。阿不旦在劉亮程的講述中是如此的漫長、悠遠。它的物理時間與世界沒有區別,但它的文化時間一經作家的敘述竟是如此的緩慢:以不變應萬變的

邊遠鄉村的文化時間確實是緩慢的,但作家的敘述使這一緩慢更加悠長。一頭驢、一個鐵匠鋪、一隻狗的叫聲、一把坎土曼,這些再平凡不過的事物,在劉亮程那裏津津樂道樂此不疲。雖然西部大開發聲勢浩大,阿不旦的周邊機器轟鳴,但作家的目光依然從容不迫地關注那些古舊事物。這道深情的目光裏隱含了劉亮程的某種拒絕或迷戀:現代生活就要改變阿不旦的時間和節奏了。它將像其他進入「現代」生活的發達地區一樣:人人都將被按下了「快進鍵」:「把耽誤的時間搶回來」變成了全民族的心聲。到了當下,環境更加複雜,現代、後現代的語境交織,工業化、電子化、網絡化的社會成形,資源緊缺引發爭奪,分配不平衡帶來傾軋,速度帶來煩躁,便利加重煩躁,時代的心態就是再也不願意等。什麼時候我們喪失了慢的能力?中國人的時間觀,自近代以降歷經三次提速,已經停不下來了。我們需要的是時刻看著鐘錶,計劃自己的人生:一步到位、名利雙收、嫁入豪門、一夜暴富、35歲退休……〔註9〕沒有時間感的中國人變成了最著急最不耐煩的地球人,「一萬年太久,只爭朝夕」。這是對「現代」人浮躁心態和煩躁情緒的絕妙描述。但阿不旦不是這樣。阿不旦是隨意和愜意的:「鐵匠鋪是村裏最熱火的地方,人有事沒事喜歡聚到鐵匠鋪。驢和狗也喜歡往鐵匠鋪前湊,雞也湊。都愛湊人的熱鬧。人在哪扎堆,它們在哪結群,離不開人。狗和狗纏在一起,咬著玩,不時看看主人,主人也不時看看狗,人聊人的,狗玩狗的,驢叫驢的,雞低頭在人腿驢腿間覓食。」這是阿不旦的生活圖景,劉亮程不時呈現的大多是這樣的圖景。它是如此平凡,但它就要被遠處開發的轟鳴聲吞噬了。因此,巨大的感傷是《鑿空》中的「坎兒井」,它流淌在這些平凡事物的深處。

　　阿不旦的變遷已無可避免。於是,一個「兩難」的命題再次出現了。《鑿空》不能簡單地理解為懷舊,事實上自現代中國開始,對鄉村中國的想像就一直沒有終止。無論是魯迅、沈從文還是所有的鄉土文學作家,他們一直存在一個不能解釋的悖論:他們懷念鄉村,他們是在城市懷念鄉村,是城市的「現代」照亮了鄉村傳統的價值,是城市的喧囂照亮了鄉村「緩慢」的價值。一方面他們享受著城市的現代生活,一方面他們又要建構一個鄉村烏托邦。就像現在的劉亮程一樣,他生活在烏魯木齊,但懷念的卻是黃沙梁——阿不旦。在他們那裏,鄉村是一個只能想像卻不能再經驗的所在。其背後隱含的卻是一個沒有言說的邏輯——現代性沒有歸途,儘管它不那麼好。如果是這

〔註9〕見2010年7月15日《新週刊》。

知識分子的「背叛」、「出走」與「死亡」
——新世紀文學中的知識分子

　　當代中國對知識分子的形象書寫，《青春之歌》建立了最初的思想規範和成長模型，這個規範的影響一直延續到 80 年代初期。我們在「反思文學」中看到的「右派知識分子」凱旋後所表達的「九死未悔」的信仰，事實上是林道靜身份重建、思想再生的某種延續。他們經歷了苦難，但苦難不能改變他們的思想信仰，或者說，恰恰是苦難更加堅定了他們需要守護的某種東西。這種「知識分子寫作」的問題，在當代文學史的著作中已經得到了部分的清理。

　　知識分子作為被述對象不斷地得到書寫，特別是在社會轉型的時代，對知識分子的觸動會更加敏感。一個有趣的現象是，自 90 年代初《廢都》出版後，或者說自莊之蝶出走之後，長篇小說中知識分子的「背叛」或出走的現象正前赴後繼蔚為大觀，他們成了新的「零餘者」或「多餘人」。這一現象我們在閻真的《滄浪之水》、張煒的《能不憶蜀葵》、張抗抗的《作女》、莫懷戚的《經典關係》、張者的《桃李》、王家達的《所謂作家》、董立勃的《米香》等大量作品中都可以看到。在文學觀念已經分化的時代，為什麼這些作家不謀而合地都選擇了「背叛」或出走來放逐或處理自己的人物？知識分子為什麼要再次踏上不知所終的人生之旅？這顯然是一個值得我們闡釋和分析的新的問題。

一、知識分子的「背叛」

在長篇小說中，知識分子面對現實特別是面對革命的矛盾、猶疑或徬徨的心態，在路翎的《財主底兒女們》得到了最爲充分、集中和眞實的表達。但他們並不是一個「背叛者」的形象，於現實和心靈來說都是如此。知識分子背叛的典型形象，是紅色經典《紅岩》中的甫志高，他的小資產階級知識分子的情操、趣味以及最後變節，在政治觀念的支配下，得到了合乎邏輯的展開。但在80年代的文學敘事中，知識分子受難但政治節操堅定，改寫了他們的動搖與不潔。這一敘事的眞實性後來遭遇了難以辯解的質疑，而使其文學價值大打折扣。進入新世紀以來，知識分子的形象被重新書寫，情感和節操的變節乃至「背叛」，使這個群體或階層的形象令人觸目驚心，他們的靈魂的複雜性和文學的豐富性相得益彰地得以揭示。

董立勃自《白豆》出版以來名聲大躁。他身不由己地成了當下最搶手或最走紅的作家之一。對一個作家來說，這是一件幸事還是一個苦難，可能只有作家自己能說清楚。現在看來，起碼有一種煎熬是董立勃必須要承受的。據我所知，《白豆》之後，他相繼又寫了兩部和下野地有關的長篇小說，一篇是《靜靜的下野地》，一篇是我們要談論的這部《米香》。一個作家要在同一題材上不斷的深入開掘，講出新的故事，寫出新的人物，說出新的意思，這是相當困難的。這種自己提出然後又要超越的挑戰，因爲困難而變成煎熬。作家對自己有了新的要求，讀者當然也希望作家能超越《白豆》。這兩種期待的壓力之大，作爲局外人也可想而知。不久前，董立勃在這雙重壓力之下出版了他的新作《米香》。這部小說無論從題材還是背景，無論從人物還是故事，與《白豆》都有不難察覺的血緣關係──它們都孕育於遙遠的下野地，它們都與人性、欲望、權力、暴力和那個特殊的歷史時代密切相關。但是，《米香》作爲下野地的另一個故事，它確實實現了董立勃對自己超越的期待。作爲一個讀者，在爲作家感到慶幸的同時，也發現了其間的艱難、用力和幾近極限的疲憊。

如果說，《米香》僅僅寫了米香的單純、美麗和獻身、被騙後的放蹤，這個故事除了時代環境不同外，也並無太多的新鮮之處。但是《米香》的不同凡響，就在於小說同時也書寫了一個被命名爲宋蘭的女性。這兩個女性命運、性格的對比，使《米香》在同樣平實的敘述中，煥發出了小說幾屢燦爛而意想不到的光芒。宋蘭來自上海，是一個「支邊」青年，米香是因家鄉水災逃

難到下野地；宋蘭有文化，能讀《鋼鐵是怎樣煉成的》，米香幾乎大字不識。但是命運並沒有按照她們身份的等級來給予安排。宋蘭被牧羊人老謝強暴之後，還是嫁給了這個粗俗的土著。老謝塑造自己老婆的本土方式，主要是訴諸以暴力，就在宋蘭將被得以塑造的時候，她逆來順受的性格發生了革命性的變化。在忍無可忍生不如死時，宋蘭揮刀斬殺了老謝的愛犬阿黃，並以同樣暴力的方式，改變了或者「顛覆」了老謝的暴力。從此，兩個人的世界相安無事，相親相愛雙雙感到過上了好日子。就在上海知青可以返回上海的政策頒發的時候，宋蘭依然不爲之心動，依然和老謝相依爲命生活在她本不熱愛然後又不能割捨的下野地。

　　米香的命運完全不同了。米香是小說的主角，在作家的設計中，她的命運理所當然地要曲折複雜。她雖然出身低微，是一個「盲流」，但她心性高，生得一副好皮囊，有浪漫天性，愛知識分子。這一出身和性格的矛盾，注定了米香悲劇性的命運。從人物自身來分析，米香無論出身如何，她完全有選擇個人生活和愛情的權力。但是由於米香一定要愛有知識分子氣質的許明，甚至不顧世俗社會的種種非議委身與他，結果她被欺騙了。許明在前途、功名和愛人之間選擇了前者而拋棄了米香。這個毀滅性的打擊徹底改變了米香，她同樣無所顧忌地放蹤自己的肉體，她試圖以此來對抗或報復自己不公正的遭遇。這個放蹤使米香雖然「過得比下野地任何一個女人都快樂」，但米香再也找不到自己想要的東西了。因此，米香才是下野地悲劇的真正主角。

　　除了時代的原因之外，釀成米香悲劇的直接原因是小說中的一個配角——「知識分子」許明。套用一句老話說，「性格即命運」。在小說中，米香應該是宋蘭的位置，而米香的性格、浪漫和趣味也應該是宋蘭的。但她們的性格陰差陽錯地被作家置換了，於是她們都承擔了本不屬於她們命運的人生。偶然性和絕對化的書寫，是《米香》最引人注目的地方。如果沒有偶然性，就沒有兩個女人倒置的命運，如果沒有絕對化，米香和宋蘭的人生就不會這樣震撼人心。她們都以絕對化的方式改變了自己。米香熱愛知識分子使許明有了可乘之機，這個謙卑儒弱的知識分子是我們常見的形象，「始亂終棄」的敘事原型也是小說基本的結構方式。但這個知識分子在情感上的背叛卻構成了米香悲劇具有決定性的偶然因素。如果沒有許明的背叛，米香不會以放浪形骸的方式對待人生和身體。許明的背叛原因很簡單，他曾是一個落難的「公子」，米香在最危難的時候愛上了他，米香的給予創造了一個不死的許明，但

在「功名」面前，許明選擇了「功名」而放棄了愛情。這個故事可能並不新鮮，但在新世紀作家仍以這個原型結構故事，則從一個方面表達了他對這個群體的懷疑或不信任，許明的歷史不止是知識分子的前史，他們的故事在今天還在上演。

如果說《米香》中的許明是情感上的背叛，那麼閻眞《滄浪之水》中的池大爲，就是知識分子節操和特立獨行精神的背叛。當然，《滄浪之水》的豐富性和複雜性，可以從許多角度進行解讀，比如知識分子與文化傳統的關係、特權階層對社會生活和精神生活以及心理結構的支配性影響、在商品社會人的欲望與價值的關係、他者的影響或「賤民」的心理恐慌等等。這足以證實了《滄浪之水》的創造性和它所具有的極大的文學價值。但在我看來，這部小說最值得重視或談論的，還是在市場經濟條件下對知識分子心態、選擇的透視和關注，是它對知識分子在外力擠壓下潛在欲望被調動後的惡性噴湧，是在與現時對話中的被左右與強迫認同，並因此反映出的當下社會承認的政治和尊嚴的危機。

小說的主人公池大爲，從一個清高的舊式知識分子演變爲一個現代官僚，其故事框架也許並沒有超出于連式的奮鬥模型，于連渴望的上流社會與池大爲心嚮往之的權力中心，人物在心理結構上並沒有本質區別。不同的是，池大爲的嚮往並不像于連一樣出於原初的謀劃。池大爲雖然出身低微，但淳樸的文化血緣和獨善其身的自我設定，是他希望固守的「中式」的精神園林。這一情懷從本質上說不僅與現代社會格格不入，與現代知識分子對社會公共事物的參與熱情相去甚遠，而且這種試圖保持內心幽靜的士大夫式的心態，本身是否健康是值得討論的，因爲它仍然是一種對舊文化的依附關係。如果說這是池大爲個人的選擇，社會應該給予應有的尊重，但是，池大爲堅持的困難並不僅來自他自己，而是來自他與「他者」的對話過程。

現代文化研究表明，每個人的自我界定以及生活方式，不是來自個人的願望獨立完成的，而是通過和其他人「對話」實現的。在「對話」的過程中，那些給予我們健康語言和影響的人，被稱爲「有意義的他者」，他們的愛和關切影響並深刻地造就了我們。池大爲的父親就是一個這樣的「他者」。但是，池大爲畢業後的七年，仍然是一個普通科員，這時，不僅池大爲的內心產生了嚴重的失衡和堅持的困難，更重要的是他和妻子董柳、廳長馬垂章、退休科員晏之鶴以及潛在的對話者兒子池一波已經經歷的漫長的對話過程。這些

不同的社會、家庭關係再造了池大為。特別是經過「現代隱士」晏之鶴的人生懺悔和對他的點撥，池大為迅速的時來運轉，他不僅在短時間裏連升三級，而且也連續搬了兩次家換了兩次房子。這時的池大為因社會、家庭評價的變化，才真正獲得了自我確認和「尊嚴感」。這一確認是在社會、家庭「承認」的前提下產生的，其「尊嚴感」同樣來源於這裡。

於是，小說提出的問題就不僅僅限於作為符號的池大為的心路歷程和生存觀念的改變，事實上，它的尖銳性和嚴峻性，在於概括了已經被我們感知卻無從體驗的社會普遍存在的生活政治，也就是「承認的政治」。加拿大學者查爾斯‧泰勒在他的研究中指出：一個群體或個人如果得不到他人的承認或只得到扭曲的承認，就會遭受傷害或歪曲，就會成為一種壓迫形式，它能夠把人囚禁在虛假的、被扭曲和被貶損的存在方式之中。而扭曲的承認不僅為對象造成可怕的創傷，並且會使受害者背負著致命的自我仇恨。拒絕「承認」的現象在任何社會裏都不同程度地存在，但在池大為的環境裏已經成為一種普遍的存在。被拒絕者如前期池大為，他人為他設計的那種低劣和卑賤的形象，曾被他自己內在化，在他與妻子董柳的耳熟能詳的日常生活中，在不學無術淺薄低能的丁小槐丁處長、與專橫跋扈的馬廳長的關係中，甚至在下一代孩子的關係中，這種「卑賤」的形象進一步得到了證實。不被承認就沒有尊嚴可言。池大為的「覺醒」就是在這種關係中因尊嚴的喪失被喚起的。現代生活似乎具有了平等的尊嚴，具有了可以分享社會平等關注的可能。就像泰勒舉出的例證那樣，每個人都可以被稱為先生、小姐，而不是只有部分人被稱為老爺、太太。但是這種虛假的平等從來也沒有深入生活內部，更沒有成為日常生活支配性的文明。尤其在我們的社會生活中，等級的劃分或根據社會身份獲得的尊嚴感，幾乎是未作宣告、但又是根深蒂固深入人心的觀念或未寫出的條文。

現代文明的誕生也是等級社會衰敗的開始。現代文明所強調和追求的是赫爾德所稱的「本真性」理想，或者說我們每一個人都有一種獨特的作為人的存在方式，每個人都有他或她自己的尺度，統一的「圭臬」已經死亡。自己內心發出的召喚要求自己按照這種方式生活，而不是模仿別人的生活，如果我不這樣做我的生活就會失去意義。這種生活實現了真正屬於我的潛能，這種實現，也就是個人尊嚴的實現。但是，在池大為面對的環境中，他的「本真性」理想不啻為天方夜談。如果他要保有自己的「士大夫」情懷和生活方

式，若干年後他就是「師爺」晏之鶴，這不僅妻子不答應，他自己最終也不會選擇這條道路。如果是這樣，他就不可能改變自己低劣或卑賤的形象，他就不可能獲得尊嚴，不可能從「賤民」階層被分離出來。

於是，「承認的政治」就這樣在日常生活中彌漫開來。它是特權階級製造的，也是平民階級渴望並強化的。在池大為的生活中，馬垂章和董柳是這兩個階級的典型，然後池大為重新成為下一代人艷羨的對象或某種「尺度」。讀過小說之後，我內心充滿了恐慌感，在今天的社會生活中，一個人將怎樣被「承認」，一個人尊嚴的危機怎樣才能得到緩解？因此，知識分子在今天要堅持獨立的精神立場，不背叛自己的心靈或超越現實的誘惑，顯然還沒有完成。

二、知識分子的「出走」

在 20 世紀的小說敘事中，知識分子的出走是一個經典性的場景。面對龐大的家族宗法制度和黑暗的社會現實，他們無法忍受又無可奈何，於是，不知所終的「出走」就成為許多作家處理知識分子命運的慣常手段。確實，知識分子究竟要走向哪裏，沒有人知道。林道靜大概是一個例外，她雖然開始也是出走，但找到了「歸宿」，因此她也成為中國「類成長小說」的第一位主人公。

新世紀開始，中國知識分子開始了新的「遠足」。在許多小說中，「出走」是我們常見的以知識分子為主人公小說的結局。不同的是，他們不是社會或他人的逼迫，而常常是一種自我放逐，一種宏大抱負幻滅後或是為了某種烏托邦假想而遠走他鄉。知識分子在這個時代的無力或不合時宜被再度證明。

莫懷戚的《經典關係》，是一部寫普通人生活的小說，普通人的小說就是寫日常生活的小說。但《經典關係》的普通人還是有區別的，它主要的敘述對象是一群可以稱為「知識階層」的群體——它的主要人物都是有高等教育背景的人。在當下的小說創作中，可能有兩種題材最為引人注目：一種是年輕人，他們被稱為「七十年代」，一種是「成功人士」，他們位高權重。這兩個群體被表達出的生活方式和思想觀念，都是令人觸目驚心的。在不斷的文學敘述中，我們會誤以為社會生活的變化只限於這些特殊的群體或階層。但是，讀過《經典關係》之後，我們才有可能在作品中被告知，我們所生活的這個時代，確實發生了我們意想不到的變化。或者說，那不被注意的社會群體的日常生活的變化，才是真正的變化。

　　在以往的輿論或意識形態的表達中，「知識階層」和他們堅守的領域，一直有一層神秘的面紗，他們在不同的敘述中似乎仍然是中國最後的精神和道德堡壘，他們仍然懷有和民眾不同的生活信念或道德要求，他們仍然生活在手造的幻影當中。但事實上，在 80 年代中期，知識分子內部的變化就已經開始發生。不同的是，那時知識分子的「動搖」或變化還不是堂而皇之的，他們是懷著複雜的心情離開校園或書房的。進入 90 年代之後，曾經有過關於知識分子經商的大討論。有識之士對知識分子經商給予了堅決的支持。現在看來，這場討論本身就是知識分子問題的反映：這個慣於坐而論道的階層總是訥於行動而敏於言辭。但對於勇敢的年輕人來說，他們沒有顧忌地實現了自我解放，他們隨心所欲地選擇了自己喜歡的職業。同時也就選擇了新的價值觀念。如果說，1905 年以前士大夫階層死抱著從政做官不放，是那個時代的價值觀念問題的話，那麼，今天的知識階層死抱著書本不放，其內在的問題並沒有本質的不同。當社會提供了身份革命條件的時候，這個猶豫不決的群體總會首先選擇觀望，然後是指手畫腳。

　　《經典關係》中的人物不是坐而論道的人物。他們無論是主動選擇還是被動裹脅，都順應了時代潮流，在他們新的選擇中，重建了新的「經典關係」。經典關係，事實上是日常生活中最常見的關係，它是夫妻、父子、翁婿、師生、情人等血緣和非血緣關係。但人在社會生活結構中的位置發生變化之後，這些關係也就不再是傳統的親情或友情關係，每種關係裏都隱含著新的內容，也隱含著利害和危機。「關係」是在欲望、金錢、利益的控制下，或者說是在自己的意願之外重新建立的。在這種新的關係中發現「故事」，是作者非同尋常的藝術眼光。20 世紀以來，我們就是生活在不同的「故事」當中，從「狂人」的故事、「阿 Q」的故事、到「白毛女」的故事、「王貴李香香」的故事、到「林道靜」的故事、「阿慶嫂」的故事、到「喬廠長」的故事、「廢都」的故事等，每種故事都濃縮了我們生活的環境，都類似「鏡像」一樣，讓我們即身置其間，又窺視到了我們的真實處境。「經典關係」所具有的「鏡像」作用，就這樣與上述「故事」類似到了這樣的程度。或者說，我們的生活彷彿是不真實的，而「經典關係」的生活比我們正在經歷的生活還要真實得多。在《經典關係》的生活中，我們才有可能發現生活已經發生了什麼，它雖然觸目驚心，雖然慘烈、殘酷，但我們必須面對它。

　　在作者構造的「經典關係」中，那個地質工程師的岳父東方雲海處於中

心的位置，但這個「中心」是虛設的。在脆弱的家庭倫理關係中，他的中心
地位只是個符號而已，在實際生活中他真實的地位是相當邊緣的，他難以參
與其間。雖然兒女們還恪守著傳統的孝道，但他已經不可能再以權威的方式
左右他們的生活。他選擇了自盡的方式結束自己的生命，與王國維結束自己
的生命沒有區別，他意識到了這個時代與他已經格格不入的。茅草根、南月
一以及東方蘭、東方紅、摩托甚至茅頭，他們彷彿在故事中是敘述中心，但
他們都不是中心。在故事中每個人都是以自我為中心，那個十歲的毛孩子，
為和父親爭奪「姨媽」，甚至不惜開槍射殺他的父親，使英俊父親的眼睛只剩
下了「一目半」。這個以「自我」為中心的「經典關係」一經被發現，它的戲
劇性、殘酷性，我們在驚訝之餘也不寒而慄。

　　這時，我們就不得不再一次談論已經淪為陳詞濫調的「現代性」。因為除
此之外我們很難作出其他解釋。現代性就是複雜性，就是一切都不在我們把
握控制之中的歷史情境。我們試圖構造的歷史也同時在構造著我們。誰也不
曾想到，自以為是隨遇而安的茅草根會被學生兼情人「裏脅」進商海，誰也
不會想到東方紅會那樣有城府地算計她的姐姐，當然也不會想到茅草根的欲
望會是那樣的無邊，最後竟「栽」在自己兒子的手中。「經典關係」是複雜的，
但又是簡單的。說它複雜，是他們必須生活在諸種關係中，沒有這些關係也
就失去了利益，欲望也無從實現；說它簡單，是因為每個人都是以自我為中
心。他們雖然良心未泯熱情洋溢生機勃勃，但在這種危機四伏的關係中，誰
還有可能把握自己的命運呢？茅草根以排演《川江號子》為由逃離了「經典
關係」的網絡，他似乎對藝術還情有獨鍾，但事實上茅草根同樣是一種出走
方式。惟利是圖的經濟「主戰場」並非是他的用武之地，他只能以出走退回
到他應該去的地方。

　　張抗抗的《作女》是一部奇異的小說。主人公卓爾是這個時代年輕女性
的「運動」先鋒，也是這個時代以求一呈的冒險家。我們不知道卓爾為什麼
要「作」，她的「作」用世俗的眼光看來是難以作出解釋的。她有穩定的工作、
有穩定的收入、有良好的教育背景。她完全可以平靜地對待生活，找個愛人
安分守己地過日子。但這一切恰恰是卓爾厭倦或不屑的。我們不知卓爾要什
麼，我們知道的是卓爾就是要「卓爾不群」與眾不同，在自我想像中不斷構
造自己不知所終的人生之旅。

　　卓爾「作」的欲望是一種普遍的欲望，不同的是，不是所有的人都敢於

像卓爾那樣「作」，或者有條件去折騰。時代環境的相對寬鬆以及商業主義霸權的建立，調動或膨脹了人們潛隱的、但又所指不明的躁動感，沒有任何一個時代像今天這樣既蠢蠢愚動又方位不明，每個人都有要做點什麼的欲望但又不知究竟做什麼，卓爾是放大了的我們每一個人。這是社會世俗化運動帶來的必然後果，90 年代以後的小說，已經將這種後果描述得萬花紛呈，特別是在知識階層，卓爾只不過是個集大成者而已。因此，卓爾的欲望是超性別的欲望，無論男性女性，也無論是想像還是實踐。在這個意義上說，這不是一部女性主義的作品。

我們分析卓爾的不安分，大概來自一種可能：就是為了自由的逃亡，她不能容忍任何來自世俗世界的束縛，她希望想做什麼就做什麼。卓爾在某種意義上實現了自己的期許，她辭了《周末女人》雜誌的職務以後，開始了她「作」的旅途。但任何自由都是有限度的，絕對的自由是不存在的。我們發現，卓爾每一次異想天開的折騰，都不能離開她和周邊的關係，特別是和三個男人的關係。通過卓爾的視角可以看到，老喬、盧薈、鄭達磊這三個男人，事實上是三個不同的符號，他們分別和性、文明、金錢相關。如果這一指認成立的話，那麼卓爾的折騰或「作」，就始終與她的欲望聯繫在一起，也就是說，卓爾與其說要自由，毋寧說她什麼都想得到。她確實部分地體驗了自由的快樂：她可以隨心所欲地到任何地方，可以心血來潮地與陌生人做愛，可以讓愛她的男人招之即來揮之即去，可以通過自己的想像把握展示自己才能的機會……，但結果她還是什麼也沒有得到。自由的代價只有卓爾自己知道，她會為去南極的資金發愁，會在夜深人靜的時候因孤獨而獨自飲泣，在小說的最後，卓爾還是無可奈何地將自己放逐了，她完成的只是一場不知所終的「作女」運動。

卓爾的再次出走是意味深長的，20 世紀以來，在中國任何一個變動或轉型時期，都不乏卓爾式的人物，他們要特立獨行，要與世俗社會勢不兩立。但他們不會被社會所容忍，或者說社會不是為任何一個個人準備的。社會的意識形態是一個人進入社會的通行證，也就是說，一個人在什麼樣的程度上認同了意識形態，也就決定了一個人在什麼樣的程度上進入這個社會。20 世紀以來的「卓爾們」之所以屢戰屢敗，就在於他們沒有取得這樣的「通行證」。在一個身份社會裏，卓爾拋棄了身份，她不但不要社會身份，而且不要家庭身份，她不要工作、不要丈夫、不要孩子，這是一種不作宣告的革命，對於

社會來說，她之所以不被容納，是因爲她潛隱著某種令人不安的東西。但這也正是卓爾作爲小說人物的成功。她內心的欲望是我們每一個人都有的欲望，但她比我們每一個人都強烈、勇敢，她集中了這個時代共同的想像並敢於實踐，因此卓爾的「絕對化」恰恰是一個「典型」人物。當這個人物出走和我們告別的時候，我們記住並會懷念她。

三、知識分子的「死亡」

知識分子的死亡或背叛在西方早已被宣布。這一判詞表達的是對知識分子的失望乃至絕望，是與對知識分子社會職能的理解相關。法國思想家朱里安·本達認爲：知識分子其活動不是追求實際目的，而是從事藝術、學問及形而上學的思維，即追求達到獲得超越的善那種愉悅的人類某個階層。本達對知識分子職能的理解與康德和葛蘭西是大體相似的。但是本達試圖把一種永遠的價值和冥想作爲一種職責交給知識分子卻遭到了指責。事實上，對知識分子背叛或死亡的指認，大都來自於對知識分子這一職能的理解。世紀初長篇小說的知識分子之「死」，雖然不是理論上的分析，但卻是一個明確無誤的隱喻。

青年作家張者的《桃李》可以看作是新《儒林外史》或新《圍城》。《儒林外史》雖然尖刻，但也從一個方面表達或揭示出了這個階層內心的問題。如果說在科舉時代，入朝做官被知識階層普遍認爲是人生價值實現的話，能否做官就是他們最大的焦慮。1905 年科舉制度終結之後，逐漸產生了現代知識分子，現代知識分子最明顯的標誌之一就是身份革命，他們可以做官，也可以不做官。可以當教師、報人、自由作家等，因此身份革命對知識階層來說，是一個巨大的心靈的解脫。但這個解脫並不是說知識階層不再有問題了。《圍城》說的就是現代知識分子的故事。無論是《儒林外史》還是《圍城》，都尖銳地諷刺了知識階層存在的問題，揭示了他們內心世界的另一個方面。這也成爲中國現代小說的非主流傳統。主流傳統是知識分子與「革命」的關係的問題，比如「革命文學」、比如路翎的《財主的兒女們》；50 年代知識分子的問題是思想改造的問題，80 年代「歸來」的一代被敘事爲如何保持了政治「貞節」的問題，就像婚姻一樣，雖然懷裏有「休書」，但仍然是「貞潔」的。主流傳統引領了知識分子寫作潮流之後，非主流的傳統幾乎斷流，後來我們在李曉的《繼續操練》中隱約又看到了知識分子卑微的願望和有趣的景觀。

　　進入 20 世紀 90 年代之後，校園知識分子的焦慮並沒有得到緩解。《桃李》用非常幽默的方式，也可以說是《儒林外史》或《圍城》的方式，揭示了當下知識分子的內心問題。這對後發的現代化國家是普遍的：首先面對的問題就是壓抑過後的沒有節制和邊界的欲望釋放。知識分子的欲望和社會的普遍欲望並沒有本質的區別。當然小說是一種想像和虛構，但這種非寫實的方式，卻從一個方面透露了知識階層真正的問題。《桃李》中的導師邵景文和弟子們的故事，就是當代世俗化運動中典型化了的故事。

　　這是一部非常有趣的小說，是一部超越了雅俗界限的小說。在當下嚴肅文學或通俗文學構成爭論甚至對立的情況下，《桃李》提供了一個超越性的文本。也就是說，小說即可以寫得好看，同時又具有深刻的思想內涵，不同的讀者可以讀出不同的東西。這就是小說的豐富性。如果分析起來，小說提供的多種符號是非常複雜的：教授、博士生、碩士生、老闆、小姐、貧困的農民、惡霸鄉里的幹部；還有一夜情、弄假成真的愛情、死於非命的凶殺等。現代性就是複雜性和矛盾性。校園應該和社會保持一定的距離，因為大學是民族的精神堡壘，保持一定的距離，是大學保有自己獨立性的一個前提條件。但紅塵滾滾的今日中國，社會上存在的一切，大學幾乎都不缺少，有的甚至表達得更充分。《桃李》雖然幽默，但它的尖銳性仍然清晰可辨。它無情地撕去了斯文的面紗，為我們展示了一個曾經神秘、神聖、淨土般領域的虛假和嬌柔。被學生稱為「老闆」的博士生導師邵景文，在這個時代好像恰逢其時，他意氣風發志滿意得。作為一個新時代的教授，精英知識分子和世俗世界所期待的一切，他都得到了。他開放、豁達、和學生關係融洽，因其學術地位和掌控的學院政治，他如魚得水。但他也確實是「玩大了」，最後，他被的身體幾乎像篩子一樣地被情人捅了一百零八刀，而且每個刀口裏都放了一枚珍珠。邵教授之死完全緣於他個人膨脹的欲望，當他不再履行知識分子職能，完全成為一個商人的時候，邵景文的死亡就是知識分子的死亡。

　　與邵教授之死不同的，是王家達的長篇小說《所謂作家》中的作家胡然之死。在商品社會裏，作家的光環正漸次褪去。這一現象的出現，不止源於社會價值觀念的深刻變化，同時也與歷史賦予作家的某種「神秘」和榮譽有關。但當價值觀念發生變化和作家的「解秘」過程業已實現之後，作家便不再是原來想像的作家。《所謂作家》也正是在這樣的背景下產生的一部奇異的小說。應該說這是一部非常好看的小說，圍繞作家胡然產生的一系列悲喜劇，

不僅生動地描述了作家群體在這個時代尷尬的命運,塑造了性格炯異的作家形象,而且以蒼涼、悲婉的基調爲這個群體壯寫了一曲最後的輓歌。胡然、野風等短暫的生涯,以及他們或與風塵女子爲伍、或用「文學權力」獲得生命歡樂的滿足與失意,事實上還都沒有超出當下世風或消費主義的深刻影響,作家光環的褪落或者將作家還原爲世俗世界的普通人,以及他們在「高雅」面紗掩蓋下的心靈世界,徹底摧毀了作家現實生活與精神世界的最後一道防線。而圍繞一篇文章構成的古城事件和作家們的最後命運和歸宿,也似乎成了這個時代沒落知識分子群體的縮影。

小說深刻地營造了胡然之死的社會環境和個人心理。他的主要精力是周旋於田珍、章桂英、楊小霞、沈萍四個女人的關係中,而他身邊的古城藝術界的「四大名旦」以及滲透於古城每一個角落的文化和生活氣息,都使人如再次重臨「廢都」一樣。小說雖然也有概念化的問題,比如對見利忘義、水性揚花的女性的刻畫,無論是性愛場面還是移情別戀,還只限於社會對類型化女性的一般理解,還沒有上升到人物性格的層面,而對農村婦女田珍的始亂終棄和最後重修舊好,也示喻了一個知識分子與人民和土地的寓言,在這一點上,作家仍沒有超越 20 世紀以來激進主義的思想潮流。但是,作品對舊式文人的刻畫和批判,對他們趣味、情懷以及對待女性態度的否定,都達到了一定的深刻性。如果說邵景文之死是在當下世風支配下的欲望之死的話,那麼胡然之死就是被時代拋棄的結果。這個時代不再爲胡然們準備他們想要的一切。對他們而言,生存和精神的破產是遲早的事情,他們是舊文化最後的遺老遺少。因此,胡然的之死也是作家放逐或拋棄舊文化遺民的一種形式。

新世紀知識分子在小說中的形象——「背叛」——出走——死亡,這一過程很可能是一種巧合,或者是我們的一種「結構」,但它卻從一個方面無意識地表達了這個階層仍然沒有解決的「身份」、歸宿或精神漂流的問題。時代的發展使人文知識分子失去了曾經有過的優越,他們的不適和內心的不強大,使他們或是與社會、時代格格不入而被放逐和拋棄,或是最後走向死亡。如果是這樣的話,那麼這個階層解決如何融入社會和自身角色的問題,其道路仍然還是漫長的。

邊緣文化與「超穩定文化」
──當下長篇小說創作中的兩種傾向

一、邊緣文化的重新書寫

　　小說創作的普遍性危機，正在被我們所經歷。這個危機的形成除了小說這種形式走過了它的鼎盛時期，必然要爲其他形式──包括高科技製作的虛擬空間和其他娛樂形式所替代之外，更與現代人日復一日格式化和不斷被複製的生活有關。我們已經沒有新的經驗可供書寫。因此，當代文學從發生那天開始，所經歷的是一條集體經驗、個人經驗再到感受性的道路。當作家不能提供新的寫作經驗的時候，表達感受就成爲小說勉爲其難的出路。

　　大概也正式緣於這一背景，小說從文化邊緣地帶和地域性知識中獲取靈感和想像的現象才普遍發生。無論這是否能夠成爲一條小說的救贖之路，但可以肯定的是，這個策略延緩了小說之死的時間。我們發現在當下的小說創作中，邊緣性、地域性的知識和經驗被普遍的表達。比如阿來《空山》中機村的傳說、鐵凝《笨花》中「窩棚」的故事、賈平凹《秦腔》中秦腔、范穩《悲憫大地》中藏傳佛教等等。作家從這些具有超穩定的文化結構中找到了他們希望找到的東西。在日常生活經驗日趨匱乏的時代，重返歷史，不僅適應了全球主流話語──即保護口傳與非物資文化遺產的呼聲或潮流，而且也緩解了作家經驗枯竭的危機。傳說、神話等民族文化遺產，是邊緣文化的一部分。在現代性的過程中，誘導享樂的大眾文化的合理性被不斷強化，傳說、神話等作爲過去的文化被不斷遺忘。但是，「民歌、寓言和傳說……在某些方

面是一個民族的信仰、情感、感覺和力量的結果。一個人信仰因為他不知道，他想像因為他看不見，他受到自己誠實而單純並且尚未發達的人性的激勵。這實際上是歷史學家、詩人、批評家、語文學家的一個大題目。」〔註1〕過去的歷史題材的小說創作，對正史的演繹充滿了興趣和熱情，這與西方自黑格爾到斯賓格勒建構的歷史哲學和本土的「史傳傳統」的巨大影響有關。而對包括傳說、神話在內的民間文化的認識和發掘普遍缺乏興趣。

蘇童的《碧奴》是一個由三十多個國家共同參與策劃的出版活動的一種。它是對「孟姜女哭長城」傳說的重新書寫。在當下的生活環境中，要想找到孟姜女的故事幾乎是不可能的。也只有文化的童年時代才有可能出現如此浪漫和悲愴的情感故事。有趣的是，這個故事的男主人公被隱匿起來，他只是碧奴的一個想像，一個情有所繫的烏托邦。也正因為如此，碧奴的決絕和堅忍的悲劇才感天撼地成千古絕唱。當然，作為資料極端匱乏的一個傳說，我驚歎蘇童的想像力和虛構能力。小說不僅用魔幻的方法將眼淚寫到了極致，為碧奴最後哭倒長城做了有力的渲染和鋪墊。重要的是，蘇童用他奇異的想像和對民族文化的理解，將碧奴終於送到了長城角下。這個過程大概是《碧奴》的緊要處。蘇童自己說「孟姜女的故事是傳奇，但也許那不是一個底層女子的傳奇，是屬於一個階級的傳奇。」這句自白非常重要。孟姜女時代的底層階級如果可以類比的話，大概就是今天的農民工。按照過去階級論的解釋，這個階級是最富於革命精神的。事實也的確如此，從陳勝吳廣的大澤鄉起義一直到社會主義革命政權的建立，農民階級與革命的天然聯繫成為一個最大的神話。但在《碧奴》這裡，這個階級與我們慣常的理解發生很大的變異。孟姜女去長城的路上所遇到羞辱、恐怖或困難，大都來自於同一階級。鄉兵、蒙面客、門客、車夫、癆病患者、賣糖人、假羅鍋等等，這些人屬於碧奴同一階級，但這些人從來沒有給碧奴任何幫助甚至傾聽碧奴的述說。同一階級的複雜性在碧奴去大燕山的路上被呈現出來。因此，送碧奴到長城角下的過程，才顯示了蘇童的過人之處。

顧頡剛認為，與其說孟姜女故事的本來面目為民眾所改變，不如說從民眾的感情與想像中建立出一個或若干個孟姜女來，因為民眾的感情與想像中有這類故事的需求，孟姜女的故事才得到憑藉的勢力而日益發展。他還注意

〔註1〕 德國神學家家赫爾德語：轉引自戶曉輝《現代性與民間文學》，社會學科文獻出版社2004年8月版，第87頁。

到這個故事中民眾和士流的思想分別，認為民眾的東西，一向為士大夫階級所壓服」。〔註2〕但蘇童的《碧奴》以當代的方式延續了這個民族傳奇，作為「士大夫階級」的蘇童對這個傳奇作了全新的詮釋。當然，蘇童也借助這個傳奇延續了他的小說生涯。無論是全球性的對非物資文化遺產的救助行為，還是一個中國作家有意的寫作策略，我都認為蘇童「向後看」的意願都正確無比。在不斷合理化的現代性過程中，地域性的經驗和知識尤其顯得重要。這是保有文化多元化的前提和保證。

當代小說在題材上的「當代性」，顯示了作家對現實生活介入的熱情和勇氣，這當然是一種特別值得肯定的創作取向。但是另一方面，也在一定程度上反映了當代作家想像力和虛構能力的欠缺。雖然也有許多歷史題材的作品發表，但更多的是革命歷史題材。而對民族文化、風情、習俗等有能力書寫的作家屈指可數，這確實反映了當代作家對民族傳統文化的隔膜或陌生。對傳統生活的書寫，是發掘、檢討或繼承傳統的一部分。T·S艾略特正確地指出：「歷史意識不僅與過去有關，而且和現在有關。歷史感迫使一個人在寫作時不僅在內心深處裝著他自己那一代人，而且還要有這樣一種感覺：從荷馬開始的整個歐洲文學，以及包含在其中的他本國的文學是並存的，並且構成了一種並存的序列。這種歷史意識，這種既是無時間的、又是有時間的、又同時是無時間和有時間的意識，使一個作者具有傳統性。它也使作者最確切地意識到他在時間中的位置和他自己的當代性。」〔註3〕

進入當代中國之後，包括生活情趣在內的傳統的民間生活已不再被表達，那種生活先在地被指認為與當代生活是格格不入的。但事實遠非如此。薩義德在討論艾略特關於將過去、現在和將來聯繫起來的觀點時，雖然指出了他的理想主義問題，但卻承認了他中心思想的正確，這就是「我們在闡述表現過去的方式，形成了我們對當前的理解與觀點。」〔註4〕青年作家徐名濤的長篇小說《蟋蟀》，是一部對傳統文化和生活集中書寫的一部作品。在當下長篇小說創作的整體格局中，《蟋蟀》肯定是一個例外：我們難以判斷它是一個什麼樣的題材，也不能肯定它究竟要言說什麼。可以肯定的是：這是一部

〔註2〕 見戶曉輝《現代性與民間文學》，社會學科文獻出版社2004年8月版，第125頁。
〔註3〕 見愛德華·W·薩義德：《文化與帝國主義》，三聯書店（北京），第2頁。
〔註4〕 同上，第3頁。

離奇而怪異的小說，是一部情節密集又懸疑叢生的小說，它是一部關於過去的民間秘史，也是一部折射當代世風和私秘心理的啓示錄。它在各種時尚的潮流之外，但又在我們時時更新卻又萬古不變的文化布景之內。故事的時間和背景都隱約迷離，我們只能在不確切的描述中知道，這是一個發生在清末民初期間、巢湖一帶的姥橋鎮陳家大院和妓院翠苑樓裏的故事。大院的封閉性、私秘性和妓院制度，預示了這是一段陳年舊事，它一旦被敞開，撲面而來揮之不去的是一種陳腐黴變的腐爛氣息。這種氣息我們既熟悉又陌生，既心想往之又望而卻步：妻妾成群的陳天萬陳掌櫃、深懷怨恨的少東家陳金坤、風情萬種的小妾阿雄、稟性難改的小妾梅娘、表面儒雅心懷叵測的義子王世毅、始終不在場但陰魂不散的情種秦鍾以及一任管家兩任知縣等，各懷心腹事地款款而來。

這是兩個不同的場景，一個是私人化的宅院，一個是公共化的妓院。但這兩個不同的場景卻隱含了共同的人性和欲望，在無數的謊言中上演了相似的愛恨情仇。陳家大院的主人陳天萬陳掌櫃一生沉迷鬥蟋蟀，他的生死悲歡都與蟋蟀息息相關，在愛妾與蟋蟀之間他更愛蟋蟀，但他必須說出更愛小妾阿雄；小妾梅娘與少東家有染、與知縣兩情相悅、與義子王士毅有肌膚之親並最終身懷六甲；王士毅表面儒雅但與妻子豆兒同床異夢，對收留他的義父陳掌櫃的兩個小妾虎視眈眈以怨報德；管家表面忠誠但對陳家家產蓄謀已久韜光養晦……，但這一切都被謊言所遮蔽。院墻之外雖然傳言不絕街談巷議，但大院昏暗的生活仍在瞞與騙中悄然流逝。然而死水微瀾終釀成滔天大浪，陳家大院更換了主人，那個只有母親而父親匿名的孩子，雖然身份曖昧，但因眉眼、提蟋蟀罐走路姿態和對蟋蟀的痴迷，使人們有理由相信了那就是陳掌櫃的孩子。鄰里釋然大院寧靜，但這個被命名爲司釗的孩子，許多年過後，無論他的父親是誰，可以肯定的是，他是又一個陳天萬。他一定會承傳陳家大院──也是中國傳統生活中最陳腐卻又魅力無邊的方式。這個意味深長的結尾，也使《蟋蟀》成爲一部「意味」深長的小說。

在故事的結構方式上，《蟋蟀》有兩條明暗交織的線索：一條是長頸蟋的被盜；一條是秦鍾的神秘之死。這兩條線索幾乎掌控了陳家大院所有人的心理和精神生活，所有人的恐懼和快樂無不與這兩個秘密相關。秦鍾不散的陰魂不僅籠罩在陳家每個人的心頭，甚至驚動了兩任知縣。每每提及秦鍾命案陳家上下便魂不守舍諱莫如深，其實這個令人驚恐的事件水落石出時並不那

麼複雜，但它卻是提領小說的靈魂；陳掌櫃雖然不至於玩物喪志，但他對蟋蟀的迷戀最終還是走向萬劫不復，長顎蟋的被盜終於讓陳掌櫃心無所繫一命歸西。《蟋蟀》中的文化與傳統中國的主流文化既有關係又有區別：達官貴人對享樂的迷戀與陳家大院在本質上是一樣的，但他們同時也有或兼善天下或獨善其身的情懷或抱負。不同的是，陳家大院作為頹廢的民間文化，所散發的僅僅是無可救要的腐爛氣。這種文化猶如風中的罌粟，搖曳中的凄美慘烈背後隱藏著致命的絕殺。我驚訝徐名濤對這種文化氣味的熟悉、提煉和掌控能力，他對享樂的體悟和對頹唐之美的拿捏，既讓人不可思議，又讓人忍俊不禁並生發出強烈的好奇心理和興趣。這是東方奇觀，也是華夏文化大地上的「惡之花」。

地理上的邊緣，也常常是文化的邊緣地帶。所謂「天高皇帝遠」而不在文化中心的視野之內。但 80 年代中期以來，處在地理邊緣的青藏高原或者說藏傳佛教文化，幾乎成了文學題材的聖地。在這片不斷被傳誦的聖地上，不斷綻放著神奇的文學雪蓮——馬原、扎西達娃、馬麗華、阿來、范穩、安妮寶貝等作家，用他們的神來之筆不斷述說著在這裡發現的神奇故事。儘管如此，雪域高原彷彿依然悠遠靜穆深不可測，它的高深一如它久遠的歷史，在高貴的靜默中放射著神秘、奇異、博大和睿智的光芒。事實上，高原的神奇顯然不止是它的自然地貌風光風情，它更蘊涵在像風光風情一樣久遠的歷史文化中。誰接近或揭示了高原文化的秘密，誰才真正走進了高原的深處。

《悲憫大地》是作家范穩繼《水乳大地》之後創作的又一部表現藏區歷史文化的長篇小說。它不是格薩爾王式的英雄讚歌，不是部落土司的勇武傳奇。它是一個藏區文化的「他者」試圖透過重重迷霧，感悟和理解藏區文化的一部小說，是一個執著的文化探險家鋌而走險堅忍跋涉發現的文化寶藏，是一個富有想像力的文學家構建的一個懸念不斷層欄疊嶂的文學宮殿，是一個揭秘者在雪域雲端追蹤眺望看到的兩個世界。因此，這部可以稱為中國的《百年孤獨》的作品，不僅具有極大的文學價值，而且也具有較高的文化人類學的價值。小說表達的是一個藏人的成佛史，它以極端的想像描述了藏人阿拉西——洛桑丹增成佛的艱難而殘酷過程，並在這個過程中展現了教徒如何超越了世俗世界進入宗教世界的。我們不能回答或理解宗教對一個人的感召或吸引，因此也不能回答或理解阿拉西——洛桑丹增為什麼花費了七個春秋、經歷了世俗人生不能忍受的身體和精神的磨礪長跪山路去拉薩朝拜。但

洛桑丹增高山雪冠般的尊嚴、意志和失去了所有的親人所表達出的堅忍、悲憫，我們在震驚不已的同時也被深深打動。那個神秘的世界距我們是如此的遙遠，但令人心碎的洛桑丹增彷彿就在眼前。他終於找到了屬於自己的佛、法、僧的「藏三寶」。《悲憫大地》動人心魄的魅力，就在於通過洛桑丹增成佛的過程展示了世俗世界不能經驗也難以想像的另一個世界。漫長的朝拜路途，恰似藏區緩慢的宗教文化時間，因濃重而凝固，因緩慢而千年萬年。當然，如果沒有母親、妻子、兄弟的「後援」，這個成佛過程是不能實現的。這個難以用世俗價值解釋的故事，在雪域高原卻有著堅實和穩固的文化基礎。眾多的喇嘛、上師以及各種儀式、民歌等等，藏區獨特的宗教文化氣息在小說中彌漫四方揮之不去。因此，是范穩以他對滇藏交界處或瀾滄江兩岸藏區文化的獨特理解，真正走進了雪域高原的蹤深處。

當然，作為一部傑出的文學作品，《悲憫大地》對世俗世界的描繪同樣精彩絕倫。尋找世俗世界快刀、快槍、快馬「藏三寶」的達波多杰也經歷了難以記數的屈辱和磨難，他也找到了心儀已久的「藏三寶」。但他的仇怨、貪婪、世俗欲望並沒有改變，苦難對他不是一心向善的磨礪，而是越發激起了他復仇、怨恨和仇殺的心理。達波多杰在和洛桑丹增的比較中，深刻地表達了兩個世界的難以跨越。兄弟共妻的阿拉西、玉丹和達娃卓瑪的婚姻溫暖而淒楚，他們的禮讓謙恭使這奇異的婚配充滿了高原的詩意。這獨特的愛情最後終結於朝拜路上，不僅使朝拜更加悲壯，而且也使這美麗的愛情悲劇充滿了宗教色彩；但郎薩家族的兄弟卻上演了叔嫂通姦的故事。達波多杰與嫂子貝珠的身體接觸雖然被書寫得乾柴烈火驚心動魄，但千嬌百媚的性愛背後隱藏的陰謀和殺機，可能更令人觸目驚心。在世俗世界，即便是一個女人，一旦被權力或貪欲所掌控，她因野心而釋放出的人性之惡可能會更加瘋狂無所不用其極。女人傾其所有要對象化的東西，她將不計後果。范穩對世俗世界的理解雖然沒有在本質上超出我們的閱讀經驗，但他生動的描繪在更深刻的意義上留在了我們的印象中。貝珠用多年的牢獄代價換取了她的夢想，但她不能擁有幸福也是意料之中的。小說不僅有宗教和世俗兩個世界的對比，而且在世俗世界中也有白瑪堅贊和都吉、阿拉西和達波多杰，達娃卓瑪和貝珠等的多種比較，使小說充分呈現了人性的豐富性和複雜性。

我還驚異於作家在小說中對魔幻現實主義的成功借鑒。80 年代中期加西亞·馬爾克斯的《百年孤獨》在中國翻譯出版之後，這個創作方法曾盛極一

時。他山之石可以攻玉。許多當今名重一時的作家幾乎都曾借鑒或模仿了這位來自拉丁美洲作家的創作方法，當然也包括書寫藏區歷史文化或當代生活的作家。但是，值得注意的是，每一種創作方法顯然不止是個技術性的問題。事實上，它是對一個民族、一個族群、一個文化共同體歷史傳統和生活方式的文學理解。它是以極端甚至誇張的方式，試圖在本質的意義表達出這個文化共同體的特殊性。當然，這個特殊性也只有在世界多元文化格局形成之後才有可能獲得承認。因此，這個現象既是民族的，同時也是政治的。有趣的是，雖然我們可以明確無誤地指認作家范穩借鑒了魔幻現實主義的方法，但我認為他是那樣駕輕就熟水到渠成，毫無牽強生硬或臨摹之感。小說中，傳說與魔幻的現實無處不在：冰雹將軟弱的東西打進一尺深的土地裏；神巫鬥法；豹子吃蟒蛇；騾子「勇紀武」可以與人對話；達娃卓瑪與豹的搏鬥；死去的玉丹輪迴為守護的花斑豹，孩子危機時刻，花斑豹從天而降救出了豺狗嘴裏的孩子；財主輪迴為蛇仍是守財奴；人身分離上身依然說話；尋找「藏三寶」的達波多杰淪陷女兒國等等。這些魔幻或超現實的情節，是作家奇異的想像，它可以因此獲取諸多質疑。但在我看來，恰恰是這些超出我們經驗的想像，才會在本質的意義上深刻有力地表現出高原藏區的歷史和文化。這些想像未免誇張，但生活在傳說和超驗世界的民族群體，也惟有如此才能更形神兼具地表達出那種文化的奇異、悠遠、神秘和博大。這既是文學的修辭需要，同時更是那種歷史文化被表達的需要。在這一點上，范穩的努力使他得到了自己需要的東西。

這雖然是一部描寫「一個藏人的成佛史」的小說，但同樣在經驗之外的作家范穩的訴求還是可以猜想的。他試圖借助一種文化表達他對彼岸世界的理解和對現實世界的企盼或祈禱，一如他在《水乳大地》中所表達的思想和願望。小說中的成佛故事我們難以做出價值判斷，那種仁忍、悲憫，比蒼天還博大寬廣的心靈世界，除了讓我們震撼、感動之外，幾乎無話可說。但對他對現實的世俗世界的揭示還是讓我們看到了作家的焦慮和不安。他希望世間能夠和平相處，希望人與人能夠有更多的悲憫彌漫心靈。當然，這僅僅是文學家的想像。事實是沒有任何一種宗教能夠拯救人類，即便同是宗教，也還存在著「文明的衝突」。只要打開地圖，戰火和敵視就會在不同地區或狼煙四起或磨刀霍霍。但是，播灑的悲憫總有一天會化解、超越人類的仇恨，讓人間布滿福音。也許，這就是作家在高原深處發出的最後的祈禱和祝願。

二、鄉村中國的「超穩定文化」

　　文學確有屬於它永恒的主題，這個問題已經而且還將被千百遍地談論。比如對愛情、正義、善與美、英雄、勤勞等的歌頌，對邪惡、醜陋、怨恨、戰爭、貪婪等的批判等。這些在文學創作者和接受者那裏已經獲得了普遍的認同。但這些抽象的概念必須附著於具體的行為和文化方式中才有可能得到具體的表達。在我看來，不同地區、種族、群體中，那些具有「超穩定」意義的文化結構，對族群的生活方式、行為方式、思維方式以及道德準則具有支配、控制功能的文化結構，就是文學應該尋找和表達的永恒的主題。這種具有「超穩定」意義的文化，雖然也處在不斷被建構或重構之中，但在本質上並不因時代或社會制度的變遷發生變化。

　　這一「超穩定」的文化結構，在鄉村中國表達的最為充分。百年中國文學史上，鄉村中國一直是最重要的敘述對象。在現代文學起始時代，鄉村敘事是分裂的：一方面，窮苦的農民因愚昧、麻木被當作啟蒙的對象；一方面，平靜的田園又是一個詩意的所在。因此，那個時代對鄉村的想像是矛盾的。鄉村敘事整體性的出現，與中國共產黨建立現代民族國家的目標密切相關。農民占中國人口的絕大多數，動員這個階級參與建立現代民族國家的進程，是被後來歷史證明的必由之路。於是，自延安時代起，特別是反映或表達土改運動的長篇小說《太陽照在桑乾河上》、《暴風驟雨》等的發表，中國鄉村生活的整體性敘事與社會歷史發展進程的緊密縫合，被完整地創造出來，「鄉土文學」從這個時代起被置換為「農村題材」。此後，當代文學關於鄉村中國的整體性敘事幾乎都是按照這一模式書寫的，「史詩性」是這些作品基本的、也是最後的追求。《創業史》、《山鄉巨變》、《三里灣》、《紅旗譜》、《艷陽天》、《金光大道》、《黃河東流去》等概莫能外。「整體性」和「史詩性」的創作來自兩個依據和傳統：一是西方自黑格爾以來建構的歷史哲學，它為「史詩」的創作提供了哲學依據；一是中國文學的「史傳傳統」，它為「史詩」的寫作提供了基本範型。於是，史詩便在相當長的一個歷史時段甚至成為評價文藝的一個尺度，也是評價革命文學的尺度和最高追求。但是，這個整體性的敘事很快就遇到了問題，不僅柳青的《創業史》難以續寫，而且80年代以後，周克芹的《許茂和他的女兒們》以「生活真實」的方式，率先對這個整體性提出了質疑。陳忠實的《白鹿原》對鄉村生活「超穩定結構」的呈現以及對社會變革關係的處理，使他因遠離了整體性而使這部作品具有了某種「疏異

性」。在張煒的《醜行或浪漫》中，歷史僅存於一個女人的身體中。這種變化首先是歷史發展與「合目的性」假想的疏離，或者說，當設定的歷史發展路線出現問題之後，真實的鄉村中國並沒有完全沿著歷史發展的「路線圖」前行，因為在這條「路線」上並沒有找到鄉村中國所需要的東西。這種變化反映在文學作品中，就出現了難以整合的歷史。瓦解或碎裂的整體性敘事被代之以對「超穩定文化」的書寫，這是當前表現鄉村中國長篇小說最重要的特徵之一。

鐵凝的《笨花》，也是一部書寫鄉村歷史的小說。小說敘述了笨花村從清末民初一直到 40 年代中期抗戰結束的歷史演變。但是，值得注意的是，國族的歷史演變更像是一個虛擬的背景，而笨花村的歷史則是具體可感、鮮活生動的。因此可以說，《笨花》是回望歷史的一部小說，但它是在國族歷史背景下講述的民間故事，是一部「大敘事」和「小敘事」相互交織融會的小說。它既沒有正統小說的慷慨悲壯，也沒有民間稗史的恣意橫流。「向家」的命運是鑲嵌在國族命運之中的，向中和以及他的兒女向文成、取燈以及向文成的兩個兒子，都與這一時段的歷史有關係。但是，他們並沒有、也不可能建構甚至成為這段歷史的「縮影」。儘管在向中和和取燈的身上體現了民族的英雄主義。但小說真正給人深刻印象的，還是「笨花」村的日常生活，是向中和的三次婚姻以及「笨花」村「窩棚」裏的故事。因此，《笨花》在這個意義上也可以看作是一部對「整體性」的逆向寫作。

笨花村棉花地裏的「窩棚」，是小說中的一個經典場景。它像一個暗夜籠罩的舞臺：既有心神不定看花的男人，也有心情像棉花一樣盛開的拾花的女人，既有遊走的「糖擔兒」，也有暗啞的糖鑼。無數個窩棚既撲朔迷離又充滿誘惑，它是笨花村一道獨特又曖昧的景觀。它是笨花村的風俗，也是笨花村的風情。在這個場景裏出入了與笨花村相關的各種人等，在笨花村，它是人所共知的公開的秘密。它像一個男女之事的「飛地」，也是一個誘惑無邊的肉體與棉花的民間「交易所」。但笨花村似乎習以為常並沒有從道德的意義上評價或議論它。除非在矛盾極端的時候，偶而罵一句「鑽窩棚的貨」。但是，「窩棚」裏的交易卻在最本質的意義上表現著人的性格、稟性和善與惡。西貝牛、小治、時令、「糖擔兒」、向桂、大花瓣、小襖子等，都與窩棚有不同的關係。甚至取燈最後也被日本鬼子糟蹋、殺害在窩棚裏。

窩棚僅僅是小說大舞臺中的一個角落，與窩棚有關的人物也不是小說中

的主要人物。但在這個暗夜籠罩的角落裏，小說以從容不迫的敘述，通過小人物照亮了過去許多抽象或不證自明的觀念。比如「人民」、「民眾」、「群眾」等，他們被指認為與革命有天然的聯繫，而且神聖不容侵犯，他們是不能超越和質疑的。但在《笨花》中，他們既可以鑽窩棚，也可以上學堂，既可以不自覺地參與抗日，也可以輕易地變節通敵。那個被命名為小襖子的年輕女孩就是一個典型。她不同於她的前輩向喜向中和，也不同於她的同代人取燈。她既沒有舊式人物的民族氣節，也沒有新式人物的革命理想。她只是一個普通人，她在動盪年代只希望能夠求得生存，但最後她還是被處決了。但這樣的人物也被動地參與了笨花村歷史的書寫。

《笨花》是一部既表達了家國之戀也表達了鄉村自由的小說。家國之戀是通過向喜和他的兒女並不張揚、但卻極其悲壯的方式展現的；鄉村自由是通過笨花村那種「超穩定」的關於「窩棚」的鄉風鄉俗表現的。因此，這是一部國族歷史背景下的民間傳奇，是一部在宏大敘事的框架內鑲嵌的民間故事。可以肯定的是，鐵凝這一探索的有效性，為中國鄉村的歷史敘事帶來了新的經驗。

當全球化、現代性、後現代性等問題在都市文學中幾近爆裂的時候，我們會發現，真正具有巨大衝擊力的小說，還是存在於對鄉土中國的書寫和表達中。原因並不複雜：一是當下中國最廣大的地區仍然是沒有發生本質變化的農村，這個本質性的變化，不是說鄉村的物質生活仍處在原始狀態，仍是老死不相往來的封閉或自足的狀態。而是說在觀念層面，即便在表面上有了「現代」的震盪或介入，「鄉村」對「現代」的即嚮往又抗拒、即接受又破壞的矛盾，仍然是一個普遍的存在；二是在現代中國，對鄉村的敘事幾乎是「追蹤式」的，農村生活的任何細微變化，都會引起作家強烈的興趣和表達的熱情。這就為中國的農村題材文學積累了豐富的經驗，也正是這一極端本土化的文學形態，建構了一種隱約可見的「文學的政治」。但是，那種「超穩定」的鄉村生活的表意形式或文化結構，如宗教、儀式、婚娶、娛樂、慶典乃至兩性關係等風俗風情，則超越了時代甚至社會制度而延續下來，它強大的生命力遠遠在我們的想像之外。

周大新的《湖光山色》，是對當下中國農村生活變革的續寫。改革開放20多年的歷史，也是中國鄉村生活被不斷書寫的歷史。在這個不斷書寫的歷史中，我們既看到了最廣大農村逐漸被放大了的微茫的曙光，也看到了矛盾、

焦慮甚至絕望中的艱難掙扎。《湖光山色》的故事也許並不複雜：它講述的是改革大潮中發生在一個被稱爲「楚王莊」裏的故事。主人公暖暖是一個「公主」式的鄉村姑娘，她幾乎是楚王莊所有男性青年的共同夢想。村主任詹石蹬的弟弟詹石梯甚至自認爲暖暖非他莫屬。但暖暖卻以決絕的方式嫁給了貧窮的青年曠開田，並因此與橫行鄉里的村主任詹石蹬結下仇怨。從此，這個見過世面性格倔強心氣甚高的女性，開始了她漫長艱辛的人生道路。但這不是一部興致盎然虛構當代鄉村愛恨情仇的暢銷小說，不是一個偏遠鄉村走向溫飽的致富史，也不是簡單的揚善懲惡因果報應的通俗故事；在這個結構嚴密充滿悲情和暖意的小說中，周大新以他對中國鄉村生活的獨特理解，既書寫了鄉村表層生活的巨大變遷和當代氣息，同時也發現了鄉村中國深層結構的堅固和蛻變的艱難。因此，這是一個平民作家對中原鄉村如歸故里般的一次親近和擁抱，是一個理想主義者對鄉村變革發自內心的渴望和期待，是一個有識見的作家洞穿歷史後對今天詩意的祈禱和願望。

主人公暖暖無疑是一個理想的人物，也是我們在理想主義作家中經常看到的大地聖母般的人物：她美麗善良、多情重義，樸素而智慧、自尊並心存高遠。楚王莊的文化傳統養育了這個正面而理想的女性。暖暖給人印象最爲深刻的，不是她決然地嫁給曠開田，不是她靠商業的敏感爲家庭帶來最初的物資積累，不是她像秋菊一樣堅忍地爲開田上告打官司，也不是她像當年毅然嫁給開田一樣又毅然和開田離婚。而是她爲了解救開田委曲求全被村主任詹石蹬侮辱之後，雖然心懷仇恨，但當詹石蹬不久人世之際，仍能以德報怨，以仁愛之心替代往日冤仇，甚至爲詹石蹬送去了醫治的費用。這一筆確實使暖暖深明大義的形象如聖母般地光焰萬丈。在傳統的階級對立的表達中，仇恨和暴力是我們最常見的人際關係，對暴力的崇尚是源於快意恩仇的冤怨相報。仇恨和暴力轉換的美學傳統至今仍沒有徹底根絕。在這樣的美學原則統治下，當然不會產生冉·阿讓或聶赫留朵夫這樣的人物。但到了暖暖這裡，可以斷定的是，即便在傳統的批評框架內，周大新爲我們提供的，也是一個嶄新的人物和嶄新的人倫關係。這一超越性的創作震撼人心。

《湖光山色》對人性複雜性、可能性的表達是小說值得稱道的另一個方面。詹石蹬在任村主任期間，是一個典型的橫行鄉里的惡霸。在楚王莊「他想辦的事沒有辦不成的」，他「想睡的女人，沒有睡不成的」。他成府極深，幾乎把權力用到了無以復加的地步。他對暖暖的迫害讓人看到了人性全部的

惡。他不僅因農藥事件拘留開田、在查封楚地居等行為中體驗到了權力帶給他的快感，而且還利用權力兩次佔有了暖暖的身體，「性與政治」在詹石蹬這裡以極端的方式得到了體現。在楚王莊他有恃無恐，他唯一懼怕的就是失去權力。只有在「民選」的時候，他才會向「選民」們表示一下「謙恭」。詹石蹬的作為使暖暖們也意識到，楚王莊要過上好日子，自己要過上安穩生活，必須把詹石蹬選下去。暖暖拉選票的方式在一個民主社會也未必是合法的，但在鄉村中國暖暖的做法卻有合理性。詹石蹬被村民選下去之後，再也沒有氣焰可言。但他為報復暖暖，還是將他與暖暖發生關係的事情以歪曲的方式告訴了後來楚王莊的「王」——曠開田。這是導致暖暖婚姻破裂的開始，詹石蹬內心深處的陰暗由此可見。但是，當他絕症在身不久人世的時候，暖暖不計恩怨情仇，不僅看望了詹石蹬而且送去了用作治療的費用。詹石蹬儘管已經喪失了語言功能，但還是讓人抬著他去看望了傷後的暖暖，並帶來了一包紅棗。這個細節如果以恩怨情仇的方式來看的話，可能不那麼動人，但對於詹石蹬來說卻在末日來臨的時候發生了人性的轉變。作家通過詹石蹬不僅揭示了人性的複雜性和惡的一面，而且他堅信人性終有善的一面。當然，詹石蹬變化的更重要意義，是對暖暖善和愛的襯托而存在的。

作為一部書寫鄉村中國的小說，作家所追尋、探討的歷史和現實深度，更體現在曠開田這個人物上，這是一個鄉村中國典型的青年農民形象。他曾是一個普通的、小農經濟時代目光短淺、心無大志的農民，也是一個遇事無主張、很容易滿足的農民。就在他一文不名的時候，暖暖以超出楚王莊所有人想像的方式嫁給了他。他是在暖暖的溫暖、啟發甚至是教導下成長起來的。暖暖不僅是他的妻子、恩人，同時也是他成長的導師。當他是楚王莊普通農民的時候，他對暖暖幾乎沒有任何疑義言聽計從，並且發自內心地愛著暖暖。他不是那種陰險、狡詐的壞人。但是，當暖暖聯合村民將他選上村主任之後，他逐漸發生了變化。他曾和暖暖玩笑地說：「將來我就是楚王莊的『王』」。這不經意的玩笑卻被後來的歷史所證實。他不僅專橫跋扈為所欲為，不僅與各種女人發生兩性關係，同時也不再把暖暖放在心上。因對經營方式的分歧，對暖暖與詹石蹬發生關係的怨恨等，終於導致了兩人婚姻的破裂。

有趣的是，楚王莊兩千三百多年前曾是楚國的領地，為了抵禦秦國的入侵，楚國臣民修築了楚長城，但當年的楚文王貲卻是一個飛揚跋扈驕奢淫逸的君主。兩千多年過後，暖暖在楚王莊用湖光山色引進資金創建了「賞心苑」，為了

吸引遊客，又命名了「離別棚」並上演以楚國爲題材的大型節目「離別」，演出人員達 80 人之多，可見規模和氣勢。當初讓剛被選舉上村主任曠開田飾演楚文王贇，曠開田還推辭，但演出幾次之後，曠開田不僅樂此不疲甚至無比受用。這時的曠開田已經下意識地將自己作爲楚王莊的「王」了。他不僅溢於言表而且在行爲方式上也情不自禁地有了「王」者之氣。他對企業的管理、對妻子的情感、對民眾的態度以及對情慾的放縱等等，都不加掩飾並越演越烈。最後終於也到了飛揚跋扈橫行鄉里的地步，與詹石蹬沒有什麼區別。從楚文王贇到詹石蹬和曠開田，中國鄉村的專制或統治意識幾乎沒有發生本質性的變化，這就是鄉村中國「超穩定」文化結構中的基礎。詹石蹬和曠開田雖然是民眾選舉出來的村主任，但在缺乏民主和法制的鄉村社會，民選也只能流於一種形式而難以實現真正的民主。在這樣的環境裏面，無論是誰，都會被塑造成詹石蹬或曠開田。小説始於「水」又止於「水」，這當然不是一個簡單輪迴的隱喻，也不是對鄉村變革具有某種神秘色彩的解釋。但可以肯定的是，周大新在這個有意的結構中，一定寄予了他對中國傳統文化、特別是中原農村文化某種深思熟慮的、具有穿透性的思考，在這個意義上，《湖光山色》所做的努力和探索應該說是前所未有的。或者說，《湖光山色》同李佩甫的《羊的門》、張煒的《醜行或浪漫》、董立勃的《白豆》、林白《婦女閒聊錄》、閻連科的《受活》、摩羅的《六道悲傷》等，一起構成了新世紀啓蒙主義文學新的浪潮。

當孫惠芬的《上塘書》、賈平凹的《秦腔》、阿來的《空山》等作品發表之後，我曾斷言，鄉村中國的整體性敘事已經徹底崩解，現實的鄉村中國將成爲一個支離破碎的敘述對象。我仍然相信這一判斷對當下鄉村中國的敘事並沒有成爲過去。周大新的《湖光山色》對鄉村中國重新做了整體性的敘事，它是作家周大新理想主義的產物。事實上，社會歷史的發展是被一個隱形之手所操控的，它超越了人的意志和想像。「現代」將帶著人們希望和不希望的一切如期而至，它像空氣一樣彌漫四方揮之不去。楚王莊的「湖光山色」終將在「招商引資」、在賞心苑按摩小姐以及薛傳薪「現代」管理和拜金主義的衝擊下褪盡它最後的詩意。就它的社會形態而言，楚王莊既不是過去的也不是現代的，它正處在一個進退維谷的兩難境地。或者說，楚王莊就是今日中國廣大鄉村的縮影，艱難的蛻變是它走進現代必須經歷的。暖暖的願望在鄉村中國還很難實現，暖暖的理想是作家周大新的「理想」，是周大新的期待和願望。如果這個看法成立的話，《湖光山色》在本質上還是一部浪漫主義小説。

　　如果說權力欲望在《湖光山色》中還是一種隱型文化結構的話，那麼，在趙劍平的《困豹》中，權力支配關係在鄉村日常生活中的表達就是赤裸的。在當下心浮氣躁的文壇，一個肯花 17 個寒暑創作一部長篇小說的作家，不能說絕後但應該是空前的，我們不得不對一個身處邊地作家的如此耐心深懷敬意。如果站在經濟學的角度，趙劍平投入的時間成本實在是太高了。文學生產雖然不能用投入產出來衡量，但可以肯定的是，文學對時間的佔有確實是必須的。它是一個嚴肅作家對自己的要求，也是對文學應該負有的嚴肅責任。

　　《困豹》是一部描寫當下中國偏遠鄉村生活的小說，是一部借助生態環境的危機，表達或示喻鄉村中國生存困境和精神困境的小說，是一部以獨特和深刻的方式闡釋中國問題和矛盾的小說，是一個在中國生活腹地的作家以極端和絕對的方式，拋棄了頌歌和贊美詩，以敢於說出真相的決絕創作出的傑作。在當下的文學語境中，如何以文學的方式正確地闡釋中國，幾乎是所有作家面對的共同困惑。我們必須承認，在發達地區，在中心城市，中國發生的變化有目共睹。在全球範圍內，經濟增長的一枝獨秀和綜合國力的不斷強大世人矚目。在東部沿海地區和內地發達城市，發達資本主義世界所有的圖像在這裡應有盡有。因此，當下中國被描述為已經進入「後現代」也並非聳人聽聞。但是，中國的特殊性就在於它發展的極度不平衡性。由於歷史、地域和經濟發展戰略等原因，中國最廣大的地區仍然處於相當落後的狀態，特別是落後地區的鄉村，由於可耕土地不斷萎縮、勞動力不斷流入城市、封閉的環境對發展的制約等因素，使這些地區還停留在過去的水平上，那裏的生活狀態並沒有發生根本性的變化。因此，落後地區、特別是鄉村中國，可能更本質地表達著當下中國的問題和矛盾。這些看法不僅真實地存在於現實生活中，而且在大量描寫鄉村生活的文學作品中，同樣觸目驚心。

　　《困豹》或許可以被理解為一部表現「生態失衡」的作品，就如作家陳應松《豹子最後的舞蹈》一樣。如果我們將《困豹》中為數不多的與動物有關的章節獨立地拼接起來，這個看法是成立的。老豹子「疙疤老山」被現代文明追趕得幾乎無立椎之地，它疲於奔命只為能夠求得生存，在食物鏈早已斷裂的年代，它不得不鋌而走險殃及人類，然後人類更以十倍的瘋狂和仇恨獵殺這個稀有的存在。它甚至找不到同類的異性伴侶，只能和一個被命名為「黑寶」的公狗相依為命，當黑寶被亂槍打死之後「疙疤老山」卻生下了一個非豹非狗似豹似狗的怪物。這些情節或隱喻在小說中確實重要，它是作家

以超驗的想像對現實世界的另一種書寫。因此，這些文字在小說中就不是可有可無的。但是，《困豹》畢竟不是一部專事動物生存狀態的小說。在小說中，像「疙疤老山」一樣處於生存困境和精神困境的是木家寨無數無奈無望的鄉親，是試圖改變他們命運又束手無策無計可施的令狐榮和木青青。封閉甚至是與外界隔絕的木家寨，雖然在經濟和生存狀態上的時間幾乎是凝固的，世風代變這裡卻以不變應萬變，日常生活已接近破產；但不正之風卻像瘟疫一樣迅速地侵襲了這裡：考試作弊、吸毒、拐賣婦女、強行絕育、隱瞞傷亡人口數字等等。許多場景慘不忍睹，特別是強制女性節育的場景既冠冕堂皇又慘絕人寰。鎮政府的領導曹紹成要打一場「計劃生育的殲滅戰」，於是姑娘媳婦都被集合到小學的操場上。曹領導的講話是：「我把醜話說在前面啦！鎮人民政府這次下了很大的決心，你們也看見了，上上下下都動員起來了，就是要打一場計劃生育的殲滅戰，小學校就這麼一個院子，四面都是圍起來的，只要屬於計劃生育對象，今天有不聽招呼的，就休想離開」。人群中「好多還是沒有出閣的姑娘」，於是「驚場了」：

> ……可怕的事情發生了。這些瘋狂的女流之輩踏著殘垣斷壁，潮水一樣漫上街頭。聽不見勝利大逃亡的歡呼，只有奔生奔死的恐懼，與生俱來的恐懼。而這種原始的恐懼，也是盲目的恐懼，卻像酵母一樣，立刻在鄉街上膨脹……人推著人，人追著人，人擠著人，人抓著人。一個人跌倒了，一撥人跟著被絆倒了。被死亡驅趕著的人群又潮水一般漫上來，踩著人，踢著人，拼命地往前衝……整個鄉街痛苦地扭動著，顛栗著，嚎叫著，掙扎著。終於，這條獨腸子街在一個薄弱的地方被脹破了，轟的一聲響，幾幢又低矮又古老的木屋在狂潮巨浪中晃了晃，便倒在地上。煙塵撲騰著，瘋狂的人們一臉的血，一臉的淚，又踏著廢墟往前衝……。〔註5〕

鎮裡的幹部和外鄉集調的手術隊員還楞在那裡的時候，一切都已經發生並結束了。這個場景是鄉村中國人心破產的極端和典型的寫照。可以想像，在這種統治和被掌控的環境裡，民眾的生存狀態可想而知。因此，惡劣環境並不僅僅是物資的貧窮和自然環境的險惡，鄉村中國「超穩定」的權力關係依然如故。這樣，我們也能夠理解爲什麼出走的姑娘再也不願意回到家鄉。

與此相關的是小說中兩個主要人物——令狐榮和木青青。令狐榮是典型

〔註 5〕趙劍平：《困豹》，人民文學出版社 2006 年 5 月版，第 331～332 頁。

的鄉村知識分子，他以教書爲業，勤勤懇懇兢兢業業。他在鄉里有很好的口碑和形象，但他書生的懦弱終使他一事無成。他歷盡千辛萬苦尋找被拐騙的姑娘，但這個曾是自己學生的女性卻不願和他返回家鄉。這個踏上漫漫長途千里尋人的故事，本來是一個既善且美的故事，但故事的結局卻大大超出了我們的預料：令狐榮的舉動在這個時代變得不僅荒誕而且迂腐，不僅被學生輕易「解構」而且被鄉政府曲解。於是，這個鄉村知識分子就成爲一個怪模怪樣不可理喻的古舊人物。從北京畢業返鄉的木青青經歷了一場大的政治風波之後，再也沒有 80 年代大學生的那種高傲和狂放，也沒有了啓蒙知識分子的精神優越。他雖然後來也做了鎮領導，但既未成家又未立業，他是這個時代令狐榮的身份接續者。他雖然不遺餘力地推動集鎮建設和改革，但他能夠實現自己的願望嗎！他最後和燒掉了自己工廠的藤子雙雙離開家鄉到南方下海。這是木青青試圖以改變身份來反抗自己的命運，也試圖超越令狐榮命運的決絕選擇。在這一點上，知識分子確實有比一般民眾優越的條件，但知識分子也只有實現身份變革才有實現獨立精神空間的可能。這不僅爲五四時代所證實，同時也爲改革開放的時代進一步證實。因此，木青青的選擇事實上是在重複他的前輩們宿命式的道路。

我驚異於趙劍平對當下知識分子存在狀態和心態的眞實刻畫與書寫。百年來知識分子英姿勃發、雄心大略、坐而論道、舍我其誰的氣概和面貌已經蕩然無存了。似乎他們實現個人價值的可能性只有下海經商，只能子然孤旅。這也是一個「困豹」式的群體——既難以立足於生態艱難的世俗社會，也沒有確切的精神宿地。因此，《困豹》不僅是豹子「疙疤老山」困境的描繪，同時也是對鄉村中國和知識分子階層生存困境和精神困境的眞實書寫——這既是趙劍平闡釋中國的一個方法，也是趙劍平對鄉村中國眞實的呈現和最後的追問。

當下長篇小說的創作對邊緣文化的意屬和對「超穩定」文化的再發現，既是對都市複製式生活經驗的反抗，也是對小說即將沒落的再次救贖。都市的欲望已經刪除了許多歷史記憶，但是，「傳統或鄉民的概念，對照其對應的一面現代性而言，只是明月半弦。因此，被歸於傳統文化的那些特徵是隨著特定的理論家對自己社會的關注反向變化的。」〔註6〕因此，當這一文學現象逐漸成爲潮流的時候，其隱約可見的訴求確實是意味深長的。

〔註6〕 約翰‧R‧霍爾、瑪麗‧喬‧尼茲：《文化：社會學的視野》，商務印書館 2002 年 8 月版，第 83 頁。

「文化亂世」中的「守成」文學

——新世紀中篇小說觀察

　　2007 年剛剛到來，大小媒體的文化狂歡是對 2006 年的文化記錄與描述：十大關鍵詞、十大文化事件、十大狂言、十大流行語、十大新聞、十大危機、十大語錄、十大評選、十大明星、十大策劃、十大醜聞、十大謊言等紛紛出籠；全民博客、惡搞、選秀、低胸無罪、抱抱團、「梨花體」、潛規則、學術夢工廠、裸誦、作家富豪排行榜等是被描述的核心事件。在這樣的文化記錄中，一個「文化亂世」的形象就被建構或塑造出來了。當然，在「注意力經濟」的背景下，各路媒體以這樣的策略「創意」出的大合唱，其訴求是不難想像的。如果我們沿著媒體「導向」的思路去評價當今文化生活的話，一個絕望的末世似乎不再遙遠。應該說，這種被建構或塑造出的「文化亂世」的圖景，在滿足狂歡欲望的同時，卻也極大地影響了社會對文學的評價。強勢媒體在調動「從眾」文化心理的同時，也淹沒了不能進入大眾媒體的其他文化現象。因此，大眾傳媒並沒有為多元文化的建立提供支持和可能，它在彰顯一種文化，也在排斥或擠壓另一種文化。

　　在所有的文化都被娛樂化和事件化的時候，真正的文學因難以被娛樂化和事件化，就必然成為大眾傳媒排斥和擠壓的對象。一個有趣的現象是，一方面現今的文學體制遭到強烈質疑，一方面恰恰是現今文學體制中的刊物在支撐著嚴肅文學的發展，如何評價這種現象是另外文章的話題。這裡所要談論的是，在娛樂文化淹沒一切的新世紀，真正的文學不僅依然存在，而且以「守成」的姿態處亂不驚並取得了高端的藝術成就。在我看來，評價一個時

代的文學，應該著眼於它的最高成就，這就像英國有了莎士比亞、俄國有了托爾斯泰、印度有了泰戈爾、日本有了川端康成、美國有了惠特曼、中國現代文學有了魯迅等一樣。如果將目光投向紅塵滾滾的日常文化生活，可以說，任何一個國家的文化或文學都將會敘述出另外一種歷史。但正因為有了這些偉大的文化或文學巨人，這些國家的文化和文學才被確認為典範而難以超越。

在新世紀的文學中，我認為中篇小說大概是最有可能代表性這個時代高端文學成就的文體之一。80 年代以來，中篇小說在大型文學刊物的推動下，有了極大的發展，為中篇小說的創作提供了豐富的經驗；而中篇小說的容量和它傳達的社會與文學信息，使它具有極大的可讀性；大型文學期刊頑強的堅持，使中篇小說生產與流播受到的衝擊降低為最小限度。文體自身的優勢和載體的相對穩定，以及作者、讀者群體的相對穩定，都決定了中篇小說在「文化亂世」中獲得了絕處逢生的機緣。這也是中篇小說能夠不追時尚、不趕風潮，能夠以守成的文化姿態堅守最後的文學性成為可能。「守成」這個詞在這個時代肯定是不值得炫耀的，它往往與保守、落伍、傳統、守舊等想像連在一起。但在這個無處不變、無時不變的時代，「不變」的事物可能顯得更加珍貴。這樣說並不是否定「變」的意義，突變、激變在文學領域都曾有過革命性的作用。但我們似乎從來沒有肯定過「不變」或「守成」的價值和意義。不變或守成往往被認為是「九斤老太」，意味著不合時宜和潮流。但恰恰是那些不變的事物走進了歷史而成為經典，成為值得我們繼承的文化遺產。在這個意義上，中篇小說很像是一個當代文學的「活化石」（短篇小說在這個意義上也可以成立）。當然，從來沒有一成不變的「不變」，這個「不變」是指對文學信念的堅持和對文學基本價值的理解。在這個前提下，無論中篇小說書寫了什麼，都不能改變它的基本性質。觀察新世紀的中篇小說，它的守成特徵可以在以下的表達中得到證實。

一、文學的新人民性

對當下文學詬病最多的，大概就是文學與現實關係的問題。最具代表性的是在《思想界炮轟文學界：當代中國文學脫離現實》的綜合報導中的「憤怒聲討」。「思想界」的學者認為：「中國主流文學界對當下公共領域的事務缺少關懷，很少有作家能夠直面中國社會的突出矛盾。」、「最可怕的還不只是文學缺乏思想，而是文學缺乏良知。」「在這塊土地上，吃五穀雜糧長大的小

說家中，還有沒有人願意與這塊土地共命運，還有沒有人願意關注當下，並
承擔一個作家應該承擔的那一部分。」〔註1〕這些批評，如果是針對那些面對
消費市場的一般文學讀物或暢銷書，是能夠成立的，但如果面對的是當下文
學創作的整體，只能說「思想界」對當下文學所知甚少。事實上，能夠代表
當下文學高端藝術成就的作品，恰恰很少走進公共領域甚至「思想界」專家
的視野。真實的情況是，新世紀以來，中篇小說對中國現實生活或公共事物
的介入，已經成為最重要的特徵之一。對底層生活的關注、對普通人甚至弱
勢群體生活的書寫，已經構成了新世紀中篇小說的新人民性。

　　當然，在商業霸權主義掌控一切的文化語境中，中國社會生活的整體面
貌不可能在文學中得到完整的呈現：鄉村生活的烏托邦想像被放棄之後，現
在僅僅成了滑稽小品的發源地，它在彰顯農民文化中最落後部分的同時，在
對農村生活「妖魔化」的同時，遮蔽的恰恰是農村和農民生活中最為嚴酷的
現實；另一方面，都市生活場景被最大限度地欲望化，文學並沒有提供真正
的都市文化經驗。兩種不同的文化在商業霸權主義的統治下被統一起來，他
們以「奇觀」和「幻覺」的方式滿足的僅僅是文化市場的消費欲望。這一現
象背後隱含的還是帝國主義的文化邏輯。「歷史終結」論不僅滿足了強勢文化
的虛榮心，同時也為他們的進一步統治奠定了話語基礎。但是，事情遠沒有
這樣簡單。無論在世界範疇內還是在當下中國，歷史遠未終結，一切並未成
為過去。西方殖民主義對第三世界的壓迫，被置換為跨國公司或跨國資本對
發展中國家的資本和技術的統治，冷戰的對抗已轉化為資本神話的優越。強
權與弱勢的界限並沒有發生本質的變化。這一點，在西方左翼知識分子和第
三世界知識分子的批判中已經得到揭示。在當下中國，現代化的進程「與魔
共舞」，新的問題正在形成我們深感困惑的現實。但是我們發現，在消費意識
形態的統治下，還有作家有直面現實的勇氣。在他們的作品中，我們發現了
中國當下生活的另一面。由於歷史、地域和現實的原因，中國社會發展的不
平衡性構成了中國特殊性的一部分。這種不平衡性向下傾斜的當然是底層和
廣大的欠發達地區。面對這樣的現實，我們在強調文學性的同時，作家當然
有義務對並未成為過去的歷史和現實表達出他們的立場和情感。在這個意義
上說，作家在表達他們對文學獨特理解的基礎上，同時也接續了現代文學史

〔註 1〕　見《思想界炮轟文學界：當代中國文學脫離現實》，《南都週刊》2006 年 5 月
　　　　20 日。

上「社會問題小說」的傳統。

北北是新世紀聲名鵲起的小說家,她的書寫對象都是來自底層的「小人物」。《王小二同學的愛情》裏的王大一、藍彩荷、肖虹、肖君;《有病》裏的陸多多、王二頌;《尋找妻子古荣花》裏的李富貴、古荣花、奈月等。對底層人群生存狀況和心理環境的關注,是北北小說最動人的地方。這些人物,一方面表達了底層階級對現代生活的嚮往、對現代生活的從眾心理;一方面也表達了現代生活為他們帶來的意想不到的後果。王小二只有八歲就會寫情書,王大一因現代信息的影響懷疑王小二不是自己的兒子,為了報復妻子藍彩荷而北上做生意,與肖虹肖君姐妹同居,期待這兩個如花似玉的北國姑娘給他生一個自己的兒子,結果醞出了一出讓人啼笑皆非的悲喜劇;《有病》中的陸多多如果沒有現代都市欲望的誘惑,她也不會得最時髦的愛滋病。北北在她的小說中注入時代內容的同時,仍然以一種悲憫的情懷體現著她對文學最高正義的理解。我們在兒童王小二的經歷中,在王大一的「現代愚昧」中,在路多多慘遭不幸的短暫生涯中,在王二頌本能、素樸的「理不斷、剪還亂」的人性矛盾中,在李富貴尋妻、奈月堅貞的愛情中,讀到了久違的震撼和感動。北北以現代的浪漫、幽默和文字智慧,書寫和接續了文學偉大的傳統。她提供的悲憫情懷,以及對文學正義的堅持和重新書寫,為文學提供了新的活力。北北的小說始終關注人的心靈苦難,日常生活的貧困僅僅是她小說的一般背景,在貧困的生活背後,她總是試圖通過故事來壯寫人的心靈債務。《轉身離去》敘述的是一個志願軍遺孀芹荣卑微又艱難的一生。短暫的新婚既沒有浪漫也沒有激情,甚至丈夫參加志願軍臨行前都沒有回頭看上她一眼。這個被命名為「芹荣」的女性,就像她的名字一樣微不足道,孤苦伶仃半個世紀,她不僅沒有物質生活可言,精神生活同樣匱乏得一無所有。她要面對動員拆遷的說服者,面對沒有任何指望和沒有明天的生活,她心如古井又渾然不覺。假如丈夫臨行前看上她一眼,可能她一輩子會有某種東西在信守,即便是守著一個不存在的婚姻或愛情,芹荣的精神世界也不致如此寂寞和貧瘠;假如社會對一個烈士的遺孀有些許關愛或憐惜,芹荣的命運也不致如此慘不忍睹。因此,「轉身離去」,既是對丈夫無情無義的批判,也是對社會世道人心的某種隱喻。

陳應松多年來深居簡出往返於神農架山區。他的「神農架系列」小說引起了極大的反響。《松鴉為什麼鳴叫》、《望糧山》、《豹子最後的舞蹈》、《馬斯

嶺血案》、《太平狗》等作品，以絕對和極端的方式書寫了苦難的淒絕。《豹子最後的舞蹈》中，孤獨地行走於山中的豹子，幾乎沒有藏身之地，籠罩在豹子周圍的是一種滅頂的絕望。豹子的苦難可以找到施加的對象，但如同豹子般絕望的人物伯緯，也在最後的舞蹈，但他卻找不到施加的對象在那裏。能把苦難寫到這樣的絕對和極致，是陳應松小說的力量所在。

對現實生活的關注以及在文學界引發的爭論，是文學創作和批評介入公共事務的典型事件。爭論仍在繼續，創作亦未終止。曹征路對工人階級的生存狀況關注已久。2005 年，他的《那兒》轟動一時。我在《中國的文學第三世界》一文中對《那兒》曾有如下評價：曹征路的《那兒》是……一部正面反映國企改革的力作。它的主旨不是歌頌國企改革的偉大成就，而是意在檢討改革過程中出現的嚴重問題。國有資產的流失、工人生活的艱窘，工人爲捍衛工廠的大義凜然和對社會主義企業的熱愛與擔憂，構成了這部作品的主旋律。當然，小說沒有固守在「階級」的觀念上一味地爲傳統工人辯護，而是通過工會主席爲拯救工廠上訪告狀、集資受騙，最後無法向工人交代而用氣錘砸碎自己的頭顱，表達了一個時代的終結。朱主席站在兩個時代的夾縫中，一方面他向著過去，試圖挽留已經遠去的那個時代，以樸素的情感爲工人群體代言並身體力行；一方面，他沒有能力面對日趨複雜的當下生活和「潛規則」。傳統的工人階級在這個時代已經力不從心無所作爲。小說中那個被命名爲「羅蒂」的狗，是一個重要的隱喻，它的無限忠誠並沒有換來朱主席的愛憐，它的被趨趕和千里尋家的故事，感人至深，但它仍然不能逃脫自我毀滅的命運。「羅蒂」預示的朱主席的命運，可能這是當下書寫這類題材最具文學性和思想深刻性的手筆。如果是這樣，我認爲《霓虹》堪稱《那兒》的姊妹篇，它的震撼力同樣令人驚心動魄。不同的是，那個殺害下崗女工（也是一個暗娼）的凶手終於被繩之以法，但對那個被殺害的女工而言已經不重要了。對我們來說，重要的是在這篇作品中，我們看到了一個從生活到心靈都完全破碎了的女人——倪紅梅全部的生活和過程。她生活在人所共知的隱秘角落，但這個公開的秘密似乎還不能公開議論。倪紅梅爲了她的女兒和婆婆，爲了最起碼的生存，她不得不從事最下賤的勾當。但她對親人和朋友的真實和樸素又讓人爲之動容。她不僅厭倦自己的生存方式，甚至連自己都厭倦，因此想到死亡她都有一種期待和快感。最後她終於死在犯罪分子的手裏，只因她拒絕還給犯罪分子兩張假鈔嫖資。

在這一文學現象中，青年作家胡學文的《命案高懸》是特別值得重視的。一個鄉村姑娘的莫名死亡，在鄉間沒有任何反響，甚至死者的丈夫也在權力的恐怖和金錢的誘惑下三緘其默。這時，一個類似於鄉村浪者的「多餘人」出現了：他叫吳響。村姑之死與他多少有些牽連，但死亡的真實原因一直是個迷團，各種謊言掩蓋著真相。吳響以他的方式展開了調查。一個鄉間小人物──也是民間英雄，要處理這樣的事情，其結果是可以想像的。於是，命案依然高懸。胡學文在談到這篇作品的時候說：

> 鄉村這個詞一度與貧困聯繫在一起。今天，它已發生了細微卻堅硬的變化。貧依然存在，但已退到次要位置，困則顯得尤為突出。困惑、困苦、困難。盡你的想像，不管窮到什麼程度，總能適應，這種適應能力似乎與生俱來。面對困則沒有抵禦與適應能力，所以困是可怕的，在困面前，鄉村茫然而無序。

> 一樁命案，並不會改變什麼秩序，但它卻是一面高懸的鏡子，能照出形形色色的面孔與靈魂。很難逃掉，就看有沒有勇氣審視自己，審視的結果是什麼。

> 堤壩有洞，河水自然外泄，洞口會日見擴大。當然，總有一天這個洞會堵住，水還會蓄滿，河還是原來的樣子──其實，此河非彼河，只是我們對河的記憶沒變。這種記憶模糊了視線，也虧得它，還能感受到一絲慰藉。我對鄉村情感上的距離很近，可現實中距離又很遙遠。為了這種感情，我努力尋找著並非記憶中的溫暖。〔註2〕

這段體會說的實在太精彩了。表面木訥的胡學文對鄉村的感受是如此的誠懇和切實。當然，《命案高懸》並不是一篇正面為民請命的小說。事實上，作品選擇的也是一個相當邊緣的視角：一個鄉間浪者，兼有濃重的流氓無產者的氣息。他探察尹小梅的死因，確有因自己的不檢點而懺悔的意味，他也有因此在這個過程中洗心革面的潛在期待。但意味深長的是，作家「並非記憶中的暖意」，卻是通過一個虛擬的鄉間浪者來實現的。或者說，在鄉村也只有在邊緣地帶，作家才能找到可以慰藉內心的書寫對象。人間世事似乎混沌而迷蒙，就如同高懸的命案一樣。但這些作品卻以睿智、膽識和力量洞穿世事，揭示了生活的部分真相。

〔註2〕見《北京文學・中篇小說月報》2006 年 8 期。

有一種還沒有浮出水面、但卻潛隱已久的看法在暗中流傳，這就是，文學更應該是精神層面的東西，它與人的生存狀況沒有關係，生存的幸與不幸並不能決定文學的存在。這個看法如果前面半句是對的話，那麼後面這半句就是不折不扣的胡言亂語。這種僞「精神貴族」的裝腔作勢也不是從他們開始，魯迅先生早年批判的那一路人可以看作是他們的始祖。文學是關注和處理精神事務的領域，但是，任何精神都不是玄想和空穴來風。特別在中國，關乎生存、關乎正義、關乎良知的問題，在文學中並沒有得到徹底解決。有些人可以關心「純精神」、「純文學」的問題，但你不能阻止或批評別人關注或關心現實問題。更何況我不知道他們那個「純精神」、「純文學」指的究竟是什麼？是不是只有發生在「知識分子」那裏的事情才是精神的？是不是只有他們關心的問題才是精神的？是誰設置了這種權利關係或等級關係？這種假貴族、僞中產的面孔，事實上要建構的是一種中產階級的意識形態的合法性甚至是統治性。他們可以在咖啡屋裏的燭光下空談「精神」和「文學」，但別人也有權力關心底層人的生存狀況和苦難。在他們看來，關注現實和關注精神是完全對立的，是不能兼顧的。我不知道關注現實的問題、生存的問題爲什麼就不在他們要談論的那個精神範疇內。

在當下中國，不僅存在城市與鄉村的巨大差別，同時也存在兩種不同的文化時間。在發達的中心城市，我們可以將文化時間概括爲「現代」、「後現代」，那裏的生活方式表面上與發達資本主義國家確實沒有什麼差別，健身房、咖啡屋、酒吧、超市、影樓、星巴克、星級酒店和高級文化活動。但在鄉村特別是偏遠的老少邊窮地區，民眾沒有條件享受這一切。那裏的生產方式和生活方式和十七世紀並沒有本質的改變。這種傳統的生活方式不僅使人們仍然生活在「過去」，而且這種生活方式也培育了他們的情感方式和思維方式。他們認爲生活在那種雖然落後但熟悉的生活中是安全的，甚至是有價值的。夏天敏的《飛來的村莊》是一個有著魔幻現實主義外殼的現實主義小說。一次意外的山體滑坡，將「望雲村」從一個落後的邊遠地區挪移到了一個發達的地區，這種因「自然」力量的不可抗拒，使「望雲村」瞬間實現了從前現代向現代的過度。它像夢幻一樣不眞實。眞實的是它的行政隸屬關係發生了變化。有趣的是，曾經管轄的行政單位和現在實際隸屬的行政單位，都表示了對望雲村的關懷。不僅來了領導，也送來了度過難關的金錢和物資。但事實上，兩個行政單位都不願意再接管這個落後的村落和貧困的人群。領導

各懷心腹事，原來的行政區希望這個村莊留下來，現在的行政區希望他們回去。村民表決的結果是回到過去。這個結果意味深長。村民對故土、鄉情、親情的迷戀，從一個方面表達了中國農村從前現代向現代轉換的艱難。民間意識形態的力量，對偏遠農村來說仍然具有巨大的不可抗拒性。他們甚至拒絕發展，拒絕向現代邁進。對前現代的這種迷戀，是對現代的恐懼，是對不熟悉生活方式的一種逃避。因此，夏天敏在批判官僚主義和行政腐敗的同時，也批判了中國農民那種守舊的惰性和愚昧麻木的國民性。

與這個小說在精神上有聯繫的，是《貼在大山上的郵票》。電影放映員劉超民已經退休，在城裏過上了富足安逸的日子，但他就是覺得好像生活裏缺了些什麼。於是他想起了自己曾經有意思的生活，那就是在山裏放映電影的日子，這是一種生活認同，當然也是一種文化認同。你可以說這是一種懷舊、是對前現代的懷戀，但老劉顯然有他的道理。如果老劉的方式可以指責的話，那麼為什麼中產階級和資產階級到鄉村過田園生活不僅沒有遭到指責，反而成為一寫人艷羨的對象。於是他又扛起了放映機，又來到了山裏，免費為鄉親們放電影。他意想不到的是，這種非經營性的活動，也要受到行政部門和工商部門的干預，這種干預不是因為別的，在鄉幹部那裏，他們認為老劉沒把他們放在眼裏：一個外來人居然可以不和他們打任何招呼，想幹什麼就幹什麼。於是，工商部門到了放映現場，農民觀眾和工商幹部發生了衝突。那個場景非常有意思，工商幹部雖然人少，但拿著話筒，農民人多但靠自己的嗓音。人少的反而有聲勢，人多的只能靠身體。他們最後的抵抗也是「把我們全抓去」吧。用自然的身體對抗「現代」的結果是可想而知的。這個場景深深地刺激了老劉，沒有人明白這是為什麼。事實的確如此，老劉想像的那個曾經的山村已經不是過去的山村，現代行政管理的弊端在偏遠的山村也不能幸免。

《只有一個好人的村莊》，講述的也是前現代與現代衝突的故事。它應該是望雲村的前史。那裏有民間傳奇、西南響馬和土匪。類似部落酋長的廖叔廖吉祥，曾帶領村民以搶劫過日子。但他又像「犯人李銅鐘」，在村民因飢餓而生死攸關的時候，一個「搶」字救了村民。但他曾經收養的義子背叛了他，養子長生對象徵「現代」的幹部制度充滿了渴望，他無比荒唐地諂媚邀寵，甚至不惜傷害養父，在人性與欲望之間，他選擇了後者。但在生死攸關的時刻，是養父廖叔慷慨赴死救下了長生。這個故事感人至深。廖叔的多情重義雖然具有濃重的民間性質，但難道說那不是屬於「精神範疇」的事件嗎？

　　我注意到，夏天敏在書寫當下中國農村生活的時候，他將批判的鋒芒沒有猶豫地指了制度存在的問題，特別是那些作威作福的「山大王」似的幹部。另一方面，他也以「怒其不爭，哀其不幸」的心情，在表達農民生活和精神苦難的同時，也批判了隱含於中國民間傳統中的落後的習俗和惰性。他對「現代」、「傳統」這樣的概念都是懷有質疑的。他的概念和話語雖然仍在啓蒙主義的框架之內，但需要我們思考的是，他究竟爲我們當下的文學帶來了什麼。文學不負責解釋和證明一切，它只負責對生活的呈現、感受和理解。雖然夏天敏在藝術上還有值得商榷的問題，比如對鄉村生活「同質化」的理解，使他的小說在總體氛圍上缺乏變化，結構也大同小異。但由於他對中國鄉村生活、特別是滇東北地區農村生活的熟悉和瞭解，使他的小說在漫長凝滯的文化雲霧中艱難地展開，在當下文壇不僅獨樹一幟，而且充滿了力量。這就是我們給予他支持的理由。

　　對底層生活的關注，逐漸形成了一股巨大的文學潮流。劉慶邦的《神木》、《到城裏去》、李洱的《龍鳳呈祥》、熊正良的《我們卑微的靈魂》、遲子建的《零作坊》、吳玄的《髮廊》、《西地》、楊爭光的《符馱村的故事》、張繼的《告狀》、何玉茹的《胡家姐妹小亂子》、胡學文的《走西口》、張學東的《堅硬的夏麥》、王大進的《花自飄零水自流》、溫亞軍的《落果》、李鐵的《我的激情故事》、孫惠芬的《燕子東南飛》、馬秋芬的《北方船》、王新軍的《壞爸爸》等一大批中篇小說，這些作品的人物和生存環境是今日中國的另一種寫照。他們或者是窮苦的農民，工人，或者是生活在城鄉交界處的淘金夢幻者。他們有的對現代生活連起碼的想像都沒有，有的出於對城市現代生活的追求，在城鄉交界處奮力掙扎。這些作品從不同的方面傳達了鄉土中國或者是前現代剩餘的淳樸和眞情、苦澀和溫馨，或者是在「現代生活」的誘惑中本能地暴露出農民文化的劣根性。但這些作品書寫的對象，從一個方面表達了這些作家關注的對象。對於發展極度不平衡的中國來說，物質和文化生活歷來存在兩種時間：當都市已經接近發達國家的時候，更廣闊的邊遠地區和農村，其實還處於落後的十七世紀。在這些小說中，作家一方面表達了底層階級對現代性的嚮往、對現代生活的從眾心理；一方面也表達了現代生活爲他們帶來的意想不到的複雜後果。底層生活被作家所關注並進入文學敘事，不僅傳達了中國作家本土生活的經驗，而且這一經驗也必然從一個方面表現了他們的價值觀和文學觀。這不僅使新世紀的中篇小說接續了現代文學「社會問題

小說」的傳統，也使文學具有了一種新的人民性。

二、日常生活中的人與人性

應該說，對極端化或絕對化的生活狀態的表達還相對容易些，因爲那裏隱含著不易察覺的、先在的道德或立場的優越。而激憤、抗爭以及同情等情感因素，特別容易得到讀者的認同和掌聲。這與 20 世紀以來我們的文學經驗和讀者的接受習慣有關。但是，對日常生活，對每個人都熟悉的生活狀態，對不因時代、環境和制度而改變的、也就是「超穩定文化結構」中的人與人性的表達，就要困難得多。這就是越是熟悉的生活、越是司空見慣的狀態，越難以表達。文學是處理人類精神和心靈事務的領域，表達日常生活中的人與人性，是文學的宿命，如果不放棄或犧牲文學，不改變文學的書寫對象或範疇，那麼，對人和人性的表達就永遠是文學的困惑和焦慮。這一點，也恰恰是文學和娛樂文化最大也是最後的區別。新世紀的中篇小說對日常生活中的人和人性的書寫，留下極爲豐富的經驗。

畢飛宇的中篇小說使他在文學界獲得了極高的聲譽。他的《青衣》、《玉米》、《玉秀》、《玉秧》等，以男性視角對女性、特別是對農村女性生存狀態和心理狀態的狀寫與描摹，幾乎達到了登峰造極的地步。其中，《玉米》的成就名滿天下，在非典肆虐時期，《玉米》一時洛陽紙貴。《玉米》並沒有一波三折或驚心動魄的故事。它的成功恰恰是在波瀾不驚的日常生活中，呈現出的超穩定文化結構中的鄉村倫理秩序。權力與性、女性貞操與傳宗接代、認同與復仇等，是隱含於《玉米》背後的文化力量。玉米的父親之所以過著鄉村的「帝王生涯」，想睡哪家女人就睡哪家女人，就是因爲他掌控著鄉村權力；一旦權力旁落，他不僅喪失了對「性」的佔有，甚至自己的女兒也成爲鄉民復仇的對象；玉米的未婚夫彭國梁雖然掌握現代最尖端的科學技術，成爲一名榮耀鄉里的飛行員，但仍然不能逃脫鄉村超穩定文化的規訓，他對玉米貞操的質疑與鄉間鄰里並無區別。也正是這些隱型的文化秩序和倫理規約，使玉米以「自虐」的方式完成了最後的悲劇。畢飛宇對鄉村女性存在狀態和文化心理的想像，成爲新世紀中篇小說關於人性寫作的絕唱。

須一瓜的中篇小說創作在新世紀取得的成就，令人刮目相看。她對人性複雜性的理解使她的小說撲朔迷離。那是一種狂歡節化的小說，她在一種多音齊鳴的形式中既表達了她對人性理解的與眾不同，也表達了她對小說極端

智慧的理解。《地瓜一樣的大海》是受到普遍重視的小說。小說以少年張小銀的視角觀看了當下社會的人與事，少年張小銀是一個公開的窺視者：小學教師的無知和霸道，福利院長的虛榮、虛僞，市長的裝腔作勢以及媒體的虛假等等。通過張小銀的視角，我們被明確地告知，問題少年恰恰是社會問題的一個縮影：小說中任何一個職業，在社會結構中都演化爲一種權力角色，對任何事物的判斷不是緣於事物本身，而是權力對事物的指認和利用，權力是社會生活無處不在的主體，社會的統一性是在權力宰制下完成的。與這個統一性不同的是小說中出現的多種聲音：張小銀作爲敘事者，以一個少年的視角客觀地呈現了她的見聞，她要應對陌生的世界和生活，當她孤獨無助的時候，她和一個假想者對話，和虛擬的「一個眞正的神」對話。這個存在主義式的處理，眞實地表達了一個「少年漂泊者」的現實和心理處境。那個「眞正的神」並不能回答她在現實中遇到的問題。

張小銀生活在一個最社會化的場所，吸毒、三陪、燈紅酒綠紙醉金迷，這是一種常見的墮落、充滿了腐爛味道的生活。在這種非主流的腐爛生活裏，卻生長出了璀璨的「惡之花」。愛彌麗吸毒、坐臺、用肉體換毒品，是被社會拋棄或不齒的人。她很複雜，但又有很眞實的一面，她利用未成年的張小銀冒險爲她買毒品，但同時也保護或呵護著這個弱者。正是在她的保護下，張小銀才免於成爲「隱君子」和過早地走向妓女生涯。如果說張小銀還有社會救助和愛彌麗的關愛的話，那麼愛彌麗則是一個徹頭徹尾的無助者。這裡，愛彌麗的「善」，構成了一種「妓女美學」，它是小說的又一種聲音。這個「異類」雖然自戕自虐，與社會道德格格不入，但她的眞實、善，與主流社會的虛僞，與身份社會的裝腔作勢所構成的對比，使愛彌麗在美學的意義上獲得了勝利。與統一的社會結構不同的是，愛彌麗的聲音在小說中是獨立的，她同樣是一個主體。於是，《地瓜一樣的大海》就出現了多種不同的聲音：即作爲社會主體的權力的聲音、作爲小說主體的張小銀的聲音以及愛彌麗的聲音，這多音齊鳴構成了小說了複雜的內涵。

與《地瓜一樣的大海》敘事結構相似的是《蛇宮》。這是一篇令人毛骨悚然望而生畏的作品。想起曉菌和印秋五千小時與蛇共舞的漫長日子，足以令人不寒而栗。但《蛇宮》值得注意的同樣是兩種齊鳴的聲音：在蛇宮裏，是曉菌和印秋對虛無意義的無望守侯。對那個沒有任何價值的意義，與其說她們在實現它毋寧說她們希望盡快終結它。每天對那個匿名探望者望眼欲穿的

盼望，證實著她們對現實生活和「意義」世界的態度。蛇宮外的探望者講述的同樣也是一個「故事」，搶劫究竟發生在美國大片裏還是講述者自身已經不重要，重要的是他們都生活在一個牢籠中，一個是被命名的，一個是尚未命名的。探望者最後也進了蛇宮，進了蛇宮也沒有逃脫死亡的命運。蛇宮內外的兩個世界被置換成兩種欲望，其意味特別酷似「圍城」。

須一瓜的小說一貫地複雜，她的小說必須用心閱讀，假如錯過她對細節的精心雕刻，閱讀過程將會全面崩潰，或者說，遺失一個具體的細節，閱讀已經斷裂。另一方面，須一瓜的小說還有明顯的存在主義的遺風流韻，她對人與人之間的難以理解、溝通和人心的內在冷漠麻木，有持久的關注和描摹。《第三棵樹是和平》同樣是一篇撲朔迷離的小說，它有精密的細節構成的內在邏輯。犯罪嫌疑人髮廊妹孫素寶的殺夫案似乎無可質疑，她年輕漂亮卻無比殘忍，她的殺夫與眾不同，她肢解了丈夫，而且每個切口都整齊得一絲不苟，就像精心完成的一個解剖作業。法官對這樣一個女人的不同情順理成章。但年輕的法官戴諾卻在辦案過程中的細微處發現了可疑處，這個倍受摧殘的女人並不是真正的凶手，她是一個真正的受害者：不僅在日常生活中她沒有尊嚴，即便在丈夫那裏她也受盡淩辱。丈夫被殺後她被理所當然地指認為殺人凶手。但通過一個具體的細節，法官發現了真正的案情。小說雖然以一個女性的不幸展開故事，但它卻不是一個女性主義的小說。它是一個有關正義、道德、良知和捍衛人的尊嚴的作品。對人與人之間缺乏憐憫、同情和走進別人內心的起碼願望，作家表達了她揮之不去的隱憂。《回憶一個陌生的城市》，有須一瓜一貫的後敘事視角，沒有人知道事情的結果甚至過程，即便是當事人或敘述者也不比我們知道的更多。於是，小說就有與生俱來的神秘感或疏異性：因車禍失去記憶的「我」，突然接到了外地寄來自己多年前寫的日記，是這個日記接續了曾經有過的歷史、情感和事件，最重要的是一九八八年九月我製造的那起「三人死亡、危機四鄰的居民區嚴重爆炸案」。「我」決定重返失去記憶的陌生城市調查這起爆炸案。當「我」置身這座城市的時候，「我」依然斷定「是的，我沒有來過這裡。」這注定了是一次沒有結果的虛妄之旅，荒誕的緣由折射出的是荒誕的關係。一些不相干的人因這起事件被糾結在調查的過程中，但彼此間沒有真正的理解和溝通，甚至連起碼的願望都沒有。存在主義的遺風留韻和荒誕小說的敘述魅力，在《回憶一個陌生的城市》中再次得到呈現。

　　吳玄的《西地》，講述的是敘事主人公家鄉西地發生的故事。敘事人「呆瓜」在這裡似乎只是一個「他者」，他只是間或地進入故事。但「呆瓜」的成長歷程卻無意間成了西地事變的見證者：西地本來沒有故事，它千百年來就像停滯的鐘錶一樣，物理時間的變化在西地沒有得到任何反映。西地的變化是通過一個具體的家庭的變故得到表達的。不幸的是，這個家庭就是「呆瓜」自己的家。當「呆瓜」已經成為一個「知識分子」的時候，他的父親突然一紙信函召回了遠在城裏的他，原因是他的父親要離婚。這個「離婚」案件只對《西地》這篇小說十分重要，對西地這個酋長式統治的村落來說並不重要。「呆瓜」的蒞臨並不能改變父親離婚的訴求或決心，但「呆瓜」的重返故里卻牽動了情節的枝蔓並推動了故事的發展。如果按照通俗小說的方法解讀，《西地》就是一個男人和三個女人的故事，但吳玄要表達的並不止是「父親」的風流史，他要揭示的是「父親」的欲望與「現代」的關係。「父親」本來就風流，西地的風俗歷來如此，風流的不止「父親」一個。但「父親」的離婚以及他的變本加厲，卻具有鮮明的「現代」色彩：他偷賣了家裏被命名為「老虎」的那頭牛，換回了一隻標誌現代生活或文明的手錶，於是他在西地女性那裏便身價百倍，女性艷羨也招致了男人的嫉妒或怨恨。但「父親」並沒有因此受到打擊。他在外面做生意帶回來的李小芳是個比「呆瓜」還小幾歲的女人。「帶回來」這個說法非常有趣，也就是說，「父親」見了世面，和「現代」生活有了接觸之後，他才會把一個具有現代生活符瑪意義的女人「帶回」到西地。這個女人事實上和「父親」相好過的女教師林紅具有對象的相似性。林紅是個「知青」，是城裏來的女人，「父親」喜歡她，她的到來使「父親」「比先前戀家了許多」，雖然林紅和「父親」只開花未結果。但林紅和李小芳這兩件風流韻事，卻從一個方面表達了「父親」對「現代」的深刻嚮往。「現代」和欲望的關係，在「父親」這裡是通過兩個女性具體表達的。

　　遲子建的《第三地晚餐》以冷俊悲涼的筆觸，從一個方面撕開了都市華麗的面紗。都市生活是今天社會生活結構的中心，但《第三地晚餐》避開了紅塵滾滾的中心畫面，它從一個鮮為人知的生活渠道揭示了生活的荒誕性和戲劇性。「第三地」應該是一個與心靈或歸宿有關、與寄託或渺小的願望有關的隱喻。情感上的隔膜讓一對夫妻都有難言之隱，他們在「第三地」不期而遇：要求做一頓晚餐的人和願意免費為人做一頓晚餐的人，竟是夫妻雙方。當一切釋然的時候，丈夫卻沒有吃上這頓晚餐而撒手人寰。這個荒誕的悲劇

顯示了遲子建藝術地把握當下人性的荒誕性和無助感的能力。她持久創造力更是令人歎爲觀止。比較《第三地晚餐》，更爲殘酷的是葉舟的《目擊》。表面上恩愛有加的夫妻，卻隱藏著巨大的秘密。妻子不惜長跪街頭苦苦尋找丈夫死亡的目擊者，然而，丈夫的意外死亡竟緣於一次偷情之後。李小果、李佛、王力可以及死者之間的關係撲朔迷離。除了當事人之外幾乎沒有人清楚他們的情感和欲望。但是，眞正的悲劇也許不是死者，而是在隱秘之情背後的活著的女人。死者的妻子才是悲劇眞正的主角。

此外，葉彌的《明月寺》、方方的《水隨天去》、徐坤的《年輕的朋友來相會》、吳玄的《同居》、楊少衡的《秘書長》、張殿全的《青春散場》、呂不的《如廁記》、周卉的《好好或著》、陳家橋的《人妖記》、程青的《十周歲》、李鐵的《花朵一樣的女人》、刁斗的《哥倆好》、曉航的《努力忘記的日落時分》、孫春平的《怕羞的木頭》、徐則臣的《西夏》、鍾晶晶的《我的左手》、荊永鳴的《白水羊頭葫蘆絲》、北北的《右手握拍》、王松的《福陞堂》、騰肖瀾的《藍寶石戒指》、蘇童的《棄嬰記》、蔣韻的《心愛的樹》等，在揭示和表達人性的多樣性和複雜性方面，都提供了獨特或新鮮的經驗。在注重藝術「意味」的同時，對社會生活和精神世界、心靈世界的關懷，仍然是這些作品的基本特徵。每個作家的經驗不同，題材或敘述對象不同，但可以肯定的是，這些作品都通過生活的表象並洞穿表象試圖揭示出隱含於表象背後的人性或世道人心。表象不僅僅是一種只可感知和可見的存在，同時它也是一種精神事件和現象。這種動機和努力，使中篇小說在關於人性的表達上不僅氣象萬千，而且堅持或強化了它的藝術力量。

三、邊緣經驗的發掘與想像

邊緣經驗，是指在潮流之外、或被遺忘或被遮蔽的文學資源。文學是一個想像和虛構的領域。它除了對現實的直接經驗做出反映和表達之外，對能夠激發創作靈感的任何事物、任何領域都應當懷有興趣。有些經驗雖然是間接的，但一旦被當下的經驗所激活，就有可能放射出意想不到藝術光華。這種情況在百年文學的歷史上不勝枚舉。

韓少功的《報告政府》無論對新世紀文壇還是對他個人來說，都是一部重要的作品。多年來，韓少功對傳統的小說形式似乎感到絕望，他一直在尋找小說絕處逢生的可能性。而重新正面創作的中篇小說《報告政府》，對文壇

來說，它所涉及的領域鮮爲人知，一牆之隔劃分了兩個世界，生與死、善與惡、正與邪等，是我們基本的認知或瞭解，那是一個神秘和令人難以想像的所在。但韓少功所書寫的監獄景觀遠遠超出了我們的想像。那裏的殘酷、丑惡甚至血腥不僅仍在暗中上演，而且也有超級智慧、絕頂聰明在極限的環境裏表現的淋漓盡致。更重要的是，即便是十惡不赦罪大惡極的人，其內心深處仍有人性乃至良心的複雜存在。對韓少功個人而言，自「尋根文學」開始，他對文學可能性的探索深懷迷戀，但略有誇張的「先鋒」和前衛姿態曲高和寡。《報告政府》大概是他爲數不多的從「正面」挑戰小說的創作。在這個把握難度極大的小說中，在對分寸、火候和節奏的掌控中，韓少功再次證實了他鋒芒銳利的小說才能。

遲子建的《世界上所有的夜晚》，虛構了一個魔術師意外死亡的故事，死亡就是止步。世界上沒有比死亡更令人恐懼和不可接受的了，但死亡又是不可拒絕的。遲子建沒有渲染死亡的神秘及其細節，死亡對死去的人已經沒有意義，所有的傷痛和壓力是需要向死而生的人面對的。女主人公——魔術師的妻子的哀痛可想而知，但暗夜並不止籠罩在女主人公一個人的心頭。於是，死亡幻化爲一個凄美的想像，堅忍而決絕。

青年作家葛水平在新世紀異軍突起，她的作品大都是中篇小說。她對底層生活的熟悉，對普通人生存或心靈苦難的體察感同身受。《浮生》即「活人」，現代或後現代的時間遠沒有流淌到西白兔村。「天下原本是一片太平」的呼喊，卻不能改變一個青年被炸得天女散花般的命運。楊少衡的《該你的時候》的魅力，不僅是作家對官場生活、規則的熟悉，重要的是他提供的新的寫作經驗。官場奇觀曾被反覆書寫，新的模式化人所共知。但楊少衡卻在表象背後波瀾不驚地發現了官場更爲複雜的矛盾和機制，它更令人驚心動魄。

我之所以強調當下的中篇小說「守成」於邊緣地帶，除了上述分析過的作品之外，還有一些作品在傳統的創作題材遺漏的角落發現了廣闊的空間。比如馬曉麗的《雲端》，應該是新世紀最值得談論的中篇小說之一。說它重要有兩個原因：一是對當代中國戰爭小說新的發現，一是對女性心理對決的精彩描寫。當代中國戰爭小說長期被稱爲「軍事題材」，在這樣一個範疇中，只能通過二元結構建構小說的基本框架。於是，正義與非正義、侵略戰爭與反侵略戰爭、英雄與懦夫、敵與我等規定性就成爲小說創作先在的約定。因此，當代戰爭小說也就在這樣的同一性中共同書寫了一部英雄史詩和傳奇。英雄

文化與文化英雄是當代「軍事文學」最顯著的特徵。《雲端》突破了「軍事文學」構築的這一基本框架。解放戰爭僅僅是小說的一個背景，小說的焦點是兩個女人的心理「戰爭」——被俘的太太團的國民黨團長曾子卿的太太雲端和解放軍師長老賀的妻子洪潮之間的心理戰爭。洪潮作為看管「太太團」的「女長官」，有先在的身份和心理優勢，但在接觸過程中，洪潮終於發現了她們相通的東西。一部《西廂記》使兩個女人有了交流或相互傾訴的願望，共同的文化使他們短暫地忘記了各自的身份、處境和仇恨。但戰爭的敵我關係又使她們不得不時時喚醒各自的身份記憶，特別是洪潮。兩個女性就在這樣的關係中糾纏、搏鬥、間或地推心置腹甚至互相欣賞，她們甚至談到了女性最隱秘的生活和感受。在這場心理戰爭中，她們的優勢時常微妙地變換著，一波三折跌宕起伏，但這裡沒有勝利者。戰場上的男人也是如此，最後，曾子卿和老賀雙雙戰死。雲端自殺，洪潮亦悲痛欲絕。有趣的是，洪潮最初的名字也是雲端，那麼，洪潮和雲端的戰爭就是自己和自己的戰爭，這個隱喻意味深長。它超越了階級關係和敵我關係，同根同族的內部撕殺就是自我摧殘。小說在整體構思上出奇制勝，在最緊要處發現了文學的可能性並充分展開。戰爭的主角是男人，幾乎與女性無關。女性是戰爭的邊緣群體，她們只有同男人聯繫起來時才間接地與戰爭發生關係。但在這邊緣地帶，馬曉麗發現了另外值得書寫的戰爭故事，而且同樣驚心動魄感人至深。這是一篇可遇不可求的優秀之作。

魏微這些年來聲譽日隆。她的小說溫暖而節制，款款道來不露聲色。在自然流暢的敘述中打開的似乎是經年陳酒，味道醇美不事張揚，和顏悅色沁人心脾。讀魏微的小說，很酷似讀林海音的《城南舊事》，有點懷舊略有感傷，但那裏流淌著一種很溫婉高貴的文化氣息，看似平常卻高山雪冠。《家道》和《雲端》異曲同工。許多小說都是正面寫官場的陞降沉浮，都是男人間的權力爭鬥或男女間的肉體搏鬥。但《家道》卻寫了官場後面家屬的命運。這個與官場若即若離的關係群體，在過去是「一人得道雞犬昇天」，如果官場運氣不濟，官宦人家便有「家道敗落」的慨歎，家道破落就是衝回生活的起點。當下社會雖然不至於克隆過去的官宦家族命運，但歷史終還是斷了骨頭連著筋。《家道》中父親許光明原本是一個中學教師，生活也太平。後來因寫得一手好文章，鬼使神差地當時了市委秘書，官運亨通地又做了財政局長。做了官家裏便門庭若市車水馬龍，母親也徹底感受了什麼是榮華富貴的味道。但

父親因受賄入獄，母親便也徹底體會了「家道敗落」作為「賤民」的滋味。如果小說僅僅寫了家道的榮華或敗落，也沒什麼值得稱奇。值得注意的是，魏薇在家道沉浮過程中對世道人心的展示或描摹，對當事人母親和敘述人對世事炎涼的深切體悟和歎謂。其間對母子關係、夫妻關係、婆媳關係、母女關係及鄰里關係，或是有意或是不經意的描繪或點染，都給人一種驚雷裂石的震撼。文字的力量在貌似平淡中如峻嶺聳立。小說對母親榮華時的自得，敗落後的自強，既有市民氣又能伸能屈審時度勢性格的塑造，給人深刻的印象。她一個人從頭做起，最後又進入了「富裕階層」。但經歷了家道起落沉浮之後的母親，沒有當年的欣喜或得意，她甚至覺得有些「委頓」。

還值得圈點的是小說議論的段落。比如奶奶死後，敘述者感慨道：「很多年後我還想，母子可能是世界上最奇怪的一種男女關係，那是一種可以致命的關係，深究起來，這關係的悠遠深重是能叫人窒息的；相比之下，父女之間遠不及這等情誼，夫妻就更別提了。」如果沒有對人倫親情關係的深刻認知，這種議論無從說起。但有些議論就值得商榷了，落難後的母女與窮人百姓為鄰，但那些窮人「從不把我們當作貪官的妻女，他們心中沒有官祿的概念。我們窮了，他們不嫌棄；我們富了，他們不巴結逢迎；他們是把我們當作人待的。他們從來不以道德的眼光看我們，——他們是把我們當作人看了。說到他們，我即忍不住熱淚盈眶；說到他們，我甚至敢動用『人民』這個字眼。」這種議論很像早期的林道靜或柔石《二月》裏的陶嵐，且不說有濃重的小「布爾喬亞」的味道，而且也透著作家畢竟還涉世未深。

除了「戲說」之外，嚴肅的歷史在當下的文化生活中一直處於邊緣地帶，人們對那些陳年舊事興味了然。但歷史永遠是小說家感興趣的領域。歷史不能重現，但小說家對歷史敘述的好奇心理以及想像歷史的冒險願望，決定了他們一次次地重返過去。這些重寫也好、戲仿也好，都是一個解構或重構歷史的過程。在中國，歷史敘事是相當重要的。小說的「史傳傳統」即便在今天也深入人心。就像人們寧願相信《三國演義》是歷史而《三國志》不是歷史一樣。在當代中國歷史敘事、特別是大眾文化中的歷史敘事，是建立社會主義文化領導權的重要策略。正是在大眾文化的歷史敘述中，民族國家和社會主義的形象才得以呈現並確立。但歷史本來就是敘事的一種，敘事就難免有虛構的成分。也正因為如此，對歷史的再敘事才成為可能。葉廣芩的《廣島故事》、陳昌平的《漢奸》、董立勃的《風吹草低》、朱秀海的《出征夜》、

劉連樞的《半個月亮掉下來》、嚴歌苓的《拖鞋大隊》、麥家的《刀尖行走道》等，從慈喜太后到抗日戰爭，從軍墾兵團到文化大革命，從異國他鄉到軍機解密，作家對歷史的藝術想像力在這裡得到有力的確證。當然這是虛構的歷史故事，這些故事，有的是作家的個人記憶，有的僅僅是一道歷史的風景。但值得注意的是，這些作品並不是將塵封的過去作為奇觀來重新展示，也不是懷有倒置歷史的勃勃野心和價值判斷，而在虛構的歷史中著意挖掘和表現歷史的劫難、人在歷史過程中的無力無助、身不由己以及人性的複雜性和多樣性。歷史在這裡只是一個背景，在特殊的歷史場景中，人性出其不意或偶然的舉措和選擇，體現出的恰是人性的無限可能性和豐富性。不同的是，對這種邊緣經驗的敘述，和過去曾一再放大的唯一的歷史敘述已經完全不同了。

新世紀中篇小說的「守成性」，使這一文體也更加趨於理性。時尚寫作引領風潮，與時尚文化的青春性比較起來，中篇小說顯然是一種更為成熟的文學文體。文體和人的狀態有很大的相似性，青春需要張揚甚至瘋狂，剩餘的力比多才會有去處；中老年可能需要守成或傳統一些。這不僅使社會心理取向不至於失衡，也符合各自的身份或形象。因此在我看來，就當下文化生產與文學創作的情況而言，並不是通俗與嚴肅、時尚與經典、大眾與精英的界限越來越模糊，鴻溝已經跨越，而是越來越壁壘分明，越來越不能通約。時尚文化是一條靈敏的「創新之狗」，它一路狂奔不日翻新惟恐不能引領新潮。而嚴肅的文學創作則在貌似「守成」的狀態中，仍然凝視著普通人的生存狀態、探詢處理著人類的精神事務，對人性、人的心靈這個幽深和具有無窮「解」的神秘所在，充滿了熱情和試錯的勇氣。

也正是包括中篇小說在內的文學的守成性，才使得文學在驚慌失措的「文化亂世」中，最大限度地堅持了文學的藝術性，為人類基本價值尺度的維護作了力所能及的承諾。在當下的文化語境中這不能不說是一個奇跡。儘管對文學的各種非議和詬病已成為時尚的一部分，所幸的是，真正的作家並不為之所動。他們在誠實地尋找文學性的同時，也沒有影響他們對現實事務介入的誠懇和熱情。在過去不長的時間裏，批評界曾討論過「純文學」的問題，這個問題迅速的不了了之，已經證實了它是否是一個真問題。我自然不知道什麼是「純文學」，但我知道百年來文學界討論的重大問題從來就沒有「純」過，因為與文學相關的重大問題似乎都在文學之外。那些似乎要將問題「屏蔽」起來，在圈子裏自我玩賞的企圖，就這樣結束了。在我看來，新世紀的

中篇小説大概也不符合「純文學」的度量標準。因爲除了與語言或形式相關的所謂「純文學」的問題之外，它們所涉及的內容實在要廣泛得多。特別值得我們注意的是，新世紀的中篇小説在彰顯、強調文學性的同時，也以「守成」的姿態實現了許多方面的重要突破。

生存世界與心靈世界
——新世紀長篇小說中的苦難主題

　　自新文學誕生起，苦難敘事一直是一個經久不衰的主題。但苦難在文學敘事中的功能是非常不同的。在魯迅那裏，阿 Q、祥林嫂、華老栓等苦難形象，寄予了魯迅意在啓蒙的思想訴求；在白毛女、楊白勞、朱老忠、李勇奇們的苦難裏，隱含了苦難與革命的邏輯關係，受壓迫者只有革命才能翻身做主人，才能脫離苦難。因此，在革命文學的苦難敘事中，總是伴隨著革命暴力的發生。暴力美學在紅色文學中的合理性，就是緣於對苦難的仇恨，仇恨孕育了暴力。因此，對壓迫者無論訴諸於怎樣的暴力甚至肉體消滅，都被視爲是合理的。我們在紅色經典中，讀到最流暢、激烈和震動的文字，幾乎都和暴力革命相關。苦難敘事是 20 世紀初期至今一直綿延不絕的基本主題之一。當然，我們的苦難主題和西方基督教的苦難主題是完全不同的，這是另外一個複雜的問題，這裡姑且不論。進入新世紀以來，「苦難」主題仍是長篇小說創作的基本主題之一。我們在閻連科的《受活》、林白的《婦女閒聊錄》、劉慶邦的《平原上的歌謠》、董立勃的《米香》、摩羅的《六道悲傷》、王剛的《英格力士》、熊正良的《別看我的臉》、文蘭的《命運峽谷》等大量長篇小說中，都讀到了與生存或心靈相關的苦難敘事。不同的是，這些苦難不是再爲暴力美學尋找或建立合理性依據，而是從不同的方面以文學的方式展示或再現了人類的生存與精神處境。這不同的苦難是現實世界和心靈世界觸手可及的矛盾或困境，無論我們是否經歷了類似的苦痛，可以肯定的是，這些作品不同程度地因苦難敘事給我們以震驚或震動，它們也不同程度地改寫了 20 世紀以來文學的苦難主題史。

一、屬下無言

近年來，我們不再討論文學眞實性的問題，因爲這已經是一個常識，常識就應該是自明的。但是，文學眞實性的問題並沒有解決，它經常或隱或顯地出現在我們評價文學作品的尺度和標準中。這時我們就會發現，每個人對文學眞實性的理解並不完全一致。當然也沒有必要求得一致。但是，在對眞實性不同的理解中，究竟哪種眞實性更接近於文學的眞實，究竟在哪種眞實觀指導下產生的文學作品更有文學魅力。這一問題的提出，是緣於讀到最近由春風文藝出版社出版的閻連科的長篇小說《受活》。《受活》的出版首先受到挑戰的就是我們對眞實性的理解。

《受活》的故事幾乎是荒誕不經的，它像一個傳說，也像一個寓言，但它更是一段我們熟悉並且親歷的歷史：故事的發生地受活莊，是一個由殘疾人構成的偏遠村落，村民雖然過著聽天由命的日子，但其樂也融融。女紅軍茅枝婆戰場負傷掉隊流落到這裡後，在她的帶領下，村民幾乎經歷了農村革命的全過程。但在「圓全人」的盤剝下，受活莊仍然一貧如洗。茅枝婆最後的願望就是堅決要求退社。小說另一條線索是總把自己和政治偉人聯繫在一起的柳鷹雀副縣長帶領受活莊人脫貧的故事。蘇聯解體的消息，讓他萌生了一個極富想像力的致富門路——從俄羅斯買列寧遺體，在家鄉建立列寧紀念堂，通過門票收入致富。爲籌措「購列款」，柳縣長組成了殘疾人「絕術團」巡迴演出……。這雖然是個荒誕不經的故事，但這個故事卻會讓人聯想到湯因比對《伊里亞特》的評價：如果把它當作歷史來讀，故事充滿了虛構，如果把它當作文學來讀，那裏卻充滿了歷史。在湯因比看來，一個偉大的歷史學家，也一定是一個偉大的藝術家。閻連科是一個文學家，但他卻用文學的方式眞實地反映或表現了那段歷史的某個方面。如果從故事本身來說，它彷彿是虛擬的、想像的，但那些亦眞亦幻、虛實相間的敘述，對表現那段歷史來說，卻達到了「神似」的效果，它比眞實的歷史還要「眞實」，比紀實性的寫作更給人以震撼。這就是藝術想像力的無窮魅力。

對歷史的書寫，就是對記憶的回望。那段歷史是荒誕的，對這段荒誕的歷史，閻連科似乎深懷驚恐。不止閻連科，包括我們自己，身置歷史其間的時候，我們並沒有察覺苦難的殘酷性，我們甚至興致盎然並且眞誠地推動它的發展。但是，當歷史已經成爲陳迹，我們有能力對它做出反省和檢討的時候，它嚴酷和慘烈的一面才有可能被呈現出來。當它被呈現出來的時候，驚恐就化爲神奇。

這個神奇是傑出的藝術表現才能所致。我們發現，在小說中閻連科汪洋恣肆書寫無礙，但他奔湧的想像力和獨特的語言方式，並不是爲了求得語言狂歡的效果，恰恰相反的是，那些俗語俚語神形兼具地成爲尚未開蒙的偏遠和愚昧的外殼，這個獨特性是中國特殊性的一個表意形式。尤其是中國廣大的農村，在融入現代的過程中，它不可能順理成章暢行無阻。因此，《受活》在表達那段歷史殘酷性的同時，也從一個方面表達了中國進入「現代」的複雜性和曲折性。閻連科對歷史的驚恐感顯然不止是來自歷史的殘酷性和全部苦難，同時也隱含了他對中國社會發展複雜性和曲折性的體悟與認識。

當然，閻連科不是歷史學家和社會學家。但是，作爲一個文學家，在表現那段歷史的時候，他在某種意義上甚至比歷史學家和社會學家爲我們提供的還要多。「茅枝婆」、「柳縣長」、「絕術團」、「購列款」，可能不會發生在真實的歷史和生活中，但它就像這本書誇張的印製一樣，讓我們心領神會、心照不宣地回到了歷史記憶的深處，同時也認識了我們曾經經歷的歷史的真相。通過《耙耬山脈》、《耙耬天歌》、《日光流年》、《堅硬如水》等優秀作品我們認識了閻連科，他的苦難感和悲劇感在當下的文學創作格局中獨樹一幟。但是，可以肯定地說，《受活》的寫作，從某種意義上超越了他的從前。

受活莊的苦難是一種政治文化造成的苦難，但承受苦難的受活莊人卻不能表達他們對苦難的感受和認知。「屬下」無言是因爲他們沒有話語權力。如果說受活莊人是普通民眾而不能言說的話，那麼摩羅的《六道悲傷》的主人公知識分子張鐘鳴，同樣是不能言說的。知識分子因「知識」而擁有「權力」，但他們權力的合法性必須是「授予」的，他們可以被授予這樣的權力，他們當然也可以被剝奪這樣的權力。

摩羅以往的文字似乎介於理論和創作之間，是一種「超文體」的寫作。這一文體使摩羅的文字別具一格而在青年讀者群體那裏格外地受到歡迎。他的《恥辱者手記》、《自由的歌謠》、《因幸福而哭泣》和《不死的火焰》，就是這樣的著作。自《因幸福而哭泣》和《不死的火焰》發表之後，摩羅沉默了很長時間。數年之後，摩羅發表的卻是一部長篇小說。它被命名爲《六道悲傷》。我們驚異的不止是摩羅文體的轉變，當然還有摩羅駕馭文學形式的能力。但是，我們發現，這雖然是一部虛構的文學文本，但在思想和精神層面，摩羅並沒有、當然他也不期待實現某種大起大落的峰回路轉，他內心的期待和恪守的精神信念依然如故。這是一部充滿了苦難意識的小說，是一部充滿

了血腥暴力而又仇恨和反對血腥暴力的小說，是不用啓蒙話語書寫的具有啓蒙意義的小說，是具有強烈的悲劇意識而又無力救贖的悲憫文字，是一個非宗教信仰者書寫的具有宗教情懷的小說，因此，他是一個知識者有著切膚之痛籲求反省乃至懺悔的小說。對摩羅而言，他實現了一次對自己的超越，對我們而言，則是一次魂靈震撼後的驚呆或木然。目睹這樣的文字，猶如利刃劃過皮肉。

　　如果從小說的命名看，它很像一部宗教小說，佛陀曾有「六道悲傷」說，但走進小說，我們發現它卻是一個具有人間情懷的作家借佛陀之語表達的「傷六道之悲」。小說裏有各色人等，「逃亡」的知識者、轎夫出身的村書記、普通的鄉村女性、「變節」的書生以及芸芸眾生和各種屠殺者。作品以知識分子張鐘鳴逃亡故里爲主線，以平行的敘述視角描述了在特殊年代張家灣的人與事。張鐘鳴是小說的主角。這個出身於鄉村的知識分子重回故里並非衣錦還鄉，自身難保的他也不是開啓民眾的啓蒙角色。在北京運動不斷並即將牽連他的時候，他選擇了希望能夠渡過難關可以避風的張家灣。但是，張家灣並不是他想像的世外桃源或可以避風的平靜的港灣。風起雲湧的運動已經席捲全國，張家灣當然不能幸免。於是張鐘鳴便目睹親歷了那一切。

　　有趣的是，張鐘鳴是小說的主角，但卻不是張家灣的主角。張家灣的主角是轎夫出身的書記章世松。轎夫在當地的風俗中是社會地位最爲卑賤的角色，是革命爲他帶來了新的命運和身份，在張家灣他是最爲顯赫的人物，是君臨一切的暴君和主宰者。但是，當他喪妻之後，他試圖娶一個有拖累的寡婦而不成的時候，他內心的卑微被重新喚起，民間傳統和習俗並沒有因爲革命而成爲過去。於是，他的卑微幻化爲更深重的仇恨和殘暴。當然，小說的訴求並不只是揭示章世松這一符號化的人物，而是深入地揭示了產生章世松的文化土壤。在小說中，給我們留下印象最深的應該是紅土地的血腥和屠殺。開篇傳說中的故事似乎是一個隱喻，鮮血浸透了張家灣的每一寸土地，任何一寸土地都可以挖出一個血坑。被塗炭和屠殺的包括人在內的生靈，似乎陰魂不散積淤於大地。而現實生活中，屠殺並沒有終止。我們看到，小說中宰殺牛、豬、狗、蛤蟆、打虎等場景比比皆是。有一個叫張孔秀的人：

　　　　……人高馬大，無論站在村子裏什麼地方都不像一個人而像一
　　　頭巨獸。但是他面容仁和，目光厚道，腮幫上長著一對小姑娘式的
　　　小酒窩，說話微笑之間，小酒窩就在臉上不斷浮動漂移，變化出各

種表情，有時顯得溫順，有時顯得友善，有時顯得羞怯。他說起話來更讓人感到吃驚，常常像一個大病初愈的老太太一樣虛聲低氣，輕得讓人無法聽清。那麼大的個頭和那麼小的聲音聯結在一起，老讓人覺得難以相信。

可是每次當他殺豬時，只要殺豬刀上手，立時神氣飽滿、聲音洪亮，臉上的微笑和酒窩不翼而飛，腮幫子扭成疙瘩，眼睛閃爍著凶光，叫人不寒而慄。等到一頭豬身首異處、肝膽分離、血跡洗盡、刀斧入箱，他脫下油膩膩的圍裙一扔，馬上殺氣消失，光彩喪盡，重新變回原來的樣子，聲音憋悶柔弱，眼光和善仁厚。

張孔秀是個「職業殺手」，他殺豬是一種職業，他只對屠殺有快意和滿足，除此之外，他對這個世界沒有別的熱情和興趣。這反映了一種文化心理。而其他殺手殺狗、殺牛、殺蛤蟆的場景有過之而不及，他們剝皮、破膛樂此不疲。小說逼真的場面描寫，讓人不寒而慄。這些場景成為張家灣的一種文化，它深深地浸透了這片土地，也哺育了章世松殘酷暴戾的文化性格。作者的這種鋪排，一方面揭示了章世松文化性格的基礎，一方面也通過場景描述揭示了這種文化性格即冷硬與荒寒普遍存在的可怕。因此，摩羅表面上描述了暴力和血腥的場景，但他非欣賞的敘述視角又表明了他的反暴力和血腥的立場，他對被屠殺對象的同情以及人格化的理解，則以非宗教的方式表達了他的悲憫和無奈。

暴力傾向和對暴力的意識形態化，是現當代文學創作的一個重要特徵。由於 20 世紀獨特的歷史處境和激進主義的思想潮流、革命話語合法性的建立，「革命的暴力」總是不斷得到誇張性的宣喻。主流文學同樣血雨腥風血流成河。一個人只要被命名為「敵人」、命名為「地富反壞右」，對其訴諸任何暴力甚至肉體消滅都是合理的。這種暴力傾向也培育了對暴力的欣賞趣味。章世松不是一個個別的現象，但摩羅通過這個人物令人恐懼地揭示出了民族性格的另一方面。表面上看，章世松是一個鄉村霸主，他對政治一無所知。但小說通過他和幾個女性的關係，我們可以發現，統治就是支配和佔有，在這一點上性和政治有同構關係。章世松統治了張家灣，但由於他卑微的出身和生理缺陷（狐臭），使他難以支配佔有兩個寡婦：一個是有拖累的寡婦，一個是喪夫的許紅蘭。他以為自己是村書記，是政治文化的掌控者，完全可以實現對異性的掌控。但他失敗了。這個挫折構成了章世松揮之不去的內在焦

慮。他對現實的掌控事實上只是意識形態的而不是本質性的。但是他的焦慮卻在意識形態層面更加變本加厲。張鐘鳴們在這一緊張中的處境便可想而知。

張鐘鳴的還鄉，對知識分子的身份和處境來說是一個隱喻。對於民眾來說，這個階層曾有過極大的自信和優越，他們是啓蒙者，是愚昧、麻木、茫然和不覺醒的指認者和開蒙者。但是，許多年過去之後，特別是啓蒙話語失敗之後，知識分子發現了自己的先天不足和自以爲是。《六道悲傷》突出地檢討了知識分子先在存有的問題。張鐘鳴爲了避難還鄉了，他受到了不曾想像的禮遇不是因爲他是一個知識分子，而是作爲一個歸來的遊子與過去有過的歷史聯繫。許紅蘭與他的關係是童年記憶的重現，也是特殊處境的精神和身體的雙重需要。但是，在張鐘鳴和許紅蘭的關係上，卻出現了兩個超越了張鐘鳴想像的不同後果。首先是與章世松構成的緊張關係。當章世松勾引許紅蘭不得而被張鐘鳴佔有之後，張雖然獲得了短暫的勝利，但他身體和精神的滿足必然要以同樣的方式付出代價。他的港灣同樣也是他的祭壇，他還是沒有逃脫被批鬥、被羞辱的命運。

張鐘鳴的命運和性格使我們的心情矛盾而複雜。在社會生活結構中，在特殊的歷史時期，他是弱勢群體中的一個，他自身難保，更遑論責任使命了。這有他可以理解的一面；但是，他也畢竟是知識分子群體中的成員，對任何時代，他也應該負有擔當的責任或義務。然而張鐘鳴在主動地放棄了這一切的時候，卻在避風的港灣實現了與女性的歡娛。這樣，張鐘鳴的方式就不再令人理解或同情。這當然與摩羅對中國知識分子性格和社會歷史角色的理解有關。在摩羅以往的寫作中我們知道，他對俄羅斯文化和俄羅斯知識分子充滿了憧憬和熱愛。他熱愛別林斯基，熱愛杜波羅留勃夫，熱愛赫爾岑，熱愛十二月黨人和他們的妻子。但是，當他回到本土審視自己階層的時候，他深懷痛苦和絕望。像張鐘鳴、常修文們，在冷硬與荒寒的環境中，如何能夠有社會擔當的能力，對他們甚至懷有起碼的期待都枉然。在一個時期裏，這個階層因爲掌控了話語權力，他們曾誇張地傾述過自己遭遇過的苦難。但那裏沒有任何動人和感人的力量。這和俄羅斯文學在苦難中不經意表達和流露的詩意、聖潔和純粹的美學精神相去甚遠。那些號稱受過俄羅斯文學哺育和影響的作家，甚至連皮毛都沒有學到。他們以爲呻吟就是苦難，自憐就是文學。摩羅對此顯然不以爲然，他甚至無言地嘲笑和諷刺了這些自詡爲文化英雄的真正弱者。

二、啓蒙遺風

我們讀到的另外一種苦難，是發生在 20 世紀 60 年代前後的一場天災人禍，天災是連續三年的自然災害，人禍是「蘇修」與我們交惡。小說在這樣的歷史背景上，講述了發生在平原上普通百姓的苦難故事。這個苦難在百姓那裏並沒有什麼特別的震驚，它就像歷史上發生過的自然災害一樣，餓死的人已經司空見慣，但並沒有出現「犯人李銅鐘的故事」，撬開生產隊倉庫的人也只是偷幾把發黴的紅薯葉或芝麻；活的欲望雖然也使一個黃花姑娘用幾個苦饃就換爲新娘，但仍有一種氣節、堅忍和頑強在平原上無聲地流淌。那個勉強稱爲主人公的魏明月，死了丈夫，一人撫養六個孩子，堅強地度過了苦難歲月。這是作品未被言說或潛隱的主旨。極度的飢餓使平原彷彿失去了聲音，人們只有默默的忍受或等待。沒有暴動和革命，唯一能夠表達人與人之間文化關係的，就是那「平原上的歌謠」。這些歌謠充滿了民間性，它樸實、平易、詼諧而無邏輯。但它是平原人民的精神寄託，是平原人民在苦難歲月言說和交流的形式，儘管它沒有具體的所指和意義。但是，也正因爲如此，「平原上的歌謠」無論是對小說的命名還是對作品而言，就有了一種深長的「意味」。它像一段段沒有聯繫的綿長旋律，時斷時續地飄揚在平原苦難的上空。

當然，命名爲「歌謠」的這部小說，是一部很不抒情的作品，劉慶邦本來就無意詩化那透徹骨髓的苦難，他沒有空洞地抒發人民戰勝苦難的豪情壯志，沒有刻意書寫人民的深明大義。他要真實地展現人們在絕望中的掙扎：一頭病牛的死亡，在「衛生」的名義下被埋葬。但飢餓的人們還是在夜晚分享了它，吃了牛肉的人批鬥沒有吃的人，不衛生的人批鬥了「衛生」的人，本末倒置甚至比飢餓還要可怕。苦難也使人的本性暴露無遺，平原上，既有「禿老電」這樣的惡人，窮凶極惡地乘人之危，既滅絕人性地摧殘偷紅薯的人，也慘絕人寰地虐待、摧殘他用苦饃換來的媳婦紅滿；既有因饑惡自身難保而難以維繫親情的食堂炊事員，也有無能爲力的公社書記，當然，還有魏明月這樣在艱難時世中堅決把孩子拉扯成人的偉大母親。

這混雜的生活和聲音，就是特殊年代平原上混亂無序的歌謠，它因散亂而沒有主旋，既不高亢也不雄偉，人人自危又驚恐麻木，一切只能聽天由命。因此，《平原上的歌謠》的苦難，不是意在啓蒙的苦難，不是爲革命尋求依據的苦難，因此，這裡沒有知識分子的優越，也沒有暴力美學。它是展露人性的苦難，是在苦難中尋找人性中既是本能也是剩餘——但卻振聾發聵的愛與

善。在苦難無邊又漫長無望的日子，愛與善之光哪怕只是一閃，就會照亮因苦難而黑暗的世界，就會幻化爲巨大的心靈的力量，讓絕望的生命因此而頑強地生長。這就是《平原上的歌謠》中苦難敘事的功能，劉慶邦提供了一種新的苦難敘事範型，這也許就是他這部小說在藝術上最大的貢獻。

　　與劉慶邦現實主義地表達生存苦難不同的，是林白以「仿眞」方式完成的《婦女閒聊錄》。仿眞技術的發明，使技術主義霸權如虎添翼。它不僅可以「眞實」地提供立體的三維空間，展示關乎未來的想像；而且在藝術領域，任何一位最偉大的大師，其作品通過它的處理都可以批量的生產，將珍貴的、唯一的藝術以低廉的價格走進千家萬戶。「廉價」解構了珍貴，於是，博物館和收藏家的優越在仿眞技術面前手足無措目瞪口呆。仿眞是平民的節日，是技術主義霸權的里程碑。仿眞技術也從一個方面啓發了作家的靈感，作家也可以以仿眞的形式展開他們的文學敘事。口述實錄小說和我們現在要談論的林白新近發表的長篇小說《婦女閒聊錄》，就可以看做是一部以仿眞術書寫的小說文本。

　　《婦女閒聊錄》確切地標明了「閒聊」的時間、地點和講述者的姓名，這一交代所暗示的是它的「眞實性」。眞實性在這裡不是現實主義的寫作原則和批評尺度，作家已不期許現實主義的文學獎章。它是作爲一種文學敘事策略被林白愉快地使用的，它獲得了意想不到的奇異效果。一方面，作家借助那個被名爲「木珍」的婦女之口，實施了一次有聲有色的話語狂歡，一次爲所欲爲的話語實驗；一方面，林白在實驗中獲得了前所未有的心理快感。這一判斷我們可以在以詩的形式書寫的小說題記中得到證實：

　　　　爲什麼要踏遍起千湖之水

　　　　爲什麼要記下她們的述說

　　　　是誰輕輕告訴你

　　　　世界如此遼闊

　　在閱讀林白小說的經驗中，還從來沒有發現她的心情是如此輕鬆和舒展。《一個人的戰爭》、《說吧，房間》、《玻璃蟲》、《萬物花開》等長篇小說，都負載著作家沉重的思考和對深度意義的期待。這些小說或是凝重或是遲疑，她不吐不快又疑慮重重心事重重。這一春風得意和麗日明天的心情，是林白發現了文學「仿眞術」之後獲得的。誰都知道，「閒聊」的「婦女」是木珍，但記錄者是作家林白。那貌似眞實的敘述，在作家「後記」的自白中暴

露了它的秘密：「《婦女閒聊錄》是我所有作品中最樸素、最具現實感、最口語、與人世的痛癢最有關聯，並且也最有趣味的一部作品，它有著另一種文學倫理和另一種小說觀。」〔註1〕作家的心情決定了作品的敘述語調和修辭風格。《婦女閒聊錄》以拼貼和散點的方式結構作品，它沒有故事主線，沒有貫穿小說始終的人物。它是籍一個農村婦女的「閒聊」來呈現木珍／林白視野所及的底層民眾生活和心靈世界的。「閒聊」為作家帶來了空前的敘事自由，她信馬由韁無所顧忌信手拈來，自由帶來了自信的愉悅和書寫的快感。

在木珍的敘述中，有一個難以解釋的悖論：在現代化的過程中，王榨村似乎處於一種夾縫之中，他們生存於前現代的狀態中，但對現代生活又充滿了饑渴。結果，前現代的鄉村倫理和平靜的生活被打破了，但現代的生活卻又不屬於他們。王榨村一如既往的貧困、以打鬥娛樂、以偷情為快、賣妻子、醫治不起疾病夫婦雙雙投河、六年級的學生還不會加減法、日用品多有假貨……但在木珍的敘述中，她沒有憂愁也不是傾訴苦難，她平靜如水如同講述別人的故事，而且在講訴中似乎還有一種話語的快意。這當然是林白對小說的期待，也是她對底層民眾因日久積累而麻木的一種理解，一種前現代的生存狀態在後現代的書寫方式中得到了闡釋和表達。

民眾並不是生活在意義世界中，世俗生活本身就是他們「意義」的全部，但這個世俗生活對作家林白來說卻重要無比，發現了這一點，她就重新「感到山河日月，千湖浩蕩」。〔註2〕評論家賀紹俊說：在急劇變化的世界面前，作家「親身體會到伴隨著社會秩序瓦解而帶來的文學話語大廈瀕臨倒閉的危機，因此他們需要尋找到闡釋世界的另一套話語系統。」這方面比較成功的，林白就是其中一個。而林白闡釋王榨村民眾生活時，表達的是一種民間世界觀。「這種敘述所構造起來的世界顯然不同於既定文學敘述中的世界。既定文學敘述中的世界服從於公理和邏輯，而公理和邏輯代表著社會的權威。但在木珍的敘述中，公理和邏輯遭到了蔑視，王榨村的人以自己的世界觀處理日常生活。」〔註3〕這一看法是非常有見地的。民眾的日常生活並不是按著既定邏輯展開的，在木珍／林白展示的鄉村中，它既是經過作家剪裁的，同時也是一種以仿真的原生態的表現的，民間世界觀在作家的話語框架中得到了應

〔註1〕林白：《後記：世界如此遼闊》，見《十月‧長篇小說‧寒露卷》，第100頁。
〔註2〕林白：《後記：世界如此遼闊》，見《十月‧長篇小說‧寒露卷》，第100頁。
〔註3〕賀紹俊：《敘述革命中的民間世界觀》，出處同上，第101頁。

有的重視。因此，在閱讀這部作品的時候，我們常常不知道究竟那些是來自木珍的敘述，那些是作家刻意修剪和提煉的。重要的是作家林白在雜亂無序的生活片段中發現了文學性，在木珍的講述中，王榨生活的豐富性得以充分的展現，生老病死、家長里短、情愛性事等交替出現，它瑣屑、枝蔓甚至不值一提，但民眾的日常生活就是如此，他們習以為常並樂此不疲。對民眾生活麻木而不自覺的揭示，是啟蒙話語或啟蒙文學的重要特徵。《婦女閒聊錄》雖然不是意在啟蒙，喚起民眾對生存處境的清醒認識，但小說對王榨村人生活狀態客觀性的描述，也確實體現了啟蒙文學的遺風流韻。

三、精神涅槃

在我的閱讀經驗裏，《英格力士》這部小說大概是自鐵凝的《沒有紐扣的紅襯衫》之後，最具衝擊力的集中書寫中學生「問題」的小說，是第一次以「過來人」的身份言說特殊年代中學生活和心理經驗的小說。如果說《沒有紐扣的紅襯衫》還僅僅限於代際觀念衝突的話，展示的還僅僅是那個時代青少年個性意識萌發覺醒的話，那麼，《英格力士》則以校園／社會問題的方式，向我們展示了那個時代中學生教育和學生苦難心理令人震驚的殘酷性。在這部作品裏，我們看到的已不止是觀念的衝突，而是教育者和被教育者的彼此隔膜和尖銳的對峙，是兩種文化難以兼容的巨大衝突，是兩種意識形態和文化觀念不能逾越的巨大障礙，或者說，文明與愚昧的兩種文化衝突，已經形成了一個令人難以承受的心靈的巨大隱痛。

這是一部成長的小說。成長小說在中國歷來不發達，已經被命名為「經典」的《青春之歌》、《歐陽海之歌》等作品，不是成長小說。那裏講述的主人公的故事好像也是關乎成長的。但他們都是在導師的教導下——意識形態的「規訓」中完成人生觀念和價值觀念的。成長小說不是這樣。這一類型化的小說是通過主人公自己在成長中遭遇的失敗、挫折逐漸成長並形成對世界和他人看法和價值觀念的。在這個意義上說，《英格力士》就可以被認為是一部嚴格意義上的成長小說。主人公劉愛，與父母、校長、范主任等父輩構成了尖銳的矛盾和衝突，這是一種不能化解和調和的矛盾和衝突。他有強烈的反抗和「弒父」傾向；但他卻熱愛英語老師王亞軍和維語老師阿吉泰。因此，《英格力士》和當下在不同文字中見到的中學生活是非常不同的。當下的中學生活也有反抗，課堂、家庭不再是接受教育的場所，而是集體叛逆，與教

育者戰鬥、周旋的戰場。課堂上下，老師與同學各行其是，彷彿只有身份的差別而不再是施教與受業的關係。那裏沒有親切也沒有渴望，沒有傾心的交流也沒有眞摯的關切；在家裏，學生欺瞞家長、家長威脅恫嚇學生。於是，校園失去了寧靜，家庭失去了祥和，在學校與家庭之間，是他們大顯身手也是大打出手的地方。他們或是吸煙、喝酒、戀愛、捉弄老師、考試舞弊、撕榜甚至找小姐，小小年紀就已經成爲「頑主」。他們心靈蒼白如紙，生活既無理想也無動力。如果僅從這些現象上看，他們確實是一群無可救藥的「垮掉的一代」。但王剛的敘述卻遠要深刻和有意味得多。

小說的第五頁有一句話：「童年的憂鬱經常遠遠勝過那些風燭殘年的老人。」這句話如流星劃破天山的暗夜，給人心頭猛然一擊的同時，也照亮了被暗夜包裹和遮蔽的天山和童年的心靈天地。這句話奠定了小說的整體基調。劉愛生活在一個知識分子家庭，父母都是工程師，他們喜歡蘇聯音樂和歌曲，他們知道在精神生活最困難的時代如何體貼和照顧自己的心靈世界。但是，在對待孩子和外部世界壓力的時候，他們幾乎是無知的白痴和懦弱的奴隸。他們逆來順受，沾沾自喜，然後是母親偷情父親容忍。他們將一切不如意和怨恨都傾瀉在對孩子的塑造和教育過程中。但他們卻沒有一天走進過孩子的心靈世界。童年的憂鬱就是這樣遠遠勝過那些風燭殘年老人的。劉愛有父親母親，有老師和同學，但他卻更像一個孤獨無助的漂泊者和流浪兒，他也因此離家出走，當這個家與他沒有意義的時候。

劉愛喜歡阿吉泰老師，因爲阿吉泰老師長得漂亮。我們都曾經喜歡漂亮的女老師，尤其是漂亮又和藹臉上充滿陽光的女老師。她們曾是我們童年的偶像或暗戀的對象。但誰都知道那是一種精神依戀或「戀母情結」所致。包括劉愛在內的男同學都喜歡阿吉泰，當然與她的漂亮和她對同學的平等有關。但劉愛喜歡英語老師王亞軍卻並不完全一樣。王亞軍在那個時代完全是一個「另類」，他衣著得體、談吐文雅、生活和教學一絲不苟。他嚮往和崇尚西方文明，他甚至每天用香水。在那樣一個時代這意味著什麼是不言而喻的。但他理解劉愛，這個年輕的孩子甚至成了他唯一的朋友。王亞軍內心的孤獨可想而知。王老師得到同學的愛戴不止因爲他自尊自愛的形象，也不止因爲他教給孩子們英文歌曲，讓他們膚淺地體悟另一種文化的新奇和魅力，更因爲王老師在一個權力結構的社會環境裏，他平等和溫暖地與同學交流，使憂鬱勝過老人的童年有了臨時的精神依託和避難所。因此，王老師代表的另一

種文化，與當時的流行文化或霸權文化構成了無可避免的衝突，他一定爲他所處的時代所不容。劉愛選擇了他，但不能向他學習，甚至模仿也不被允許。一個屬於未來的主人選擇了屬於未來的文化，在兩種文化矛盾衝突的時代，他們都必須付出代價。

《英格力士》不止是童年苦難的控訴書或懺悔錄。作爲一部文學作品，它所體現出的文學性，是尤其值得談論的。它的修辭詼諧、幽默是表面的，它通過具體的細節走進了那個時代的歷史，走進了一代童年的心靈世界。文學性就是將屬於精神和心靈層面的困難、茫然、困惑、孤苦、寂寞、無助、無奈等，寫到絕對和極端。這個絕對和極端不一定是面對斷涯或絕路的處理，不一定是生死的選擇。它是在特定的環境裏將這些問題在心理和精神層面深入而廣闊地展開，讓主人公的絕望或生不如死或鳳凰涅槃。劉愛和王亞軍所處的環境以及他們內心的壓抑、絕望被王剛寫到了極致。因此這是一部具有極強的文學性的小說。另一方面，小說在講述那個可能是親歷的故事的時候，敘述語調幫助或強化了人物的心靈苦難，就像遙遠的天山，高山雪冠也寂寞無邊，猶如融化的雪水涓涓流淌卻撞擊人心。

當然，小說也有牽強或人爲的痕跡。比如劉愛和阿吉泰在防空洞的遭遇，充滿了戲劇性。坍塌的防空洞是對虛榮母親秦萱琪的一種嘲諷，是對她光榮心的最大嘲弄，它險些成了埋葬自己兒子的墳墓。但阿吉泰和劉愛的絕處逢生在這裡不讓人感動，它就有問題了。而且這個情節和小說的整體結構關係並不大。當然，這一小小的缺憾並沒有、也不會影響《英格力士》的藝術成就和我們對它由衷的喜愛。

當文學被無數次地宣告死亡之後，2003 年美國批評家希利斯‧米勒再次訪問了北京，他在帶來的新作《論文學》中，對文學的命運作了如下表達：「文學的終結就在眼前，文學的時代幾近尾聲。該是時候了。這就是說，該是不同媒介的不同紀元了。文學儘管在趨近它的終點，但它綿延不絕且無處不在。它將於歷史和技術的巨變中幸存下來。文學是任何時間、地點之任何人類文化的標誌。今日所有關於『文學』的嚴肅思考都必須以此相互矛盾的兩個假定爲基點。」〔註4〕這確實是一個悖論，一方面我們爲文學的當下處境憂心忡忡，爲文學不遠的末日深感不安和驚恐，另一方面，包括苦難主題在內的新世紀文學日見奇異和燦爛的想像，也爲文學注入了前所未有的活力和魅力。

〔註 4〕見金惠敏：《圖像增殖與文學的當前危機》，載《中國社會科學》2004 年 5 期。

整體性的幽靈與被「復興」的傳統
——當下小說創作中的文化記憶與中國經驗

　　傳統文化，是當代中國文化與文學研究的一個巨大「情結」，在不同的歷史階段，「繼承」或「弘揚」傳統幾乎是不變的、永遠「政治正確」的口號。因此，對當代中國文化與文學來說，它具有「元話語」性質。但是，傳統究竟如何繼承，或者究竟什麼是我們的文化與文學傳統，又一直是困擾我們和懸而未決的問題。毋庸置疑，對傳統的尊重或繼承永遠是必要的。但是，在我們對待傳統的問題上，一直有一個揮之不去的潛在訴求：只有與傳統聯繫在一起，才能夠確定我們的文化身份，這就是民族性。在過去的理論表達中，只有民族的才是大眾喜聞樂見的，才是中國作風和中國氣派的；在當下全球化的語境中，只有民族的才是世界的，也只有民族的，才能夠保證國家文化安全而抵制強勢文化的覆蓋或同化。應該說，這兩種理解的功利性訴求所建構起的意識形態，在不同的歷史時期都有它的歷史合理性。但是，傳統文化顯然不止存在於功利性的意識形態的表達中。時事上，在現代性追求的過程中，社會求新求變的激進演化，總體性的傳統文化已經無從表達。在我們感受到的生活中，到處是鋼筋水泥的森林和與國際接軌的新近時尚，特別是以電視、網絡為中心的新型媒體，幾乎徹底改變了我們認知和感受世界的方式。那個總體性的傳統日漸淹沒於紅塵滾滾的現實世界中。

　　另一方面，傳統又確實是我們的文化母體。無論社會以怎樣激烈的方式發生變化，總體性的傳統還是幽靈般地支配著我們的思維方式和行為方式。即便在文學活動中，我們熟知了再多的西方理論或創作方法，文化傳統還是

頑固地存活下來。在近期的小說創作中，文化傳統的「復興」成為一個令人
矚目的現象，這就是體現在當下小說創作中的民間文化、文人趣味和鄉村的
世風與倫理。

一、神秘事物與民間文化

通過對新世紀小說創作的觀察和分析，我曾提出了「邊緣文化與超穩定
文化結構」的看法。這一看法的提出，是緣於大量的小說創作對過去被我們
忽略、甚至批判乃至拋棄的文化資源，重新得到關注並注入了新的理解。這
一現象的出現，一方面與西方強勢文化的擠壓有關，一方面與作家對本土文
化新的理解有關。在西方強勢文化的擠壓和「形式的意識形態」的誘導下，
我們的文學焦慮不安，在急於獲得西方承認的心理訴求下，只能「跟著說」。
這個結果傷害了中國文學的自尊心。於是，從本土文化尋找文學資源就成為
作家自覺的意識並逐漸形成潮流。《白紙門》就是在這一潮流中意識和特點鮮
明的作品。

> 臘月的雪，瘋了，紛紛揚揚不開臉。烈風催得急，抹白了一片
> 大海灣。白得聖潔的雪野裏零零散散地泊著幾隻老龜一樣的舊船。
> 疙瘩爺把腿盤在炕頭，屁股上坐著一個紅海藻做的圓墊子，烤著火
> 盆，吧嗒著長煙袋，眯著渾黃的眼睛瞄了一眼門神，把目光探到窗
> 外。荒涼海灘上壓著層層疊疊的厚雪，撩得他猛來了精神兒。他心
> 理念叨打海狗的季節到了。他別好徒弟梭子花送給他的長煙袋，挺
> 直了腰，撐屁股下炕，從黑土牆上摘下一隻明晃晃的打狗叉。叉的
> 顏色跟大鐵鍋一個模樣。他獨自哼了幾聲閏年謠，拎起栓狗套，披
> 上油脂麻花的羊皮襖，戴一頂海狗皮帽子，甩著胳膊，撲撲跌跌地
> 栽進雪野裏。

這是關仁山長篇小說《白紙門》開篇描繪的一個場景。這個場景與其他
地域日常生活場景的差異性顯而易見：這是冀北海濱雪蓮灣的冬季，一個略
有萎靡無所事事的漁民在火盆邊吸煙袋。當他看到海灘上的積雪被烈風抽打
的時候，職業的敏感使他頓時精神抖擻，然後便跌跌撞撞地栽到雪野裏去了。
值得我們注意的是，在這個開篇的敘述中，有幾個獨特的關鍵詞是我們不熟
悉的：紅海藻、門神、梭子花、大鐵鍋、閏年謠等等。事實上，在《白紙門》
的「引子」《鷹背上的雪》中，這樣的關鍵詞出現了 49 個，而這 49 個關鍵詞

也恰恰是《白紙門》49 個章節的標題。我們不免疑惑，那已經給了注釋符號的類似詞條式的關鍵詞，到最後作者也沒有給出我們可以理解的注釋，也沒有作出任何說明性的文字。這是作者的有意的遺漏還是無意的故弄玄虛？

這是一部表現當下農村日常生活的小說，但日常生活僅僅是作家現有經驗的文學化呈現。比如當下農村改革的狀況，變革的農村在向什麼樣的方向發展等等，但我們看到的這些現實的生活在小說中更像是一個「由頭」，更像是要通過這些「現實的生活」表達一種非現實的東西；這也是一部表現人性的小說，但這個人性不是我們慣常看到的人與人交往中流露出的善與惡，也不是在突發事件、在戲劇化的場景中所表達的人性極端化的心理或行為。而是所有的人性似乎都被納入到了一種「規訓」的掌控之中，一種超自然的力量使人性有了顧忌或敬畏，為所欲為在雪蓮灣難以大行其道。

小說似乎是以麥家祖孫三代人：七奶奶、疙瘩爺和重孫女麥蘭子的生活和性格展開故事的，但它又不是一部家族小說。這個家族與雪蓮灣的民俗風情有密切關係，甚至可以說，「麥家」的歷史就是雪蓮灣的歷史，麥家的風俗影響或塑造了雪蓮灣的文化或生活方式；小說的空間在雪蓮灣，但雪蓮灣的時間源頭卻是不可考的久遠歷史。這個歷史仍然與麥家有關：「古時候發海嘯，雪蓮灣一片汪洋，七奶奶的先人會剪紙手藝，平時就在門板上糊上剪紙鍾馗，家家戶戶進水，唯獨七奶奶先人家裏沒進海水。這下就把白紙門傳神了，家家戶戶買來白紙，請七奶奶先人給剪鍾馗。明眼人一看，雪蓮灣家家戶戶都是一色白紙門了。」與門文化有關的還有，誰家男人死了，要摘下左扇白紙門隨同下葬，女人走了要摘下右扇白紙門下葬，新人入住要重新換上門，貼上七奶奶剪的白紙鍾馗。雪蓮灣的風俗就這樣延續下來。這大概是小說對《白紙門》唯一作出注釋的「詞條」。其他沒有作出注釋的「詞條」，都隱含在雪蓮灣的生活詞典裏。也許在作者看來，民間生活的秘密是只可意會不可言說的，而這個不可言說的有意「省略」，恰恰是小說的高明之處。

疙瘩爺和七奶奶是《白紙門》的主要人物，也是雪蓮灣「舊文化」的守護者和象徵。疙瘩爺不僅面對社會生活嚴格恪守公平原則，認為公平本身就是對尊嚴的捍衛，而且在與動物的撕殺搏鬥中，也要以公平的方式對待。他殺獵海狗不用現代的火槍，而是用「打狗叉」。他的理由一是祖傳的規矩，一是不能幹斷子絕孫的蠢事。但當他面對「現代」的時候，疙瘩爺不僅不能阻止年輕人的火槍，甚至他也難以左右自己。當他當上村幹部之後，他雅努斯

式的猶疑和茫然，也出現在他被民間古舊文化薰陶過的滄桑面孔上。傳統遭遇了「現代」，傳統的無能為力是因為「現代」的無所顧忌。七奶奶雖然敢於出頭為村裏討債，但討回的錢卻讓村書記買了轎車，「小呂子」書記雖然被繩之以法，但七奶奶的「規矩」還能夠制約多少人或多長時間呢？因工廠的污染，雪蓮灣大片紅海藻「走了」，七奶奶豎起她的白紙門，但七奶奶能夠挽留紅海藻嗎？因此，《白紙門》表達了傳統與現代的文化衝突，表達了現代沒有邊界發展的困惑和隱憂，當然，它也檢討了百年來對傳統文化徹底排斥、拋棄乃至毀滅的後果。

因此，《白紙門》給人印象最深的，就是它對民間文化或民俗民風的呈現與描繪。它像「箴言」或「咒語」，它不能改變現實卻預言了現實。我們可以說它是「迷信」、是非理性，但它卻是雪蓮灣的民間信仰。「民間信仰，是對超自然力的信仰而形成的觀念以及在觀念統治下形成的態度和行為。這種超自然力，既包括人格化的力量（如神靈），也包括非人格化的力量（如法術）。一般來說，民間信仰缺乏統一的神系、固定的組織以及統一的教義，因而在形態上同制度化的宗教有較大差異，並因此而長期被人們普遍以「迷信」相稱，來強調它與科學的對立，特別是與狹義「宗教」（高級宗教）的區別。但其實在本質上，它同各種高級宗教是一致的。從客觀的經驗來看，或者說，從科學的角度來看，它們均屬於非理性的範疇。在人類學、民俗學當中，與制度化的宗教相對，民間信仰常被稱作「普化宗教」。對於中國的民間信仰，有些學者又常常稱之為「民間宗教」，並且把它看作中國民眾自己的宗教。」〔註1〕文化人類學或民間文化研究專家正確地指出了「民間信仰」的功能或價值。而《白紙門》重返民間文化，重新表達對神秘事物的敬畏和顧忌，意義顯然重大。

關仁山是著名的「現實主義衝擊波」的代表性作家，他創作的《大雪無鄉》、《九月還鄉》、《天高地厚》等作品，在主流批評那裏獲得了很高的評價和聲譽。《白紙門》與他以往的作品相比，發生了極大的變化。他在談到自己這部作品的時候說：「作家沒有明確的民間立場也就沒有明確判斷生活的尺度，價值觀念也難確立。經過這些年的思考，我認為現實主義作家確立民間立場十分重要。建立民間立場，即確立自己的獨立精神。從《白紙門》的創作，我有意識向民間立場邁了一步，儘管有點兒為難，可能還會丟掉一些利

〔註1〕安德明：《民間信仰的功能》，見《中國民俗網》2006年11月13日。

益，但還是值得的。」〔註2〕在他的獨白中，我們確實感到了他轉變的艱難甚至猶疑。但他畢竟實現了超越自己的「突圍」。

就小說而言，我唯一不滿足的，是小說在現實與傳統之間還沒有建構起無礙的內部關係，還沒有達到不露痕跡的統一或融合，它們之間總像隔著還沒跨越的溝塹。因此，那些傳統的民風民俗就像廟會一樣，有「策劃」的味道。這種情況是否與作家的直接經驗不夠有關呢，還是與傳統漸行漸遠痕跡難尋有關？我不能斷言，但總是覺得在那些地方還沒有「焊接」好。但無論如何，在一個沒有敬畏和顧忌的年代，關仁山在鄉村中國超穩定的文化結構中，重新打撈出了塵封已久的陳年舊事，重新將被壓抑的民間文化呈現在我們的閱讀中，使我們對「神秘的事物」有了新的認識和感知。僅此一點，他就功莫大焉。

楊黎光的《園青坊老宅》很像是一部家族小說。但它不是家族小說。它是終結了生活於老宅中兩個居民群體、反映時代歷史風雲變幻的社會歷史小說：家族歷史在老宅中終結，前現代或欠發達時代的民居生活，在老宅被賦之一炬時也同時終結。但這是一個令人喜憂參半的故事。表面波瀾不驚，但內部陰沉、危機四伏的家族時代永遠地成了歷史；喧囂熱鬧、紛亂雜居的生活也即將成為歷史。這兩個時代的終結，都是中國社會歷史巨變的象徵，也應該是歷史的表徵。但是，當老宅化為灰燼的時候，「幾乎所有老宅人都回來了，大家圍著這堆廢墟不發一言。」這本應該是一個進入新時代的慶典儀式，但它的場景卻充滿了憑弔般的感傷，成為一個告別儀式。

老宅的消亡，就是歷史的消亡。作家在表達對這段歷史消亡時的心情是複雜的。一方面，老宅中蘊涵著許多鮮為人知的秘密。比如類似志怪式的各種故事：「狐仙」、有聲音的骨灰盒、能吞雞的巨蛇、陰溝爬出的烏龜等。有的是人為的裝神弄鬼，有的是民間神秘文化；同時，老宅中的也有齊社鼎和梅香五四式的淒美動人的愛情故事；有幾十年被認為是「狐仙」的一心要找到齊家浮財的謝慶芳，有滿足於占小便宜的張和順，破落公子程基泰，文物販子錢啓富，倒賣難民服裝的杜媛媛，酒鬼曹老三，寡婦何惠芳和新青年成虎等。這些人的出身、教養，人生和命運，都千差萬別。他們生活在老宅的時候，老宅曾是難忘愛情、熱鬧生活的集聚地，但老宅也曾是悲劇或悲苦命運的發源地。但這就是曾有過的生活。它存在的時候，老宅人可能意識不倒它的意味。一旦消失，

〔註 2〕關仁山：《我心中的雪蓮灣——與關仁山談〈白紙門〉》，見新華網河北頻道
　　　　2007 年 4 月 13 日。

老宅人彷彿就和歷史失去了聯繫。這就是老宅人爲什麼當老宅化爲灰燼的時候、新生活即將開始的時候，反倒沒有、也不能歡呼雀躍彈冠相慶的原因。也是作家內心矛盾迷茫百感交集、欲說還休欲言又止的原因。

小說將不同的人物匯聚到老宅，他沒有將老宅寫成傳統的家族小說，也沒有將其寫成單一的大雜院，而是將兩者交織在一起。書寫了兩種完全不同的生活。齊家老宅的家族宗法關係嚴明有序，但它卻扼殺了齊社鼎和梅香美麗的愛情，這時的老宅應該死去；大雜院時代，捉襟見肘的條件使鄰里沒有私秘生活，矛盾百出，老宅也應該死去。但是，歷史沒有、也不會爲老宅人提供至善至美的生活。那種淒美哀婉的愛情和即愛又恨的鄰里生活，就這樣永遠地成爲過去。所以，老宅人和敘述者究竟要生活在過去，還是生活在可以想見的現實與未來，實在是個說不清楚的事情。這就是現代性的兩難。

小說對齊社鼎和梅香愛情的書寫和神秘故事的書寫，是其中最有光彩的段落。這種愛情在現代文學中，在巴金的小說或曹禺的戲劇裏都曾出現過。男女主人公的刻骨銘心和天各一方，是浪漫主義小說常用的手法。但在浪漫主義消失的今天，這個個故事仍然楚楚動人。那些神秘文化本來是人爲的，但作爲一種想像的超自然力量，雖然不同於作爲民間信仰的「普化宗教」，但作爲一種文學元素，它有效地控制了小說的節奏和情節的發展變化。同時，它也是我們理解民間世俗生活的重要依據。小說最後，成虎去深圳，很酷似當年新青年的出走。新青年的出走是實在沒有出路，作家必須以放逐的方式處理。但成虎似乎沒有必要。老宅沒有了，一個時代沒有了，這對老宅所有的人都是一樣的。老宅人的歷史也結束了，但是他們沒有走。所以成虎的出走卻使小說沒有走出五四時代感傷小說的舊路數。

對傳統民間生活的書寫，是發掘、檢討或繼承傳統的一部分。T‧S艾略特正確地指出：「歷史意識不僅與過去有關，而且和現在有關。歷史感迫使一個人在寫作時不僅在內心深處裝著他自己那一代人，而且還要有這樣一種感覺：從荷馬開始的整個歐洲文學，以及包含在其中的他本國的文學是並存的，並且構成了一種並存的序列。這種歷史意識，這種既是無時間的、又是有時間的、又同時是無時間和有時間的意識，使一個作者具有傳統性。它也使作者最確切地意識到他在時間中的位置和他自己的當代性。」〔註3〕

〔註3〕德國神學家家赫爾德語：轉引自戶曉輝《現代性與民間文學》，社會學科文獻出版社 2004 年 8 月版，第 87 頁。

　　進入當代中國之後，包括生活情趣在內的傳統的民間生活已不再被表達，那種生活先在地被指認為與當代生活是格格不入的。但事實遠非如此。薩義德在討論艾略特關於將過去、現在和將來聯繫起來的觀點時，雖然指出了他的理想主義問題，但卻承認了他中心思想的正確，這就是「我們在闡述表現過去的方式，形成了我們對當前的理解與觀點。」〔註4〕青年作家徐名濤的長篇小說《蟋蟀》，是一部對傳統文化和生活集中書寫的一部作品。在當下長篇小說創作的整體格局中，《蟋蟀》肯定是一個例外：這是一部離奇而怪異的小說，是一部情節密集又懸疑叢生的小說，它是一部關於過去的民間秘史，也是一部折射當代世風和私秘心理的啟示錄。它在各種時尚的潮流之外，但又在我們時時更新卻又萬古不變的文化布景之內。故事的時間和背景都隱約迷離，我們只能在不確切的描述中知道，這是一個發生在清末民初期間、巢湖一帶的姥橋鎮陳家大院和妓院翠苑樓裏的故事。大院的封閉性、私秘性和妓院制度，預示了這是一段陳年舊事，它一旦被敞開，撲面而來揮之不去的是一種陳腐黴變的腐爛氣息。這種氣息我們既熟悉又陌生，既心想往之又望而卻步：妻妾成群的陳天萬陳掌櫃、深懷怨恨的少東家陳金坤、風情萬種的小妾阿雄、稟性難改的小妾梅娘、表面儒雅心懷叵測的義子王世毅、始終不在場但陰魂不散的情種秦鍾以及一任管家兩任知縣等，各懷心腹事地款款而來。

　　這是兩個不同的場景，一個是私人化的宅院，一個是公共化的妓院。但這兩個不同的場景卻隱含了共同的人性和欲望，在無數的謊言中上演了相似的愛恨情仇。陳家大院的主人陳天萬陳掌櫃一生沉迷鬥蟋蟀，他的生死悲歡都與蟋蟀息息相關，在愛妾與蟋蟀之間他更愛蟋蟀，但他必須說出更愛小妾阿雄；小妾梅娘與少東家有染、與知縣兩情相悅、與義子王士毅有肌膚之親並最終身懷六甲；王士毅表面儒雅但與妻子豆兒同床異夢，對收留他的義父陳掌櫃的兩個小妾虎視眈眈以怨報德；管家表面忠誠但對陳家家產蓄謀已久韜光養晦……，但這一切都被謊言所遮蔽。院牆之外雖然傳言不絕街談巷議，但大院昏暗的生活仍在瞞與騙中悄然流逝。然而死水微瀾終釀成滔天大浪，陳家大院更換了主人，那個只有母親而父親匿名的孩子，雖然身份曖昧，但因眉眼、提蟋蟀罐走路姿態和對蟋蟀的痴迷，使人們有理由相信了那就是陳掌櫃的孩子。鄰里釋然大院寧靜，但這個被命名為司釗的孩子，許多年過後，無論他的父親是誰，可以肯定的是，他是又一個陳天萬。他一定會承傳陳家

〔註4〕見愛德華·W·薩義德：《文化與帝國主義》，三聯書店（北京），第2頁。

大院——也是中國傳統生活中最陳腐卻又魅力無邊的方式。這個意味深長的結尾，也使《蟋蟀》成為一部「意味」深長的小說。

在故事的結構方式上，《蟋蟀》有兩條明暗交織的線索：一條是長顎蟋的被盜；一條是秦鍾的神秘之死。這兩條線索幾乎掌控了陳家大院所有人的心理和精神生活，所有人的恐懼和快樂無不與這兩個秘密相關。秦鍾不散的陰魂不僅籠罩在陳家每個人的心頭，甚至驚動了兩任知縣。每每提及秦鍾命案陳家上下便魂不守舍諱莫如深，其實這個令人驚恐的事件水落石出時並不那麼複雜，但它卻是提領小說的靈魂；陳掌櫃雖然不至於玩物喪志，但他對蟋蟀的迷戀最終還是走向萬劫不復，長顎蟋的被盜終於讓陳掌櫃心無所繫一命歸西。《蟋蟀》中的文化與傳統中國的主流文化既有關係又有區別：達官貴人對享樂的迷戀與陳家大院在本質上是一樣的，但他們同時也有或兼善天下或獨善其身的情懷或抱負。不同的是，陳家大院作為頹廢的民間文化，所散發的僅僅是無可救要的腐爛氣。這種文化猶如風中的罌粟，搖曳中的淒美慘烈背後隱藏著致命的絕殺。我驚訝徐名濤對這種文化氣味的熟悉、提煉和掌控能力，他對享樂的體悟和對頹唐之美的拿捏，既讓人不可思議，又讓人忍俊不禁並生發出強烈的好奇心理和興趣。這是東方奇觀，也是華夏文化大地上的「惡之花」。

二、小說修辭與文人趣味

在現代知識分子階層形成之前，中國舞文弄墨的人被稱為「文人」。文人就是現在的文化人。幕僚、鄉紳等雖然也有文化，也可能會有某些文人的習性，但他們的身份規約了他們的生活方式和情感方式，他們還不能稱為文人。就像現在的官員、公務員、律師、工程師、教師等，雖然也有文化，但他們是政治家或專業工作者，也不能稱為文人。在傳統中國，「文人」既是一個邊緣群體，也是一個最為自由的群體。他們恃才傲世，放浪不羈，漠視功名，蹤酒狎妓等無所不為。這種行為方式和價值觀都反映在歷代文人的詩文裏。五四新文化運動之後，這一傳統被主流文化所不齒，它的陳腐性也為激進的現代革命所不容。因此，小說中的傳統「文人」氣息在相當長的一個時段裏徹底中斷了。90 年代以後陸續發表的賈平凹的《廢都》、王家達的《所謂作家》等，使我們又有機會領略了小說的「文人」氣息。莊之蝶和胡然雖然是現代文人，但他們的趣味、嚮往和生活方式都有鮮明的傳統文人的印記。他們雖

然是作家，也有社會身份，但他們舉手投足都有別於社會其他階層的某種「味道」：他們有家室，但身邊不乏女人；生活很優裕，但仍喜歡錢財；他們談詩論畫才華橫溢，但也或頹唐蹤酒或率性而爲；喜怒哀樂溢於言表。

如果說《廢都》、《所謂作家》等作品的人物，還殘留著舊文人習氣和趣味的話，那麼，青年作家李師江的《逍遙遊》，則是一部表達了現代文人氣的小說。李師江是這個時代的小說奇才。最初讀到李師江的小說是《比愛情更假》和《愛你就是害你》。當時的直覺是李師江是這個時代最大的文學「異數」之一。他的小說和我們曾經習慣了的閱讀經驗相去甚遠。這兩部長篇小說，就其題材和敘述方法上有某些相似性，但這些作品都是非常好看的小說，他的題材幾乎都與當下特別是他那代人獨特的生活方式和處境相關，與他觀察世界的方式和話語方式相關，在社會與學院的交結地帶。過去被認爲最純粹的群體所隱含的或與生俱來的問題，被他無情地撕破。知識分子群體，無論是青年還是老年。他們中某些人的瑣屑、無聊、空洞和脆弱，都被他暴露得體無完膚。他的殘忍正是來自於他對這個群體切身的認識和感知。在只有兩個人存在的時候，生活尚未展示在公共領域的時候，人沒有遮掩和表演意識的時候，本來的面目才有可能被認識。李師江處理的生活場景，有大量的兩個人私密交往，這時，他就爲自己創造了充分的剝離人性虛假外衣的可能和機會。在他的作品中我們不僅看到了不曾被揭示的靈魂世界，而且看到了更年輕一代自由、鬆弛和處亂不驚的處世態度。因此在今日複雜多變的生活中，他們才是遊刃有餘的生活的主人和青春的表達者和解釋者。

《逍遙遊》延續了李師江一貫的語言風格：行雲流水旁若無人，出人意料又在情理之中，幽默智慧又奔湧無礙。它不是「苦情小說」，但表面的「逍遙」卻隱含了人生深刻的悲涼，它不是「流浪漢小說」，但不確定的人生卻又呈現出了真正的精神流浪。在漂泊和居無定所的背後，言說的恰恰是一種沒有歸屬感的無辜與無助。這種評價雖然也可以成立，但好像太「西方」。其實，小說的微言大義都是「被闡發」出來的。如果我們從另一個角度闡釋這部小說的話，我認爲這是一部當代的「文人小說」。活躍在小說中的人物，既不是古代「爲萬事開太平」的官僚階層，也不是「以天下爲己任」的現代知識分子，他們不名道救世，不啓蒙救亡。他們只是社會中的一個邊緣群體，既生活於黎民百姓之中，又有自己的趣味和交往群體。他們落拓但不卑微，我行我素但有氣節，大有明清之際文人的風采。作品中的李師江、吳茂盛等有各

種讓人不能接受的習氣和生活習慣，無組織無紀律，言而無信不拘小節。但他們又都多情重義、熱愛生活和女人。他們沒有穩定的生活，似乎也不渴望更不羨慕「成功人士」。他們更像是生活的旁觀者，一切都可遇不可求，雖然漂泊動蕩為生存掙扎，但也隨遇而安得過且過。他們經常上當受騙但決不悲天憫人自艾自憐。生活彷彿就在他們放肆的話語中成為過去。李師江、吳茂盛們沒有宏大抱負，大處不談國家社稷小處不談愛情。這些事情在他們看來既奢侈又矯情。因此李師江筆下的人物都很放達，很有些胸懷。這就是小說的「文人」的氣質，評論李師江小說的文字，都注意到了他很「現代」的一面，這是對的，但他對傳統文化的接續和繼承似乎還沒有被注意。

在李師江這裡，小說又重新回到了「小說」，現代小說建立的「大敘事」的傳統被他重新糾正，個人生活、私密生活和文人趣味等，被他重新鑲嵌於小說之中。作為作家的李師江似乎也不關心小說的西化或本土化的問題，但當他信筆由韁揮灑自如的時候，他確實獲得了一種自由的快感。於是，他的小說是現代：因為那裏的一切都與現代生活和精神處境相關。他的小說也是傳統的：因為那裏流淌著一種中國式的文人氣息。

賈平凹的長篇小說創作，大多與現實保持著密切的關係，特別是鄉村中國現代性的問題。但是，值得注意的是，賈平凹的小說又不那麼現實。在他的小說中，總是注入了他豐富的個人想像或個人經驗，尤其是個人的心理經驗。他不那麼現實的感覺或個人經驗的加入，特別是文人趣味的一貫堅持，恰恰是小說最具文學性因素的部分。

《高興》，是賈平凹第一次用人名做書名的小說。按照流行的說法，《高興》是一部屬於「底層寫作」的作品。劉高興、五富、黃八、瘦猴、朱宗、杏胡等，都是來自鄉村的都市「拾荒者」。都市的擴張和現代文明的侵蝕，使鄉村的可耕土地越來越少。生存困境和都市的誘惑，使這些身份難以確定人開始了都市的漂泊生涯。他們維持生計的主要手段是拾荒。但是，面對中國最底層的人群，賈平凹並不是悲天憫人地書寫了他們無盡的苦難或萬劫不復的命運。事實上，劉高興們雖然作為都市的「他者」並不是城市的真正主人，但他們的生存哲學決定了他們的生存方式。他們並不是結著仇怨的苦悶的象徵，他們以自己理解生活的方式艱難也坦然。堅強的女人杏胡在死了丈夫之後，她為自己做的計劃是：一年裏重新找個男人結婚，兩年裏還清一半的債務，結果她找到了朱宗結婚，起早貪晚地勞作真的還清了一半的欠債；她又

定計劃：一年還清所有的債，翻修房屋。兩年後果然翻修了房屋還清了所有的債。然後她再計劃如何供養孩子上大學、在舊院子蓋樓、二十年後在縣城辦公司等。她說：「你永遠不要認為你不行了，沒用了，你還有許多許多事需要去做！」她認真地勞作，善良地待人，也敢於和男性開大膽的玩笑。杏胡的達觀、樂觀和坦白的性格，可能比無盡的苦難更能夠表達底層人真實的生存或精神景況。

當然，劉高興還是小說主要表達的對象。這個自命不凡、頗有些清高並自視為應該是城裏人的農民，也確實有普通農民沒有的智慧：他幾句話就搞定了刁難五富的門衛，用廉價的西服和劣質皮鞋就為翠花討回了身份證，甚至可以勇武地撲在汽車前蓋上，用獻身的方式制服了肇事後企圖逃逸的司機等。都顯示了高興的過人之處。但高興畢竟只是一個來城裏拾荒的邊緣人，他再有智慧和幽默，也難以解決他城市身份的問題。有趣的是，賈平凹在塑造劉高興的時候，有意使用了傳統小說的「才子佳人」的敘事模式。劉高興是落難的「才子」，妓女孟夷純就是「佳人」。兩人都生活在當下最底層，生活是否有這樣的可能並不重要。重要的是賈平凹以想像的方式讓他們建立了情感關係，並賦予了他們情感的以浪漫的特徵。他們的相識、相處以及劉高興為了解救孟夷純所做的一切，亦真亦幻但感人至深。我們甚至可以說，劉高興和孟夷純之間的故事，是小說最具可讀性的文字。這種奇異的組合是賈平凹的神來之筆，它不僅為讀者帶來了巨大的想像空間，也為作家的創作提供了許多可能。但是，也正因為是「才子佳人」模式，劉高興和孟夷純之間才沒有發生「嫖客與妓女」的故事。他們的情感不僅純潔，而且還賦予了更高的精神性的價值和意義。賈平凹顯然繼承了中國古代白話小說和戲曲的敘事模式，危難中的浪漫情愛是最為動人的敘事方法之一。還值得注意的是，小說幾乎通篇都是白描式的文字，從容練達，在淡定中顯出文字的真工夫。它沒有大起大落的情節，細節構成了小說的全部。我們通常都認為，小說的細節是對作家最大的考驗，一個作家和一部作品，最精彩之處往往在細節的書寫或描摹上。《高興》在這一點上所取得的成就，應該說在近年來的長篇小說中是最為突出的。《廢都》之後我們再沒見到這樣的文字，但在長篇小說進退維谷之際，賈平凹堅定地向傳統文學尋找和挖掘資源，不僅為自己的小說創作找到了新的路徑，同時也顯示了他「為往聖繼絕學」的勃勃雄心和文學抱負。

當然，《高興》顯然不止是爲我們虛構了一個文人式的「才子佳人」的浪漫故事。事實上，在這個浪漫故事的表象背後，隱含了賈平凹巨大的、揮之不去的心理焦慮：這就是在現代性的過程中，中國農民將以怎樣的方式生存。他們被迫逃離了鄉村，但都市並接納他們。當他們試圖返回鄉村的時候，也僅僅是個願望而已。不僅心難以歸鄉，就是身體的還鄉也成爲巨大的困難。五富的入土爲安已不可能，他只能像城裏人一樣被火化安置。高興們暫時留在了城市，也許可以生存下去，就像他們的拾荒歲月一樣。但是，那與他們的歷史、生命、生存方式和情感方式休戚與共的鄉村和土地，將會怎樣呢？他們習慣和熟悉的鄉風鄉情眞的就這樣漸行漸遠地無可挽回了嗎？因此，《高興》雖然將情景設置在了都市，但它仍然是鄉土中國的一曲悲涼輓歌。

三、超穩定的鄉村世風與倫理

文學確有屬於它永恒的主題，這個問題已經而且還將被千百遍地談論。比如對愛情、正義、善與美、英雄、勤勞等的歌頌，對邪惡、醜陋、怨恨、戰爭、貪婪等的批判等。這些在文學創作者和接受者那裏已經獲得了普遍的認同。但這些抽象的概念必須附著於具體的行爲和文化方式中才有可能得到具體的表達。在我看來，不同地區、種族、群體中，那些具有「超穩定」意義的文化結構，對族群的生活方式、行爲方式、思維方式以及道德準則具有支配、控制功能的文化結構，就是文學應該尋找和表達的永恒的主題。這種具有「超穩定」意義的文化，雖然也處在不斷被建構或重構之中，但在本質上並不因時代或社會制度的變遷發生變化。

這一「超穩定」的文化結構，在鄉村中國表達的最爲充分。百年中國文學史上，鄉村中國一直是最重要的敘述對象。在現代文學起始時代，鄉村敘事是分裂的：一方面，窮苦的農民因愚昧、麻木被當作啓蒙的對象，一方面，平靜的田園又是一個詩意的所在。因此，那個時代對鄉村的想像是矛盾的。鄉村敘事整體性的出現，與中國共產黨建立現代民族國家的目標密切相關。農民占中國人口的絕大多數，動員這個階級參與建立現代民族國家的進程，是被後來歷史證明的必由之路。於是，自延安時代起，特別是反映或表達土改運動的長篇小說《太陽照在桑乾河上》、《暴風驟雨》等的發表，中國鄉村生活的整體性敘事與社會歷史發展進程的緊密縫合，被完整地創造出來，「鄉土文學」從這個時代起被置換爲「農村題材」。此後，當代文學關於鄉村中國的整體性敘事幾乎都

是按照這一模式書寫的，「史詩性」是這些作品基本的、也是最後的追求。《創業史》、《山鄉巨變》、《三里灣》、《紅旗譜》、《艷陽天》、《金光大道》、《黃河東流去》等概莫能外。「整體性」和「史詩性」的創作來自兩個依據和傳統：一是西方自黑格爾以來建構的歷史哲學，它為「史詩」的創作提供了哲學依據；一是中國文學的「史傳傳統」，它為「史詩」的寫作提供了基本範型。於是，史詩便在相當長的一個歷史時段甚至成為評價文藝的一個尺度，也是評價革命文學的尺度和最高追求。但是，這個整體性的敘事很快就遇到了問題，不僅柳青的《創業史》難以續寫，而且 80 年代以後，周克芹的《許茂和他的女兒們》以「生活真實」的方式，率先對這個整體性提出了質疑。陳忠實的《白鹿原》對鄉村生活「超穩定結構」的呈現以及對社會變革關係的處理，使他因遠離了整體性而使這部作品具有了某種「疏異性」。在張煒的《醜行或浪漫》中，歷史僅存於一個女人的身體中。這種變化首先是歷史發展與「合目的性」假想的疏離，或者說，當設定的歷史發展路線出現問題之後，真實的鄉村中國並沒有完全沿著歷史發展的「路線圖」前行，因為在這條「路線」上並沒有找到鄉村中國所需要的東西。這種變化反映在文學作品中，就出現了難以整合的歷史。瓦解或碎裂的整體性敘事被代之以對「超穩定文化」的書寫，這是當前表現鄉村中國長篇小說最重要的特徵之一。

鐵凝的《笨花》，也是一部書寫鄉村歷史的小說。小說敘述了笨花村從清末民初一直到 40 年代中期抗戰結束的歷史演變。但是，值得注意的是，國族的歷史演變更像是一個虛擬的背景，而笨花村的歷史則是具體可感、鮮活生動的。因此可以說，《笨花》是回望歷史的一部小說，但它是在國族歷史背景下講述的民間故事，是一部「大敘事」和「小敘事」相互交織融會的小說。它既沒有正統小說的慷慨悲壯，也沒有民間稗史的恣意橫流。「向家」的命運是鑲嵌在國族命運之中的，向中和以及他的兒女向文成、取燈以及向文成的兩個兒子，都與這一時段的歷史有關係。但是，他們並沒有、也不可能建構甚至成為這段歷史的「縮影」。儘管在向中和和取燈的身上體現了民族的英雄主義。但小說真正給人深刻印象的，還是「笨花」村的日常生活，是向中和的三次婚姻以及「笨花」村「窩棚」裏的故事。因此，《笨花》在這個意義上也可以看作是一部對「整體性」的逆向寫作。

笨花村棉花地裏的「窩棚」，是小說中的一個經典場景。它像一個暗夜籠罩的舞臺：既有心神不定看花的男人，也有心情像棉花一樣盛開的拾花的女

人，既有遊走的「糖擔兒」，也有暗啞的糖鑼。無數個窩棚既撲朔迷離又充滿
誘惑，它是笨花村一道獨特又曖昧的景觀。它是笨花村的風俗，也是笨花村
的風情。在這個場景裏出入了與笨花村相關的各種人等，在笨花村，它是人
所共知的公開的秘密。它像一個男女之事的「飛地」，也是一個誘惑無邊的肉
體與棉花的民間「交易所」。但笨花村似乎習以為常並沒有從道德的意義上評
價或議論它。除非在矛盾極端的時候，偶而罵一句「鑽窩棚的貨」。但是，「窩
棚」裏的交易卻在最本質的意義上表現著人的性格、稟性和善與惡。西貝牛、
小治、時令、「糖擔兒」、向桂、大花瓣、小襖子等，都與窩棚有不同的關係。
甚至取燈最後也被日本鬼子糟蹋、殺害在窩棚裏。

窩棚僅僅是小說大舞臺中的一個角落，與窩棚有關的人物也不是小說中
的主要人物。但在這個暗夜籠罩的角落裏，小說以從容不迫的敘述，通過小
人物照亮了過去許多抽象或不證自明的觀念。比如「人民」、「民眾」、「群眾」
等，他們被指認為與革命有天然的聯繫，而且神聖不容侵犯，他們是不能超
越和質疑的。但在《笨花》中，他們既可以鑽窩棚，也可以上學堂，既可以
不自覺地參與抗日，也可以輕易地變節通敵。那個被命名為小襖子的年輕女
孩就是一個典型。她不同於她的前輩向喜向中和，也不同於她的同代人取燈。
她既沒有舊式人物的民族氣節，也沒有新式人物的革命理想。她只是一個普
通人，她在動蕩年代只希望能夠求得生存，但最後她還是被處決了。但這樣
的人物也被動地參與了笨花村歷史的書寫。

《笨花》是一部既表達了家國之戀也表達了鄉村自由的小說。家國之戀
是通過向喜和他的兒女並不張揚、但卻極其悲壯的方式展現的；鄉村自由是
通過笨花村那種「超穩定」的關於「窩棚」的鄉風鄉俗表現的。因此，這是
一部國族歷史背景下的民間傳奇，是一部在宏大敘事的框架內鑲嵌的民間故
事。可以肯定的是，鐵凝這一探索的有效性，為中國鄉村的歷史敘事帶來了
新的經驗。

當全球化、現代性、後現代性等問題在都市文學中幾近爆裂的時候，我
們會發現，真正具有巨大衝擊力的小說，還是存在於對鄉土中國的書寫和表
達中。原因並不複雜：一是當下中國最廣大的地區仍然是沒有發生本質變化
的農村，這個本質性的變化，不是說鄉村的物質生活仍處在原始狀態，仍是
老死不相往來的封閉或自足的狀態。而是說在觀念層面，即便在表面上有了
「現代」的震蕩或介入，「鄉村」對「現代」的即嚮往又抗拒、即接受又破壞

的矛盾，仍然是一個普遍的存在；二是在現代中國，對鄉村的敘事幾乎是「追蹤式」的，農村生活的任何細微變化，都會引起作家強烈的興趣和表達的熱情。這就為中國的農村題材文學積累了豐富的經驗，也正是這一極端本土化的文學形態，建構了一種隱約可見的「文學的政治」。但是，那種「超穩定」的鄉村生活的表意形式或文化結構，如宗教、儀式、婚娶、娛樂、慶典乃至兩性關係等風俗風情，則超越了時代甚至社會制度而延續下來，它強大的生命力遠遠在我們的想像之外。

范小青的《赤腳醫生萬泉和》敘述的故事，從文革到改革開放歷經幾十年。萬泉和生活在「文革」和改革開放兩個不同的時期。這兩個時期對中國的政治生活來說是兩個時代。但時代的大變化、大動盪、大事件等，都退居到背景的地位。我們只是在鄉村行政單位建制、萬泉和的身份、批鬥會現場和一些流行的政治術語中，知道小說發生在文革背景下。但進入故事後我們發現，後窯村的日常生活並沒有發生根本性的變化，傳統的風俗風情仍在延續並支配著後窯人的生活方式。那些鮮活生動的鄉村人物也沒有因為是文革期間就改變了性情和面目。我們在好逸惡勞的「新娘子」萬里梅、風情萬種輕佻風騷的劉立、簡單潑辣又工於心計的柳二月、心有怨恨又無從宣泄的裘大粉子等鄉村女性那裏，鮮明地感受了鄉村中國前現代周而復始的日常生活圖景。進入改革開放時期，這些人物的性格或性情也沒有因此而改變。

鄉土中國風俗風情不變的超穩定性，還可以在後窯男性人物和其他場景中得到證實。吳寶是一個典型的鄉間花花公子，他肆無忌憚地與各種女性發生關係，「文革」前後都是如此。他雖然也曾被批鬥，但那種形式化的場景不僅不嚴肅，而且很像是一齣滑稽的言情喜劇：

> ……劉玉和吳寶並排站著，劉玉還把自己的頭靠在吳寶的肩上。吳寶嬉皮笑臉，和一個看熱鬧的新媳婦打情罵俏，他說：「你要是老盯著我看，你會懷上我的孩子。」害得人家新媳婦滿臉通紅。旁邊的人呸他，說人家新媳婦肚子裏已經有孩子了，吳寶就笑到：「那孩子生下來也會像我。」新媳婦說不可能的，怎麼可能呢？吳寶想要湊到新媳婦耳邊說話，被裘二海喝住了，吳寶就站回原地，跟新媳婦擠眉弄眼地說：「你過來，我告訴你怎麼可能。」新媳婦差一點真要過去了，後來她才發現是不能過去的，就站定不動了。吳寶「噓」了一聲，說：「現在人多不方便，晚上我們在竹林裏見，我告訴你。」

　　大家都笑，吳寶得意地搖晃著身子，劉玉拉他說：「吳寶你站好，嚴
肅點，這是開批鬥會呀。

　　這個場景就是鄉村中國的政治文化。一方面它是對新道德的維護，是對
不正當兩性關係的「批判」；一方面，兩性關係又是鄉村社會帶有「娛樂性」
的「文化生活」。我們在各種民歌或民間故事中都會感受到。因此，即便在文
革中，即便是被批判的對象，民眾並沒有把它看得多麼嚴重。批鬥會更像是
娛樂民眾的文化活動。這個場景，與鐵凝《笨花》中的「窩棚」故事異曲同
工——民眾並不是將兩性關係很道德化對待的。

　　當然，鄉土中國社會的發展，並不是一部簡單的自然發展史，並不是不
變應萬變的物理時間。現代中國政治風雲的變幻，深刻地影響了中國鄉村的
發展。這不止是說經過百年的社會變革，中國農民的政治身份和經濟地位發
生了根本性的變化，而且鄉村中國的社會結構也發生了極大的變化。其中重
要現象就是鄉紳階層的消失。鄉紳在中國鄉村社會有非常重要的作用，它非
常類似西方的市民社會，能夠起到類似教會、工會、學校、社會救助組織、
文化組織機構等的作用。當然，鄉紳的作用沒有、也不會像西方市民社會這
樣完善。但是，作為非政府、非組織的鄉紳階層，在中國鄉村社會結構中，
有一定的權威性，在民眾中有相當程度的文化領導權。它的被認同已經成為
鄉村中國文化傳統的一部分。家長、族長、醫生、先生等，對自然村落秩序
的維護以及對社會各種關係的調理，都有不可替代的作用。比如《白鹿原》
中白家軒就是這樣的人物。在《赤腳醫生萬泉和》中，赤腳醫生萬人壽和萬
泉和，在鄉土中國，就應該是「鄉紳」式的人物。但在文化大革命中，赤腳
醫生作為新生事物，他們自然不會、也不能行使鄉紳的職責，發揮鄉紳的功
能。但我們可以明確感受到普通人對他們的尊敬、羨慕和熱愛。普通民眾的
這一態度，可以肯定地說，與赤腳醫生這個新生事物沒有關係，民眾的態度
顯然與他們作為鄉村大夫的「身份」有關。但是，萬人壽和萬泉和畢竟不是
鄉紳了，萬人壽甚至可以被批鬥，萬泉和幾起幾落朝不保夕。這種情況就是
社會政治生活對鄉土中國社會結構的改變。文化或文明在鄉土中國的不斷跌
落，在這個現象上可以充分地被認識到。

　　赤腳醫生萬泉和就是在這樣的文化環境中被哺育和滋養成長的。他天生
的木訥、敦厚、誠懇和誠實，在今天已經成為三代以上的古人。他的不合時
宜、不能與時俱進，他的無奈無辜、失敗和悲劇，都給人一種徹骨的悲涼。

因此，《赤腳醫生萬泉和》，是對鄉土中國孕育的人性、人心以及爲人處事方式的遙遠想像與憑弔。那是原本的鄉土中國社會，是前現代或欠發達時代中國鄉村的風俗畫或浮世繪。萬泉和是一個普通的小人物，他是一個「醫生」，他要醫治的是生病的鄉里。醫生和被救治者本來是拯救和被拯救的關係，但在小說中，萬泉和始終是力不從心勉爲其難。他不斷地受到打擊、嘲諷、欺騙甚至陷害。而那些人，就是以前被稱爲民眾、大眾、群眾的人。這樣的民眾，我們在批判國民性的小說中經常遇到。但在懷鄉的小說或其他文體中還不曾遇到。鄉土中國人心複雜性的變化是意味深長的。啓蒙話語受挫之後，救治者優越的啓蒙地位在萬泉和這裡不復存在。書中萬泉和居住的平面圖顯示，萬泉和的房子越來越小，生存空間越來越狹窄直至傾家蕩產。一個鄉村「知識分子」就這樣在精神和物資生活中瀕於破產的邊緣。他的兩難處境、甚至自身難保的處境都示預了鄉土中國超穩定文化結構的存在，同時也表達了社會歷史變遷給鄉土中國帶來的異質性因素。

萬泉和不是朱老忠、不是梁生寶，當然更不是蕭長春；但萬泉和也不是阿Q、陳奐生。我們暫時還難以找到他的人物譜系。他很像鄉土文學女性中大地聖母形象的變體。作爲一個虛構的、想像的人物，你可以說他大智若愚、逆來順受、唯唯諾諾、沒有血性不像男人沒有丈夫氣。但百年文學，我們見過了太多的勇武之士，精明市儈、太多的叱吒風雲的英雄，太多的血雨腥風或暴力美學。很少見到萬泉和式的謙卑忍讓、誠實誠懇、甘願吃虧、只想別人的博愛人物。這時，我們卻是面臨著一個兩難的悖論：我們不知道是應該肯定還是應該批判萬泉和，不知道是應該同情還是怒其不爭。這個兩難，卻是范小青敘事倫理的勝利。她超越了啓蒙、悲憫、同情、大悲大喜、悲痛欲絕、歡天喜地等敘事的主體霸權。她客觀的描述或人物自然形成的人性力量，包括萬泉和身上我們能夠接受或難以接受的全部。因此，萬泉和是我們見到的獨特的鄉村中國的文學人物。

對中國文學經驗的討論正在展開。值得注意的是，當都市化進程越來越快，城市人口加速膨脹的今天，我們卻沒有獲得屬於中國的城市文化經驗。那些時尚或新潮的都市生活，只是在最淺表的層面表達了一種虛假的情感狂歡。眞正的中國文化或文學經驗，還是隱含在傳統中國的文化記憶中。文化傳統，這個總體性的幽靈，無論我們是否喜歡，它就是這樣在不斷被重構和建構中「復興」並支配著我們。

怎樣評價這個時代的文藝批評

　　2004 年 9 月，人民文學出版社出版了德國作家瓦爾澤的長篇小說《批評家之死》。這部小說 2002 年在德國出版時，他剛剛過完 75 歲生日。這本書不僅是他獻給自己 75 歲生日的禮物，同時他也將因此書引發的巨大爭論一起獻給了自己。我們拋卻這部小說遭到詬病的種族問題的「政治不正確」不談，單就對那不可一世、呼風喚雨的「文學評論沙皇」的抨擊和諷刺，就足以想見文學評論家在當下社會中的面目是多麼可憎和可怕：他在最典型的大眾傳媒——電視上，頤指氣使地抨擊一部作品，又趾高氣揚地鼓吹另一部作品。那是在德意志聯邦共和國，在中華人民共和國，批評家的面目可能還要糟糕得多。

　　這也許是一個不經意的隱喻。事實上，上個世紀 60 年代自美國後現代作家約翰・巴斯發表了《枯竭的文學》之後，各種「終結論」、「死亡論」的聲音就不斷傳來。「抵制理論」、「理論之死」、「作者之死」、「歷史之死」、當然也有「批評之死」前呼後擁此起彼伏。但是，這些終結論或死亡論，並不是言說文學、理論或批評真的「終結」、「死亡」或「枯竭」了。他們都有具體針對的對象。比如約翰・巴斯，他的「文學的枯竭」，是挑戰現實主義文學，挑戰傳統文學觀念的。因為此時他正站在文學新方向的最前沿。在巴斯看來：小說應當是「原創的」、「個人的」，也就是一種他所說的「元小說」。就現實主義文學而言，作為一種「總體化的小說」，從 19 世紀早期一直延續到 20 世紀中期，它構成了小說史上一個短暫的「實驗」階段，儘管也成就了無數大師。但在約翰・巴斯看來，隨著時間的流失，現實主義那種曾有的反傳統的思想已經耗盡。新的「元小說」在 20 世紀 60 年代開始再度流行。這才是巴思宣布「寫實主義實驗（現實主義）」已經「枯竭」的真實用意。按照這樣的

思路，批評家尼爾‧路西連續發表了《理論之死》、《批評之死》和《歷史之死》等驚世駭俗的文章。在路西看來，文學不可能是一種「穩定」的結構，它有許多特殊範例，但總體性的「穩定」結構是難以包括或不能解釋這些特殊性的。〔註1〕「批評之死」顯然是針對這種文學總體性穩定的批評而言的。但是，路西同時認為，由於文學結構是不穩定的，並不意味著批評就一定會死亡──或者枯竭──因為它再也不可能像從前那樣行動。在這個意義上，批評將會得到更密切的關注。

　　事實的確如此。當傳統的「元理論」被普遍質疑之後，批評家的地位得到了空前提高。我們都會承認，保羅‧德曼、德里達、杰姆遜、哈羅德‧布魯姆等大師與其說是理論家，毋寧說是批評家更為確切。之所以說他們是批評家就在於，他們的思想活動並不是在尋找一種「元理論」，而恰恰是在批評自柏拉圖以來建構的知識或邏輯的「樹狀結構」。在「樹狀結構」的視野裏，知識或邏輯是一元的、因果的、線性的、有等級或中心的。但是，在現代主義之後，傳統的「元理論」不再被信任，特別是到了德勒茲、瓜塔裏時代，他們提出了知識或邏輯的「塊莖結構」。在「千座高原」上，一種「游牧」式的思想四處奔放，那種開放的、散漫的、沒有中心或等級的思想和批評活動已經成為一種常態。這就是西方當下元理論終結之後的思想界的現狀。美國當代「西方馬克思主義」批評家杰姆遜將這種狀況稱為「元評論」。他在《元評論》一文中宣告，傳統意義上的那種「連貫、確定和普遍有效的文學理論」或批評已經衰落，取而代之，文學「評論」本身現在應該成為「元評論」──「不是一種正面的、直接的解決或決定，而是對問題本身存在的真正條件的一種評論」。作為「元評論」，批評理論不是要承擔直接的解釋任務，而是致力於問題本身所據以存在的種種條件或需要的闡發。這樣，批評理論就成為通常意義上的理論的理論，或批評的批評，也就是「元評論」：「每一種評論必須同時也是一種評論之評論」。「元評論」意味著返回到批評的「歷史環境」上去：「因此真正的解釋使注意力回到歷史本身，既回到作品的歷史環境，也回到評論家的歷史環境。」〔註2〕

〔註1〕 尼爾‧路西：《批評之死》，見閻嘉主編《文學理論精粹讀本》，中國人民大學出版社2006年1月，第251頁。

〔註2〕 詹姆遜：《元評論》，《快感：文化與政治》，王逢振等譯，中國社會科學出版社，1998年版，第3～4頁。

在當下中國，文學批評的狀況與西方強勢文化國家有極大的相似性。批評的「元理論」同樣已經瓦解。就像普遍被瞭解的那樣，在我國，文學理論作為一個基礎理論學科，並沒有像韋勒克表達的文學研究是由文學理論、文學批評和文學史一起構成的。在韋勒克看來，文學理論和文學批評同屬於「文學研究」範疇，它們應該是平行的。但是，過去我們所經歷的情況通常是，文學理論對於文學批評來說，是具有指導意義和規範作用的。它恰恰是文學批評的元理論，因此它不僅僅是文學研究的組成部分，與文學批評來說，它構成了權力或等級關係，它是一個超級的「二級學科」，而文學批評不是。進入 90 年代，當作為批評主體的現代啟蒙話語受到嚴重挫折之後、受到西方批評話語訓練的「學院批評」開始崛起。這個新的批評群體出現之後，中國文學理論的「元話語」也開始遭到質疑。這當然不應僅僅看作是西方批評話語的東方之旅，但中國文學理論遭到質疑的歷史或社會背景，卻與西方大體相似。以現代知識作為背景的中國文學理論，在建立現代民族國家過程中所起到的偉大作用，是不能低估的。它對於推動欠發達的現代中國文學的建立，也功不可沒。即便是在 80 年代初期，在抵制、反抗文革時期文藝意識形態的鬥爭中，文學理論所起到的重要作用，也同樣無可取代。在過去的時代，文藝理論的特殊地位幾乎不能懷疑。所有的關於文學藝術的討論，最後都要歸結於「文學理論」。「文學理論」已經為我們規約了一切，它的「元理論」性質是不能動搖的。40 年代初期以來形成的關於文學藝術的思想、方針、路線和政策，至今仍然是我們理解社會主義文藝最重要的依據。無可懷疑，在拯救中華民族危亡、建立現代民族國家以及在大規模的社會主義建設過程中，那個時代文藝理論話語所起到的歷史作用無論怎樣估計都不會過高：在那樣的時代，實現民族的全員動員，使文學藝術服從於國家民族最高利益，使文藝成為革命事業的一部分，發揮齒輪和螺絲釘的作用，是完全可以理解和正確的。

但這也成為文學理論作為元理論不可動搖的強大的歷史依據，它的普遍意義仍然沒有成為過去。一部作品是否具有合法性，是否能夠成為這一理論的有效證明，才能判定它是否具有價值。這就是中國的現代性價值。但是中國的現代性最大的特徵就是它的不確定性。特別是在飛速發展的當代中國，文學藝術發展的激烈或激化程度遠遠超出了我們的想像。中國的社會已遠遠不是追求現代性的「現代社會」，那些資本主義已有的所有的物資乃至精神現象，我們幾乎應有盡有。當代中國，已經成為世界最大的文化試驗場：各種

文化現象、思想潮流，共生於一個巨大又擁擠的空間。過去我們所理解的元理論對當今文藝現象闡釋的有效性，正在消失。一種以各種批評理論進行的新的批評實踐早已全面展開。正如普遍認同的那樣，對西方文藝批評理論的關注，並不是「西方中心論」或簡單的「拿來主義」，事實上，它已經成爲建設中國文學理論批評的主要參照或資源之一。於是，在當代中國，理論批評也同樣形成了德勒茲意義上的「千座高原」，「游牧」式的批評正彌漫四方。

在這個意義上，包括文學在內的文藝批評，應該說取得了巨大的歷史進步。元理論的終結和多樣性批評聲音的崛起，也從一個方面表達了當代中國巨大的歷史包容性和思想寬容度。這是大國文化的體現。但是，一方面是文藝批評巨大的歷史進步，一方面是對文藝批評的強烈不滿。許多年以來，對文藝批評怨恨、指責的聲音不絕於耳。但是沒有人知道這個「憎恨學派」在憎恨什麼，指責批評的人在指責什麼。那些淺表的所謂「批評的媒體化」、「市場化」、「吹捧化」等等，還沒有對文藝批評構成眞正的批評。因爲那只是、或從來都是批評的一個方面而不是全部。或者我們從相反的方向論證，假如「媒體批評」、「市場化批評」等不存在的話，批評的所有問題是否就可以解決？我曾經表達過，對一個時代文學或批評成就的評價，應該著眼於它的高端成就，而不應該無限片面地誇大它的某個不重要的方面。就如同英國有了莎士比亞、印度有了泰戈爾、美國有了惠特曼、俄國有了托爾斯泰一樣，中國現代文學有了魯迅，中國現代文學就是偉大的文學一樣。現代中國批評界也是魚龍混雜泥沙俱下，但因爲有了魯迅、瞿秋白等，中國現代的文藝批評就是一個偉大的時代。當下中國的文藝批評還沒有出現這樣偉大的文藝批評家。但在一個轉型的時代，一切可能都在孕育、生長，所有的可能性還沒有完全幻化爲現實。但那不是怨恨或指責的理由。

我們甚至可以這樣說，改革開放三十年來，文藝批評不僅在學院體制內，補上了因長期閉關鎖國對西方文藝理論批評不瞭解的課程，培養了數目巨大的專業理論批評人才，而且那些一直在場的文藝理論批評家，在建構中國文藝理論批評新格局、推動理論批評建設、參與、推動文藝創作、闡釋或批判文化現象等方面，它的努力一直沒有終止。對各種新出現的文學、文藝現象的闡釋、解讀，比如對現代派文藝、對先鋒文學、對新寫實小說、對市場文藝、對網絡文化、時尚文化、底層寫作以及各種文化、文藝現象，批判的聲音從來就沒有停止過。對批評的不滿，應該具體的分析。更多的人習慣於 80

年代對意識形態沒有質疑的思想方式，一切都有答案，而且是清晰的非此即彼的答案。那時不是「千座高原」，只有一座山峰，對山峰只須仰望而不必思想。文藝批評就在這個意識形態框架之內。今天的情況已大不相同，一切凝固的東西都煙消雲散化爲烏有，一切都是不確定的。因此，一切都沒有不變的答案。對這種紛紜甚至紛亂的聲音的不適應就在所難免；一方面，元理論或普遍性的喪失，文藝批評也失去了統一的標準或尺度，它再也不是非此即彼式的二元世界。因此，不滿意應該是元理論、普遍性或不確定性帶來的問題，不應該完全由文藝批評來承擔。正像前面提到，中國已經成爲最大的文化試驗場，一切問題都讓文藝批評來解決是不現實、也是不可能的。事實上，在文藝生產領域，參與、影響或左右文藝的因素越來越多。而這些因素是文藝批評家所難以掌控和改變的。比如：

一、市場因素。在引導當下文藝生產的諸種因素中，市場的力量是難以匹敵的。僅就長篇小說創作來說，每年有 1200 部左右的作品出版。這個巨大的數字裏，究竟有多少作品可以在文學藝術的範疇內討論，確實是一個問題。文學生產的數字龐大，但在藝術上我們卻是在「負債經營」，「藝術透支」是市場帶來的最大問題之一。且不說商家在絞盡腦汁地策劃出版能夠佔有市場份額的作品，（在出版社自負盈虧的機制中，它有合理性的一面）單就只要有市場號召力的作品一出現，跟風的現象就無可避免。從《廢都》到《狼圖騰》到《藏獒》，都有模仿的作品迅速出版。商業目的對原創作品的消費淹沒了原創作品的藝術價值和意義。它被關注的路徑被極大地改變。批評家對作品的闡釋只能在有限的範圍內流傳和討論，更多的人不知道文藝批評對這些作品究竟表達怎樣的意見。

如果說這種現象因其不光彩的方式還難以冠冕堂皇地表達的話，另一方面，文化創意產業作爲國家倡導和支持的新興產業，它的合法性使它有了突飛猛進的發展，也已經成爲左右文藝生產的巨大因素。張藝謀、陳凱歌等導演的電影，從《十面埋伏》、《英雄》、《黃金甲》到《無極》，除了「大投入」、「大製作」等毫無實際意義的概念外，幾乎乏善可陳。但是，它們確實創造了巨大的商業價值。一方面我們會批評這些影片或導演在藝術上的失敗，一方面在好萊塢電影帝國橫行天下的時候，它們又爲民族電影的存活帶來了一線希望。這時，我們內心愛恨交織矛盾百出，簡單的批評或贊賞都不能表達我們的全部複雜心情。也正因爲如此，我們對市場的態度也會發生變化，市

場的問題不是我們主觀想像的那樣簡單，它客觀上的多面性可能還沒有被我們所認識。但它對文藝生產的影響、制約是絕對存在的。

二、評獎制度。任何文學獎項都隱含著自己的評價尺度，都有自己的意識形態。諾貝爾文學獎的一個評委也說過，在諾貝爾文學獎的上空，有一層揮之不去的政治陰雲。或者說，諾貝爾文學獎也是有自己的評價標準的。像左拉、托爾斯泰、勃蘭兌斯等都沒有獲獎。有資料說：

1901 年瑞典文學院首次頒發文學獎，按當時文壇的眾望，此獎非托爾斯泰莫屬，可是評委會卻把第一頂桂冠戴在了法國詩人蘇利－普呂多姆頭上。輿論大嘩，首先抗議的倒不是俄國人，而是來自評委們的故鄉──瑞典四十二位聲名卓著的文藝界人士聯名給托翁寫了一封情真意切的安慰信，說：「此獎本應是您的。」但是托翁終身沒有得到這一榮譽。

瑞典文學院對於一切評論歷來不予回答，不過私下也承認：「以往出現的偏差我們是非常清楚的，我們從不說誰得了獎誰就是世界上最佳作家，不過你得承認，我們是經過了一年的調查研究才慎重選出獲獎人的，我們對每個候選人都有廣泛的研究。」〔註3〕確實，儘管偏差難免，但是歷年文學獎獲得者畢竟都是令人矚目的文壇巨將，絕非濫竽充數之輩。

我國的評獎制度文革前不多，大概只有電影的「百花獎」、「全國少年兒童文藝創作獎」等少數幾個獎項。1978 年以後，「全國優秀短篇小說獎」、「全國優秀中篇小說、報告文學、新詩評選」等獎項陸續設立。然後有「茅盾文學獎」、「魯迅文學獎」、「老舍文學獎」以及民間設立的各種獎項。然而，沒有任何一種文學獎項是沒有疑義或每一個人都滿意的。「茅盾文學獎」當然也有它的尺度和標準。儘管我們會對一些入選或落選的作品有意見或遺憾，但又完全可以理解。誰設立的獎項，就會授予獎項需要和理想的人。文學獎就是對一種文學意識形態的認同或彰顯，就是對一種文學方向的倡導，這就是查爾斯‧泰勒所說的「承認的政治」。對意識形態的認同，是一個人進入社會的「准入證」，對文學意識形態的認同程度，也決定了一個作家在多大程度上得到承認，所以承認是一種政治。如果道理是這樣的話，我們就會理解，為什麼有些作品會獲獎，而有些作品會落選。可以肯定的是，獲獎作品的藝術方法、政治傾向以及思想內容，都會對一個時期的文藝生產產生影響，特別是那些被普遍關注、影響廣泛的獎項。

〔註 3〕 繆培松：《諾貝爾文學獎縱橫談》，見《讀者文摘》，1985 年 11 期。

三、大學教育和文學史編纂。大學教育是傳播文學經典最重要的場所，文學史編纂是確立文學經典最重要的形式。儘管大眾文化已經進入了大學教育的課堂，改變了單純的經典文化教育的內容。但是，大學的精英教育或經典文藝教育，仍然是大學文學藝術教育的主流。而文學史、藝術史的編纂，又是確立文藝經典最重要的形式之一。雖然早在 60 年代歐洲關於文學經典的討論中，就有人提出：為什麼大學課堂一定要講授莎士比亞（即經典文藝），文藝經典是由誰提出並確立的。我國近十年來也陸續討論過類似的文藝經典的問題。但強大的精英意識和大學文藝教育體制，仍然堅持著文藝經典觀。因此大學文藝教學的基本狀況仍然以傳承的強大力量影響著當下的文學觀念和創作。但是，值得注意的是，當代文藝的經典化是存在問題的。經典化就是歷史化。但當代文藝的「當代性」使這個經典化還缺乏足夠的距離和時間，近距離判斷的失誤在所難免。而且，文學藝術史的編纂，既有文藝經典，也有「文藝史經典」。文藝經典是指普遍認同的經典，是經過歷史過濾存活下來的經典；「文藝史經典」，是指雖然不是經典藝術，但在文藝發展歷史上產生過重大影響的作品，或者引發過巨大爭論和討論的作品。比如新時期的《班主任》、《傷痕》等，它們都構不成文學經典，但在當時的歷史語境下，它們的重要性必須寫進文學史。類似的情況還在發生，比如「底層寫作」等。「文學史經典」也會影響到文學創作和生產。

這些因素雖然都不是具體的文藝批評，但是作為影響文藝生產的因素，它們的作用甚至遠遠超過了文藝批評。所以，這些因素合力造成的後果，都要文藝批評承擔，這是不合理的。批評沒有能力、也沒有必要承擔這一切。即便如此，我們在總體肯定文藝批評取得巨大歷史進步的同時，也必須談到文藝批評真正的問題。在我看來，文藝批評真正的要害或問題，在當下主要是沒有是非觀、價值觀和立場。統一標準或尺度的喪失，並不意味是非觀、價值觀和立場也不要。一個極端或絕對的例子，是近期上映的臺灣李安導演的《色·戒》。這是一部不折不扣的漢奸電影。這部根據張愛玲小說演繹的電影，對漢奸的美化，對特殊環境中人的情感和內心變化的同情、欣賞，使這部電影完全喪失了歷史敘述的基本立場。如果我們認同李安的敘述的話，那麼，歷史就是可以任意建構的。個人的理由如果等同於大歷史敘述，那麼，任何與歷史相關的立場和價值就都是一文不值的。值得注意的是，面對這樣一個重大問題或現象，批評界幾乎是集體緘默。更多的人注意的是為什麼剪掉了多長時間的「床上戲」。一個

事關重大的問題，就這樣在一個近似「無釐頭」的質詢中變成了一場鬧劇。這時，我想到了在反法西斯戰爭勝利的第二年，薩特創作的話劇《死無葬身之地》。幾個游擊隊員被捕後，經歷了難以想像的酷刑，他們也有過告發隊長的念頭，一旦告發他們即可獲釋。但他們沒有這樣做。這不僅是薩特的底線，也是面對正義與非正義戰爭歷史敘述的基本立場。所有的游擊隊員最後都犧牲了，薩特對法西斯的控訴不僅維護了人類基本的價值尺度，同時也完成了戰爭環境中對人的具體人性的揭示或考量。但《色·戒》不是，它將人在極端化環境中表現出的偶然性或不確定性，鑲嵌於大歷史敘述中的時候，也改寫了歷史。這是我們不能同意的。對《色·戒》批評的缺席，反映了批評界在立場、價值觀和歷史觀上的問題，它應該是近年來批評界存在問題的集中反映。而當我們檢討文藝批評問題的時候，這可能是切入要害的最恰當的入口。

對與文學藝術相關問題的闡釋、解讀是必要的，但過度闡釋或言不及義的言辭表演，傷害了批評的尊嚴，使批評成為另外一個好好先生。批評不應該簡單地否定一個作家、一部作品或一個現象。但也不意味著一味地說好話，一味的好話和粗暴的批評是一回事，是一個事物的兩種同質表現。因此，讓批評發出真正有力的聲音，讓批評有是非觀、價值觀和立場，是糾正當下批評被詬病的最好手段，也是維護批評最高正義的唯一途徑。

這時，我又想到了文章開始時提到的《批評家之死》的德國作家瓦爾澤。他曾將即將出版的新作《批評家之死》按慣例寄給享有盛名的嚴肅報紙《法蘭克福彙報》（FAZ）連載。沒想《法蘭克福彙報》的出版人一反常態，在尊貴的首版上發表了一封罕見的公開信，拒絕了連載建議：「您的大作像國家機密一樣被我們研讀。《批評家之死》是關於仇恨的文本記錄：不是著眼於批評家，而是猶太人之死，FAZ 不會刊登有明顯叫囂謀殺和種族仇恨的小說。您經常說：擺脫束縛，真正自由。我今天相信：您的自由就是我們的失敗……」〔註4〕在一個眾聲喧嘩、多音齊鳴的德意志，尚且有如此坦白和不可妥協的聲音，這就是是非觀和價值觀。我們不評價這位出版人對《批評家之死》的批判是否正確，但我們讚賞的是，他是一個有是非觀、價值觀和立場的人。我們的文藝批評就應該相似到這樣的程度。

2007 年 12 月 15 日於瀋陽

〔註 4〕 見 http://lib.verycd.com/2006/01/21/0000086021.html。

文學的速度與批評的速度

　　30 多年來的變化如果我們用一個詞來形容的話，那就是「速度」。社會生活的飛速變化，我們只有停下腳步才能夠感知速度對我們意味著什麼。文學當然也是如此，30 年我們所經歷的文學場景幾乎難以全面的描述，任何一種描述都會掛一漏萬。多變的文學和對文學多變的感慨，爲我們時代的速度做了形象的詮釋。但速度並意味著一切，我們曾經歷的、也是發達文學國家早 10 年甚至 20 年就經歷過的文學革命，儘管情況並不完全一致，但命運卻是相同的：他們也曾只是「掀起了一些自我反省的潮流，結果卻失去了讀者」。〔註1〕今天文學儘管也依然沒有太多的讀者，但可以肯定的是，那些嚴肅寫作的作家終於度過了文學危險的泡沫時期，眞正的文學正在與時代緩慢地建立聯繫。這種聯繫與近年中國獨特的遭遇有很大關係，除了全球性次貸危機引發的金融海嘯、股市樓市危機之外，冰凍災害、地震災害、洪水災害等，使中國成爲一個天災集中噴發的國家。包括全球性問題在內的「內憂外患」，使當下的文學少有歡娛而多爲憂思。這種憂思雖然不是針對災難，但災難的環境卻是重要的背景。從遠處說，30 年我們取得偉大成就的同時，也積壓了眾多的問題。作家面對這些問題的寫作就不應看作是一種可有可無的故作呻吟，它恰恰是這個時代某種意義上的鏡中之像，是作家情感和內心的眞實要求。

　　這當然只是一種關於當下文學的講述，事實上，關於文學不滿的聲音同時此起彼伏不絕於耳。但是，相對批評而言，創作的情況要好得多。對當下

〔註 1〕 烏爾里希・呂德瑙爾：《文學與速度——從 20 世紀 90 年代至今日的德語文學》，見《紅桃 J——德語心小說選》，上海譯文出版社 2007 年 8 月版。

文學批評的種種議論和指責由來已久，批評的公共性正在喪失似乎成為沒有宣布的共識。不僅一般讀者認為文學批評可有可無，就是批評家自己也相繼指出：「文學批評作為職業已經消亡」（李書磊），「批評的危機主要來自信譽的危機」（陳平原）等等。這些驚人之語儘管危言聳聽，但它也從一個方面道出了文學批評的某種處境。在我看來，文學批評的現狀從表面上看，似乎是具體的評論的問題，比如捧場多於批評，事件化多於對真問題的接觸，商業化對批評的學術性的傷害等等。其實這些問題都是相當表面化的。更嚴重的問題是潛隱在表面化背後的問題。這些問題最重要的大概有以下兩點：首先是學院的學科體制問題。在大學的文學教育體制中，文藝學是二級學科。這個學科的基本體系在我國是 20 世紀建立起來的。學科過細的劃分，適應了現代社會分工的精細化。但它卻從根本上改變了我國傳統的「文史哲」不分的學術機制。在這樣的學術體制中，現代教育只能培養出專門家，而難以培養出大師。另一方面，就文藝學本身而言，從一開始它就是西方的體系，學了三十年的蘇聯之後，近三十年來幾乎都是西方的。在這種情況下，我們每個人都有一種「身份」的焦慮：究竟是「學生」還是「對話者」。說是學生，我們的文化自尊心就受到了傷害；說是對話者，我們幾乎沒有可以在全球化的語境中、或者在世界文論的格局中有自己獨特的聲音，我們甚至還沒有找到可供對話的理論資源。倡導了多年的「中國古代文論的現代轉換」，一旦落實到當下語境中，「轉換」就無法兌現。我們還沒有找到使古代文論再生的可能性。如果一種理論資源失去了對當下文化或文學闡釋的可能，那麼，它就僅僅是一種「歷史知識」。

第二，文藝學自身的問題。作為一個二級學科，我國文藝學且不論它的內部外部環境，60 年來的發展是相當驚人的。我們只要讀以下 60 年代初出版的《文學的基本原理》、70 年代末期出版的《文學概論》以及當下流行的學院文藝學教材，大致可以瞭解文藝學發展的概況。增添的西方文論的新內容，比過去大半個世紀還要多。但這也同樣涉及到另一個問題，即文藝學對中國運動、發展的文學缺乏應有的關注。雖然文藝學的話語和知識發生了天翻地覆的變化，但並沒有總結出中國獨特的文學理論來。我們常常提到的西方文論大師，他們對自己或者其他國家、地區的文化、文學現狀有相當的瞭解。他們的理論與現實的文化、文學發展是有關係的。這麼多年來，我們的文藝學還基本封閉在一般性的概念、範疇中，或者限於對西方理論的闡釋中，還

是啓蒙的課堂文藝學。這樣，要建立自己的文藝學就只能流於一種情感願望。因此，文藝學的發展必須密切聯繫本土的文化、文學狀況，從中提煉、概括出自己的理論。

進入新世紀以後，對文學批評的議論從來沒有如此激烈，無論是普通讀者、專業研究者還是批評家本身，不滿甚至怨恨的聲音強大而持久。這種不滿或怨恨表面上似乎是由市場經濟、商業化、大眾文化等問題帶來的。或者說由於社會轉型或「歷史斷裂」使一些人感到了深刻的不適。但是，問題可能遠遠沒有這樣簡單。如果沒有市場經濟，沒有商業化，沒有大眾文化等，我們期待的「多元文化」如何實現？我們期待的創作、批評的自由，其空間將設定在哪裏或怎樣的條件基礎上？需要承認的是，我們對當下的文化生產和文學實踐條件還缺乏闡釋的能力。我們可能只看到了社會的紅塵滾滾，欲望橫流，以及精神生活的迷亂或一團糟，並且以簡單的批判和不斷重複的方式誇張地放大了它，而忽略了變革時期文化生產、傳播方式變化的歷史合目的性的一面。

我想說的是，把文學批評的全部困惑僅僅歸咎於商業化或所謂「批評的媒體化」、「市場化」、「吹捧化」等等，還沒有對文藝批評構成眞正的批評。因爲那只是、或從來都是批評的一個方面而決不是全部。一方面，義憤填膺的批判特別容易獲得喝彩和掌聲，它是坊間或「體制內」「批評家」獲得報償最簡易的方式；另一方面，這裡以過去作爲參照所隱含的懷舊情緒也遮蔽了當下生活的全部複雜性。證明過去相對容易些，解釋當下卻要困難得多。而對當下生活失去解釋能力的時候，最簡單的莫過於以想像的方式回到過去。事實上，代表一個時代文學水準的是它的「高端文學」而不是末流，同樣的道理，代表一個時代文學批評最高水準的，同樣是它的「高端批評」。我們至盡還沒有看到對一個具體的、有成就的文學批評構成眞正批評的文字。

有統計說，每年長篇小說大約出版 1200 至 1400 部之間。這當然是一個龐大的數字。這個龐大的數字對批評家構成了巨大的壓力：我們沒有可能瞭解長篇小說的整體面貌。事實上我們也該有必要全面瞭解。但這種狀況也構成了我們批評實踐的條件之一。除了這樣的實踐條件對我們的影響外，批評的武器或知識對我們的挑戰尤其重大。事實的確如此。當傳統的「元理論」被普遍質疑之後，批評家的思想活動並不是在尋找一種「元理論」，而恰恰是在批評自柏拉圖以來建構的一元的、因果的、線性的、有等級或中心的知識

或邏輯。在現代主義之後，傳統的「元理論」不再被信任，特別是到了德勒茲、巴塔裏時代，他們提出了知識或邏輯的「塊莖結構」。在「千座高原」上，一種「游牧」式的思想四處奔放，那種開放的、散漫的、沒有中心或等級的思想和批評活動已經成爲一種常態。這就是西方當下元理論終結之後的思想界的現狀。美國當代「西方馬克思主義」批評家杰姆遜將這種狀況稱爲「元評論」。他在《元評論》一文中宣告，傳統意義上的那種「連貫、確定和普遍有效的文學理論」或批評已經衰落，取而代之，文學「評論」本身現在應該成爲「元評論」──「不是一種正面的、直接的解決或決定，而是對問題本身存在的眞正條件的一種評論」。作爲「元評論」，批評理論不是要承擔直接的解釋任務，而是致力於問題本身所據以存在的種種條件或需要的闡發。這樣，批評理論就成爲通常意義上的理論的理論，或批評的批評，也就是「元評論」：「每一種評論必須同時也是一種評論之評論」。「元評論」意味著返回到批評的「歷史環境」上去：「因此眞正的解釋使注意力回到歷史本身，既回到作品的歷史環境，也回到評論家的歷史環境。」

在當下中國，文學批評的狀況與西方強勢文化國家有極大的相似性。批評的「元理論」同樣已經瓦解，因此，在學院批評家那裏，文學批評漸次被文化批評所取代。但是，這個傾向出現之後，雖然暫時緩解了我們對「方法」的焦慮，但困境並沒有眞正得到解決。批評可以不「承擔直接的解釋任務」，可以「致力於問題本身所據以存在的種種條件或需要的闡發」，但批評眞的就不再需要價值和立場了嗎？批評家有自己提供的作爲「局外人」的優越和權利嗎？當然沒有。但是在這種語境下，從事批評活動總是不免猶豫不決充滿矛盾。大概也正是這種心態，使文學批評陷入了一種空前的「信譽危機」和可有可無、無關宏旨的地步。阿諾德在《當代批評的功能》中說：批評就是「只要知道世界上已被知道和想到的最好的東西，然後使這東西爲大家所知道，從而創造出一個純正和新鮮的思想潮流。」我們的文學批評創造出這個「純正和新鮮的思想潮流」了嗎？沒有；蘇珊‧桑塔格在《靜默之美學》中說：「每個時代都必須再創自己獨特的『靈性』（spirituality，所謂『靈性』就是力圖解決人類生存中痛苦的結構性矛盾，力圖完善人之思想，旨在超越的行爲舉止之策略、術語和思想）。」我們再創了桑塔格意義上的「自己獨特的靈性」了嗎？當然也沒有。「內心的困境」帶給我們的是「批評的困境」，它們互爲因果加劇往復。我相信這不是我個人的體會，當然我也不能確定這個

困境什麼時候能夠擺脫。可以肯定的是，批評和批評家應有的尊嚴和地位，只有在批評中才能獲得。但現在的批評常常是，我們說下一句話的時候，忘記了上一句已經說了什麼。批評不必成為政治的附庸，同樣，批評也沒有必要成為創作的附庸。在這個意義上，我認為我們批評的速度是太快了。我們沒有抓住那些「最好的東西」告訴大家，因此也就不能「創自己獨特的靈性」。

新人民性的文學

——當代中國文學經驗的一個視角

　　關於中國文學經驗的討論正在熱烈地展開。這確實是一個問題。在討論這個問題之前，我總是有一個悖論式的狐疑：一方面，百年來全球性的文學交流，已經使中國文學經驗成爲全球文學經驗的一部分，我們是否能夠識別哪些經驗是純粹的中國文學經驗；一方面，「全球化」虛張聲勢了許多年，在文學領域，中國文學是否眞的被納入了這個十分可疑的範疇之中。還有，即便這些問題都被排除或解決了，我們是否能夠總結出一個普遍性的「中國文學經驗」。文學是最具個人性的精神創造活動，統一的中國文學經驗究竟在哪裏。

　　既然有這些疑問，當要我言說中國文學經驗的時候，就顯得勉爲其難或力不從心。因此，在我看來，中國文學經驗即便存在，也是一種想像或不斷建構的過程。在不同的歷史時期，中國文學經驗呈現出的總體面貌——比如「五四」時期的文學經驗、國統區與解放區的文學經驗、十七年的文學經驗、文革和 80 年代的文學經驗、90 年代以來的文學經驗等，是非常不同的。因此，要整合出一個切實的中國文學經驗，幾乎是不可能的。當下強調「中國文學經驗」和 80 年代讓「中國文學走向世界」，雖然是兩種不同的取向和訴求，但其內在思路並沒有區別，這——就是或意味著對當代中國文學的某種不自信。前者隱含著中國文學還沒有被國際社會承認、特別是還沒有被歐美文學強勢國家承認，急於融入國際文學大家庭的要求；後者則是在全球化的語境中，警惕或懼怕中國文學被歐美強勢文學遮蔽、吞噬、同化或覆蓋的危險，

因此要將中國文學從全球「一體化」中劃分出來。這些口號或話語背後，總是隱含著關於「民族性」的雙向要求：一方面，越是民族的就越是世界的；一方面，越是民族的也就越是獨立的。可以說，如果沒有「全球化」的話語壓力，「中國文學經驗」這一話題的提出幾乎是不可能、也沒有對象的。

中國文學在與世界文學不斷相互影響和交匯的過程中，特別是三十年來改革開放的社會環境，使中國文學發生了歷史性的變化。被政治文化控制的文學逐漸獲得了自由和獨立。在這種情況下，我們一定要概括出不斷建構和變化的中國文學經驗的話，我認為，這一經驗是由三個方面構成的。這就是：中國古代傳統的文學經驗、「五四」以來現代白話文學的經驗和不斷被我們吸納的外來文學經驗。這三種文學經驗的合流，才有可能完整地呈現出中國當代、特別是當下的中國文學經驗。這當然只是理論上的描述。如果進入當下中國文學創作的實際，「中國作風和中國氣派」的經驗，可能在近期討論最多的「底層寫作」這一文學現象中表現得最為充分。

新世紀以來，文學對中國現實生活或公共事物的介入，已經成為最重要的特徵之一。對底層生活的關注、對普通人甚至弱勢群體生活的書寫，已經構成了新世紀文學的新人民性。在商業霸權主義掌控一切的文化語境中，中國社會生活的整體面貌不可能在文學中得到完整的呈現：鄉村生活的烏托邦想像被放棄之後，現在僅僅成了滑稽小品的發源地，它在彰顯農民文化中最落後部分的同時，在對農村生活「妖魔化」的同時，遮蔽的恰恰是農村和農民生活中最為嚴酷的現實；另一方面，都市生活場景被最大限度地欲望化，文學卻沒有能力提供真正的都市文化經驗。兩種不同的文化在商業霸權主義的統治下被統一起來，他們以「奇觀」和「幻覺」的方式滿足的僅僅是文化市場的消費欲望。這一現象背後隱含的還是帝國主義的文化邏輯。「歷史終結」論不僅滿足了強勢文化的虛榮心，同時也為他們的進一步統治奠定了話語基礎。但是，事情遠沒有這樣簡單。無論在世界範疇內還是在當下中國，歷史遠未終結，一切並未成為過去。西方殖民主義對第三世界的壓迫，被置換為跨國公司或跨國資本對發展中國家的資本和技術的統治，冷戰的對抗已轉化為資本神話的優越。強權與弱勢的界限並沒有發生本質的變化。這一點，在西方左翼知識分子和第三世界知識分子的批判中已經得到揭示。在當下中國，現代化的進程「與魔共舞」，新的問題正在形成我們深感困惑的現實。但是我們發現，在消費意識形態的統治下，還有作家有直面現實的勇氣。在他

們的作品中，我們發現了中國當下生活的另一面。由於歷史、地域和現實的原因，中國社會發展的不平衡性構成了中國特殊性的一部分。這種不平衡性向下傾斜的當然是底層和廣大的欠發達地區。面對這樣的現實，我們在強調文學性的同時，作家有義務對並未成爲過去的歷史和現實表達出他們的立場和情感。在這個意義上說，作家在表達他們對文學獨特理解的基礎上，同時也接續了現代文學史上「社會問題小說」和文學的人民性傳統。

2003 年，在北京召開的「崛起的福建小說家群體」研討會上，針對北北的小說創作，我提出了文學的「新人民性」的看法。文學的新人民性是一個與人民性既有關係又不相同的概念。人民性的概念最早出現在 19 世紀 20 年代，俄國詩人、批評家維亞捷姆斯基在給屠格涅夫的信中就使用了這一概念，普希金也曾討論過文學的人民性問題。但這一概念的確切內涵，是由別林斯基表達的。它既不同於民族性，也不同於「官方的人民性」。它的確切內涵是表達一個國家最低的、最基本的民眾或階層的利益、情感和要求，並且以理想主義或浪漫主義的方式彰顯人民的高尚、偉大或詩意。應該說，來自於俄國的人民性概念，有鮮明的民粹主義思想傾向。此後，在列寧、毛澤東等無產階級革命導師以及中國「五四」運動時期的文學家那裏，對人民性的闡釋，都與民粹主義思想有程度不同的關聯。我這裡所說的「新人民性」，是指文學不僅應該表達底層人民的生存狀態，表達他們的思想、情感和願望，同時也要真實地表達或反映底層人民存在的問題。在揭示底層生活真相的同時，也要展開理性的社會批判。維護社會的公平、公正和民主，是「新人民性文學」的最高正義。在實現社會批判的同時，也要無情地批判底層民眾的「民族劣根性」和道德上的「底層的陷落」。因此，「新人民性文學」是一個與現代啓蒙主義思潮有關的概念。

北北的《尋找妻子古萊花》《王小二同學的愛情》《有病》以及後來的《轉身離去》《家住廁所》等，對底層生活的關注和體現出的悲憫情懷，作爲一種「異質」力量進入了當時爲雜亂的都市生活統治的文壇。我認爲：當代小說的世俗化傾向，使小說越來越多地呈現出快感的訴求，美感的願望已經不再作爲寫作的最低承諾。因此，我們在當下小說創作中，已經很難再讀到諸如浪漫、感動、崇高等美學特徵的作品。但是文學作爲關注人類心靈世界的領域，關注人類精神活動的範疇，它仍有必要堅持文學這一本質主義的特徵。北北在她的小說中注入了新時代內容的同時，仍然以一種悲憫的情懷體現著

她對文學最高正義的理解。我們在兒童王小二的經歷中，在王大一的「現代愚昧」中，在路多多慘遭不幸的短暫生涯中，在王二頌本能、素樸的「剪不斷、理還亂」的人性矛盾中，在李富貴尋妻、奈月堅貞的愛情中，讀到了久違的震撼和感動。北北以現代的浪漫、幽默和文字智慧，書寫和接續了文學偉大的傳統。在全球化的語境中，北北作為欠發達或弱勢話語國家的作家，她提供的悲憫情懷，以及對文學最高正義的堅持和重新書寫的經驗，就是當下中國文學經驗的一部分。

事過兩年之後，批評界發起了關於「底層寫作」的討論。對現實生活的關注以及在文學界引發的這一討論，是文學創作和批評介入公共事務的典型事件。爭論仍在繼續，創作亦未終止。這一領域影響最大的作家曹征路，對工人階級的生存狀況關注已久。2005 年，他的《那兒》轟動一時。小說的主旨不是歌頌國企改革的偉大成就，而是意在檢討改革過程中出現的嚴重問題。國有資產的流失、工人生活的艱窘，工人為捍衛工廠的大義凜然和對社會主義企業的熱愛與擔憂，構成了這部作品的主題。當然，小說沒有固守在「階級」的觀念上一味地為傳統工人辯護，而是通過工會主席為拯救工廠上訪告狀、集資受騙，最後無法向工人交代而用氣錘砸碎自己的頭顱，表達了一個時代的終結。朱主席站在兩個時代的夾縫中，一方面他向著過去，試圖挽留已經遠去的那個時代，以樸素的情感為工人群體代言並身體力行；一方面，他沒有能力面對日趨複雜的當下生活和「潛規則」。傳統的工人階級在這個時代已經力不從心無所作為。如果是這樣，我認為《霓虹》堪稱《那兒》的姊妹篇，它的震撼力同樣令人驚心動魄。不同的是，那個殺害下崗女工（也是一個暗娼）的凶手終於被繩之以法，但對那個被殺害的女工而言已經不重要了。對我們來說，重要的是在這篇作品中，我們看到了一個從生活到心靈都完全破碎了的女人——倪紅梅全部的生活和過程。她生活在人所共知的隱秘角落，但這個公開的秘密似乎還不能公開議論。倪紅梅為了她的女兒和婆婆，為了最起碼的生存，她不得不從事最下賤的勾當。但她對親人和朋友的真實和樸素又讓人為之動容。她不僅厭倦自己的生存方式，甚至連自己都厭倦，因此想到死亡她都有一種期待和快感。最後她終於死在犯罪分子的手裏，只因她拒絕還給犯罪分子兩張假鈔嫖資。

還有同是深圳作家的吳君，曾因長篇《我們不是一個人類》受到文壇的廣泛關注。許多名家紛紛撰文評論。一個新興移民城市的拔地而起，曾給無

數人帶來那樣多的激動或憧憬，它甚至成了蒸蒸日上日新月異北方中國的象徵。但是，就在那些表象背後，吳君發現了生活的差異性和等級關係。作爲一個新城市的「他者」，底層生活就那樣醒目地躍然紙上。她最近發表的《親愛的深圳》，對底層生活的表達達到了新的深度。一對到深圳打工的青年夫妻——程小桂和李水庫，既不能公開自己的夫妻關係，也不能有正當的夫妻生活。在親愛的深圳——到處是燈紅酒綠紅塵滾滾的新興都市，他們的夫妻關係和夫妻生活卻被自己主動刪除了。如果他們承認了這種關係，就意味著他們必須失去眼下的工作。都市規則、或資本家的規則是資本高於一切，人性的正當需要並不在他們的規則之中。李水庫千里尋妻滯留深圳，保潔員的妻子程小桂隱匿夫妻關係求人讓李水庫做了保安。於是，這對夫妻的合法「關係」就被都市的現代「關係」替代或覆蓋了。在過去的底層寫作中，我們更多看到的是物質生存的困難，是關於「活下去」的要求。在《親愛的深圳》中，作家深入到了一個更爲具體和細微的方面，是對人的基本生理要求被剝奪過程的書寫。它不那麼慘烈，但卻更非人性。當然，事情遠不這樣簡單，李水庫在深圳生活了一段時間之後，他有機會接觸了脫胎換骨、面目一新的女經理張曼麗。李水庫接觸張曼麗的過程和對她的欲望想像，從一個方面揭示了農民文化和心理的複雜性。這一揭示延續了《阿 Q 正傳》《陳奐生上城》的傳統，並賦予了當代性特徵。吳君不是對「苦難」興致盎然，不是在對苦難的觀賞中或簡單的同情中表達她的立場。而是在現代性的過程中，在農民一步跨越「現代」突如其來的轉型中，發現了這一轉變的悖論或不可能性。李水庫和程小桂夫婦所付出的巨大代價，是一個意味深長的隱喻。但在這個隱喻中，吳君卻發現了中國農民偶然遭遇或走向現代的艱難。民族的劣根性和農民文化及心理的頑固和強大，將使這一過程格外漫長。可以肯定的是，無論是李水庫還是程小桂，儘管在城市裏心靈已傷痕累累力不從心，但可以肯定的是，他們很難再回到貧困的家鄉——這就是「現代」的魔力：它不適於所有的人，但所有的人一旦遭遇了「現代」，就不再有歸期。這如同中國遭遇了現代性一樣，儘管是與魔共舞，卻不得不難解難分。也正因爲如此，吳君的小說才格外值得我們重視。

在「新人民性」這一文學現象中，青年作家胡學文的《命案高懸》是特別值得重視的。一個鄉村姑娘的莫名死亡，在鄉間沒有任何反響，甚至死者的丈夫也在權力的恐怖和金錢的誘惑下三緘其口。這時，一個類似於鄉村浪

者的「多餘人」出現了：他叫吳響。村姑之死與他多少有些牽連，但死亡的真實原因一直是個迷團，各種謊言掩蓋著真相。吳響以他的方式展開了調查。一個鄉間小人物——也是民間英雄，要處理這樣的事情，其結果是可以想像的。於是，命案依然高懸。胡學文在談到這篇作品的時候說：

> 鄉村這個詞一度與貧困聯繫在一起。今天，它已發生了細微卻堅硬的變化。貧依然存在，但已退到次要位置，困則顯得尤為突出。困惑、困苦、困難。盡你的想像，不管窮到什麼程度，總能適應，這種適應能力似乎與生俱來。面對困則沒有抵禦與適應能力，所以困是可怕的，在困面前，鄉村茫然而無序。

> 一樁命案，並不會改變什麼秩序，但它卻是一面高懸的鏡子，能照出形形色色的面孔與靈魂。很難逃掉，就看有沒有勇氣審視自己，審視的結果是什麼。

> 堤壩有洞，河水自然外泄，洞口會日見擴大。當然，總有一天這個洞會堵住，水還會蓄滿，河還是原來的樣子——其實，此河非彼河，只是我們對河的記憶沒變。這種記憶模糊了視線，也虧得它，還能感受到一絲慰藉。我對鄉村情感上的距離很近，可現實中距離又很遙遠。為了這種感情，我努力尋找著並非記憶中的溫暖。

這段體會說的實在太精彩了。表面木訥的胡學文對鄉村的感受是如此的誠懇和切實。當然，《命案高懸》並不是一篇正面為民請命的小說。事實上，作品選擇的也是一個相當邊緣的視角：一個鄉間浪者，兼有濃重的流氓無產者的氣息。他探察尹小梅的死因，確有因自己的不檢點而懺悔的意味，他也有因此在這個過程中洗心革面的潛在期待。但意味深長的是，作家「並非記憶中的暖意」，卻是通過一個虛擬的鄉間浪者來實現的。或者說，在鄉村也只有在邊緣地帶，作家才能找到可以慰藉內心的書寫對象。人間世事似乎混沌而迷蒙，就如同高懸的命案一樣。但這些作品卻以睿智、膽識和力量洞穿世事，揭示了生活的部分真相。

對底層生活的關注，使「新人民性的文學」逐漸形成了一股巨大的文學潮流。劉慶邦的《神木》《到城裏去》、陳應松的《馬嘶嶺血案》《豹子最後的舞蹈》、熊正良的《我們卑微的靈魂》、遲子建的《零作坊》、吳玄的《髮廊》《西地》、楊爭光的《符馱村的故事》、張繼的《告狀》、何玉茹的《胡家姐妹小亂子》、胡學文的《走西口》、張學東的《堅硬的夏麥》、王大進的《花自飄

零水自流》、溫亞軍的《落果》、李鐵的《工廠的大門》《我的激情故事》、孫惠芬的《燕子東南飛》、馬秋芬的《北方船》、刁斗的《哥倆好》、曹征路的《霓虹》等一大批作品，這些作品的人物和生存環境是今日中國的另一種寫照。他們或者是窮苦的農民、工人，或者是生活在城鄉交界處的淘金夢幻者。他們有的對現代生活連起碼的想像都沒有，有的出於對城市現代生活的追求，在城鄉交界處奮力掙扎。這些作品從不同的方面傳達了鄉土中國或者是前現代剩餘的淳樸和眞情、苦澀和溫馨，或者是在「現代生活」的誘惑中本能地暴露出農民文化的劣根性。但這些作品書寫的對象，從一個方面表達了這些作家關注的對象。對於發展極度不平衡的中國來說，物質和文化生活歷來存在兩種時間：當都市已經接近發達國家的時候，更廣闊的邊遠地區和農村，其實還處於落後的十七世紀。在這些小說中，作家一方面表達了底層階級對現代性的嚮往、對現代生活的從眾心理；一方面也表達了現代生活為他們帶來的意想不到的複雜後果。底層生活被作家所關注並進入文學敘事，不僅傳達了中國作家本土生活的經驗，而且這一經驗也必然從一個方面表現了他們的是非觀、價值觀和文學觀。

這個時代的小說隱痛

——評《小說選刊》兼與一種文學觀念的討論

  《小說選刊》創刊於 1980 年 10 月,至今已有 20 多年的歷史。可以毫不誇張地說,20 多年來,《小說選刊》對於推動中國當代小說的發展,起到了相當重要的作用。它的刊選標準以及在這個標準下推出的作家作品,從一個方面顯示了中國當代中、短篇小說創作的最高水準,自選刊創刊以來,重要的中、短篇小說作家,幾乎沒有人沒在《小說選刊》上被刊選過作品。甚至一些名不見經傳的青年作家,也因《小說選刊》的舉薦而一舉成名,從而成為中、短篇小說創作的主流力量。因此,《小說選刊》所遵循的藝術尺度和對藝術尊嚴的維護,代表了中國當代小說創作的健康傾向。在紅塵滾滾的時代,它也難免受到世風的影響,但總體來說,它仍然可以稱得上是一塊藝術的綠洲和文學的精神高地,它擁有的讀者的質量和數量,證實了他存在的意義和價值。在這個意義上,《小說選刊》所堅持和維護的一切,從某個方面代表了中國作家在可能的情況下所堅持的文學的最高正義,我們應該向這個刊物表達我們應有的尊重。

一、如何評價當下的小說創作

  在當下的文學批評中,整體否定和具體肯定這個悖論已經成為一種相當普遍的現象。無論在公開還是私下的場合,到處可以聽到對文學的不滿和指責,文學的末日似乎已經來臨;但在大小傳媒上,對具體作品的肯定如鮮花遍地盛開,我們彷彿就處在一個文學盛世。這兩種判斷究竟那一種更真實、

那一種更接近當下文學創作的實際，顯然已經構成了小說評價的困惑和隱痛。最近，我讀到了韓少功發表在 2004 年《小說選刊》第一期上的一篇文章——《個性》。在這篇千字短文中，韓少功對當下小說創作做了如下評價：

> 小說出現了兩個較爲普遍的現象。第一，沒有信息，或者說信息重複。吃喝拉撒，衣食住行，雞零狗碎，家長里短，再加點男盜女娼，一百零一個貪官還是貪官，一百零一次調情還是調情，無非就是這些玩意兒。人們通過日常閒談和新聞小報，對這一碗碗剩飯早已吃膩，小說擠眉弄眼繪聲繪色再來炒一遍，就不能讓我知道點別的什麼？這就是「敘事的空轉」。第二，信息低劣，信息毒化，可以說是「敘事的失禁」。很多小說成了精神上的隨地大小便，成了惡俗思想和情緒的垃圾場，甚至成了一種誰肚子裏壞水多的晉級比賽。自戀、冷漠、偏執、貪婪、淫邪……越來越多地排泄在紙面上。某些號稱改革主流題材的作品，有時也沒乾淨多少，改革家們在豪華賓館發佈格言，與各色美女關係曖昧然後走進暴風雨沉思祖國的明天，其實是一種對腐敗既憤怒又渴望的心態，形成了樂此不疲的文字窺視。

韓少功對當下小說創作形勢的總體評價，應該說是很有代表性。這個裁判所式的宣判，在各種媒體和文學會議上幾乎耳熟能詳。似乎文學已經墮落到無可救藥，文學成了萬惡之源，文學是我們這個時代最醜陋不堪的場景，誰都可以向它吐口水或表示厭惡……但我的看法略有不同。一方面，我認爲韓少功的批評有一定的道理，或者說，如果他指的是那些豪不掩飾的利益訴求、以電視劇的方式專門迎合某種趣味並籍此走向消費領域的小說作品，我是同意的。確實有大量的小說，將爛俗的電視劇式的場景和人物移植於平面寫作中，都市小資產階級、中產階級、白領、官員、小姐、妓女、床上行爲、歌廳舞廳、賓館酒吧、海濱浴場等是常見的人物和場景。但是韓少功批評的情況並不是小說創作的全部，尤其不是代表當下小說創作主流和藝術水準的現象。這是其一。其二，在韓少功的批評中，隱含了一種強烈的文學理想化要求和非歷史主義的傾向。比如他列舉了魯迅、老舍、沈從文、趙樹理等現代小說大師，認爲和這些大師相比，當下的小說既沒有像樣的人物也沒有鮮明的個性。這個說法的可疑之處就在於，對於已經成爲文學遺產的過去，當代作家能夠重臨那個夢境般的輝煌嗎？歷史只可想像而不可經驗。這些大師

的天才創作是一個方面，另一方面，對文學歷史的經典化敘事，當下的小說創作來說還沒有機會獲得。在魯迅的時代，也同樣有「鴛鴦蝴蝶派」、「禮拜六」、「紅玫瑰」等世情甚至濫情的小說，即便在左翼作家那裏，也不是所有的作品都和國家民族的敘事相關。如果按照韓少功的邏輯，現代文學是否也可以敘述成一種肉欲橫流的歷史。但因為有了魯迅等現代小說大師，那個時代就足以引起我們永久的光榮。不同的歷史處境產生不同的文學，在當下中國發生歷史巨變的時代，在小說受到其他高科技製作的消費形式巨大衝擊的時代，在審美趣味和消費需求有多種可能的時代，就當下中國優秀的小說創作而言，已經難能可貴。小說創作的狀況需要具體的探討而不是包打天下或居高臨下的指責和抱怨。僅就《小說選刊》刊發的作品而言，韓少功的批評也是沒有針對性的「批評的空轉」。

現代小說的誕生在中國已近百年。四部不列，士人不齒的小說，其地位的改變緣於現代小說觀念的提出。這一點，梁啓超的《論小說與群治之關係》大概最有代表性。小說地位的提高及其再闡釋，背後隱含了那一代知識分子對建立現代民族國家強烈而激進的渴望。於是，小說成了開啓民眾最得心應手的工具，小說帶著通俗易懂的故事傳播了小說家希望表達的思想。這一現代小說傳統在 20 世紀大部分時間裏得以延續，並成為那一世紀思想文化遺產重要的組成部分。

這個小說傳統在後來的一段時間裏遭到了質疑，普遍的看法是，20 世紀激進的思想潮流培育了作家對「宏大敘事」的熱情，培育了作家參與社會生活的情感需求。這一傳統形成的「主流文學」壓抑或壓制了「非主流」文學的生長，因此也是文學統一風格形成的重要前提和土壤。如果從文化多元主義的角度出發，從文學生產和消費的多樣性需求出發，這一質疑無疑是合理的。但一個有趣的現象是，這個爭論在今天已經沒有意義，或者說，文學傳統及其解構者誰是誰非都不能拯救小說日益衰落的現實和未來。就現代小說而言，其成熟的標誌無論是《傷逝》還是《林家鋪子》，無論是《邊城》還是《金鎖記》，無論是著眼於社會問題還是從個人經驗出發，它們都取得了偉大的藝術成就。當籲求的多元文化在今天可以部分地實現的時候，小說創作確實遭遇了難以預料的困境。但是，可以肯定的是，小說這種敘事文體的衰落，顯然並不僅僅來自作家關注問題的視角。即便作家都選擇了康德意義上的對公共事物的參與和關心，它能夠解決接受者的興趣和傳播媒體的選擇嗎？

　　小說在社會生活結構中的地位不令人感到鼓舞，的確是一個令人悲觀又無可迴避的事實，但問題是，小說這種敘事文學輝煌時代的終結，是憑作家的努力無法改變的。在中國文學發展的歷史上，每一文體都有它的鼎盛時代，詩、詞、曲、賦和散文都曾引領過風騷，都曾顯示過一個文體的優越和不能超越。但同樣無可避免的是，這些輝煌過的文體也終於與自己的衰落不期而遇。於是，曾輝煌又衰落的文體被作為文學史的知識在大學課堂講授，被作為一種修養甚至識別民族身份的符號而確認和存在。它們是具體可感的歷史，通過這些文體的輝煌和衰落，我們認知了民族文化的源遠流長。因此，一個文體的衰落既是不可避免的，同時，它的衰落又使得它以另外一種方式獲得了永久的存活。今天的小說同樣遇到了這個問題。也就是說，無論如何評價近百年的中國現代小說創作，無論這一文體取得了怎樣的成就，它的輝煌時代已經成為歷史。它的經典之作通過文學史的敘事會被反覆閱讀，就像已經衰落的其他文體一樣。新的小說可能還會大量生產，但當我們再談論這一文體的時候，更多的可能是深懷感傷和憂慮。

　　在我看來，把小說的衰落僅僅歸結於市場和利益的驅動也是不準確的。這一說法的膚淺就在於，市場可能改變作家的創作的動機，但在現代中國，許多作家也是靠稿酬生存的。魯迅的收支帳目大多來自稿酬；巴金甚至解放後也未領取工資。這些靠稿酬生活的作家與市場有極密切的關係，但並沒有因市場的存在而改變大師的創作動機，也沒有因市場的存在而失去他們大師的魅力。另一方面，市場的誘惑又確實可以改變作家的目標訴求。利益也可以成為一個作家創作潛在或明確的目標。因此，小說的衰落與其說是與市場的關係，不如說是與人格力量的關係。現在，對魯迅及其那一代作家有了不同的評價及其爭論，不同的評論我們暫不評說，但有一點可以肯定的說，魯迅的意義和價值，其人格成就可能大於他的文學成就。魯迅的魅力不僅僅來自他對現代小說形式把握的能力，不僅僅來自他嫻熟的現代小說藝術技巧，而是更來於他的文化信念和堅守的人格。也正因為如此，他才能在小說中表達出他的悲憫和無奈。他是在市場化的時代用一種非市場的力量獲得尊重和信任的。當代中國的知識分子，在不間斷的政治批判運動和不間斷的檢討過程中，獨立的精神空間幾近全部陷落。當政治擠壓被置換為經濟困窘之後，檢討也置換為世俗感慨。當希望能夠維護知識分子最後尊嚴的時候，推出的也是陳寅恪、顧準以及民間已經作古的思想家。因此，作家人格力量的問題才是當代小說最重要的問題。

　　另一方面，多元文化初步格局的形成和傳媒多樣化的發展，也終結了小說在文化市場一枝獨秀的「霸權」歷史。雖然我們可以批判包括網絡在內的現代電子傳媒是虛擬的「電子幻覺世界」，以「天涯若比鄰」的虛假方式遮蔽了人與人的更加冷漠。但在亞文化群那裏，電子幻覺世界提供的自我滿足和幻覺實現，是傳統的平面傳媒難以抗衡的。它在提供「開放、平等、自由、匿名」的寫作空間的同時，也在無意中解構了經典文學的觀念和歷史，分流了閱讀人群。在我看來，人格力量的缺失和現代傳媒的發展，是現代小說不斷走向衰微的內、外部原因和條件。

　　即便如此，我認為，就當下小說創作的最高水準而言，對它樂觀的評價仍然是可以給出的。我的閱讀經驗是，除了莫言、余華、蘇童、劉震雲、葉兆言、賈平凹、閻連科、劉慶邦、王安憶、張抗抗、鐵凝、方方等在內的 80 年代成名的作家，仍有好作品不斷發表之外，畢飛宇、李馮、鬼子、東西、徐坤、趙凝、韓東、麥家、吳玄、紅柯、艾偉、北北、須一瓜、葉彌、邵麗、朱日亮、齊鐵民、陳希我、陳應松、歐陽黔森等作家的中、短篇小說，可以說仍然不在韓少功的評價之內。這些作家的小說不能說沒有參與當下歷史處境中的公共事務，不能說他們的「個人性」已經成為「普遍性」。韓少功的判斷，如果不是武斷的話，那麼可以肯定的是他對當下中、短篇小說創作的情況並沒有太多的瞭解，或者說，即便他有所瞭解，而把小說的整體形勢描繪成了「萬惡的舊社會」，也是不能讓人同意的。我為當下小說創作做如上辯護，並不意味著我對當下小說創作的狀況沒有條件的認同。恰恰相反，我是希望能夠面對小說創作的具體問題，並且能夠在具體分析的基礎上做出判斷，而不是以君臨天下的面目「橫掃千軍如卷席」。還需要指出的是，不要說中國的小說創作已經很難獲得普遍的認同和滿意，近些年來，獲諾貝爾文學獎的作家作品在中國的反映也不斷降溫，文學界過去普遍認同的西方大師尚且如此，我們有什麼理由不切實際地要求中國的當代小說。大師的時代已經成為過去，試圖通過文學解決社會問題的時代也已成為過去。文學在這個時代尚可佔有一席之地已實屬不易。我曾在不同的場合說過，我的批評立場越來越猶豫不決，是因為我手執兩端莫衷一是，我還難以判斷究竟哪種小說或它的未來更有出路。但是，看了韓少功的文章之後，我認為需要保衛當下的小說形勢，捍衛當下小說高端的藝術成果和他們的傾向，以解脫我們對小說總體評價的困惑和隱痛。

二、小說創作的心理和情感隱痛

如上所述，我總體上肯定當下小說的成就和傾向，還來自我切近的閱讀。當我集中讀了《小說選刊》2004 年已經出版的三期六卷作品之後，更加堅定了我的看法。應該說，這些小說確實不再關注高端的意識形態風雲，對「宏大的歷史敘事」似乎也失去了興趣。這一現象與國際冷戰結束和日常生活合法性的確立有關，也與當代作家對小說功能的時代性理解有關。但是，這並不意味著小說不再承擔「公共事務重荷」。不同的是，小說在這個時代不可能都像《中國農民調查》、《往事並不如煙》等紀實性作品那樣直接面對或參與社會問題，產生重大的社會效應和影響。

即便如此，當看到北北的《轉身離去》、須一瓜的《第三棵樹是和平》、李國文的《一條悲哀的狗》、孫春平的《說是高官》等作品後，同樣能夠感到作家對社會問題的深切關注。這些虛構故事的背後，或是一種徹骨的悲涼、或是一種心理的隱痛，但都和我們經歷的歷史和當下生活有密切的關聯。北北的小說始終關注人的心靈苦難，日常生活的貧困僅僅是她小說的一般背景，在貧困的生活背後，她總是試圖通過故事來壯寫人的心靈之苦，並力圖將其寫到極致。《轉身離去》敘述的是一個志願軍遺孀芹菜卑微又艱難的一生。短暫的新婚既沒有浪漫也沒有激情，甚至丈夫參加志願軍臨行前都沒有回頭看上她一眼。這個被命名為「芹菜」的女性，就像她的名字一樣微不足道，孤苦伶仃半個世紀，她不僅沒有物質生活可言，精神生活同樣匱乏得一無所有。她要面對動員拆遷的說服者，面對沒有任何指望和沒有明天的生活，她心如古井又渾然不覺。假如丈夫臨行前看上她一眼，可能她一輩子會有某種東西在信守，即便是守著一個不存在的烏托邦，芹菜的精神世界也不致如此寂寞和貧瘠；假如社會對一個烈士的遺孀有些許關愛或憐惜，芹菜的命運也不致如此慘不忍睹。因此，「轉身離去」，既是對丈夫無情無義的批判，也是對社會世道人心的某種隱喻。

須一瓜的小說一貫地複雜，她的小說必須用心閱讀，假如錯過她對細節的精心雕刻，閱讀過程將會全面崩潰，或者說，遺失一個具體的細節，閱讀已經斷裂。另一方面，須一瓜的小說還有明顯的存在主義的遺風流韻，她對人與人之間的難以理解、溝通和人心的內在冷漠麻木，有持久的關注和描摹。《第三棵樹是和平》同樣是一篇撲朔迷離的小說，它有精密的細節構成的內在邏輯。犯罪嫌疑人髮廊妹孫素寶的殺夫案似乎無可質疑，她年輕漂亮卻無

比殘忍，她的殺夫與眾不同，她肢解了丈夫，而且每個切口都整齊得一絲不苟，就像精心完成的一個解剖作業。法官對這樣一個女人的不同情順理成章。但年輕的法官戴諾卻在辦案過程中的細微處發現了可疑處，這個倍受摧殘的女人並不是真正的凶手，她是一個真正的受害者：不僅在日常生活中她沒有尊嚴，即便在丈夫那裏她也受盡凌辱。丈夫被殺後她被理所當然地指認為殺人凶手。但通過一個具體的細節，法官發現了真正的案情。小說雖然以一個女性的不幸展開故事，但它卻不是一個女性主義的小說。它是一個有關正義、道德、良知和捍衛人的尊嚴的作品。對人與人之間缺乏憐憫、同情和走進別人內心的起碼願望，作家表達了她揮之不去的隱憂。

老作家李國文的《一條悲哀的狗》，有趣的是原發於一家散文雜誌，《小說選刊》將其鉤沉作為小說發表，可見編輯的良苦用心。狗是人類忠實的朋友，許多作家都寫過都狗。80 年代有一篇《遠村》，是寫人不如狗的故事：人的情愛生活如履薄冰壓抑而沉重，而狗卻可以自由地往來於兩個村莊與伴侶頻頻相會。《一條悲哀的狗》以淪為「狗」的人的視角寫人一樣的狗。這也是一個在特殊年代裏人不如狗的故事。那個名為「長毛」的狗有戶口有糧食定量，曾威風八面地演過電影咬死過公狼。和這樣的狗生活在一個世界，淪為「狗」的人會有怎樣的悲涼心境？但狗還是沒有人殘忍，當「長毛」被屠殺後狗皮撐開時，作者也有一種死過去的感覺。這種感覺是對人的殘忍的恐懼，是一種難以磨滅的記憶的創傷。

這些小說的批判性是顯而易見的，社會問題不僅是案件、腐敗、環境污染、下崗待業、資源匱乏、全球一體化，它同樣也包括世道人心以及人的心理環境。上述小說所揭示的社會問題，反映在人的心理和情感的隱痛上，或者說是由歷史和現實問題造成的人的心理和情感隱痛。《小說選刊》還有一種是在道德情感範疇展開人物和故事的小說，而且是大量刊選的。在社會變革時代，由於人的欲望的膨脹所造成的情感和倫理問題，已經構成了重要的社會現象，也確實存在將這種現象以具象刺激的方式書寫的小說，這些小說熱衷於淺薄的調情和肉體搏鬥，這就是韓少功所批判的那種小說。但在《小說選刊》上刊選的作品，像葉彌的《小女人》、艾偉的《小賣店》、潘向黎的《白水青菜》、陳希我的《又見小芳》、劉慶邦的《雙炮》、荊歌的《前妻》等，這些小說是以藝術的方式討論當下生活，在揭示道德、情感、倫理關繫日見困頓和危機的同時，也以小說的方式表達了他們的傾向和立場。

曾聽到幾個批評家朋友對葉彌《小女人》的贊賞。這個小說並沒有驚心動魄的故事或觸目驚心的描寫，但這個小說似乎有一種力量，一種舉重若輕的力量。主人公鳳毛是一個小人物，一個在人海裏難以辨認的曾是女工的下崗女工。小人物有小人物的處事方式，在崗時，鳳毛有很好的感覺，甚至敢於和丈夫提出離婚，離婚後鳳毛有「單位」，還是一個「公家人」。但鳳毛很快下了崗，下崗後的鳳毛在精神上完全失去了依託，她頓時六神無主魂不守舍。鳳毛的無助和內心虛弱彌漫於小說的字裏行間，通篇流淌的是像梅雨般長久浸泡出的陰鬱和沉重，小說有足夠的敘事耐心，鳳毛在舉手投足間都流露出她的危機、寂寞和無奈，這個「小女人」太沒有力量在小說敘述中張顯出一種藝術的力量。葉彌也寫到男女床第之事，但那些點到為止隔靴搔癢的描寫並不是張揚男女之間的性事，而是為了凸現人物的性格和心理和變化。最後鳳毛的歸宿仍沒有解決，這個「小女人」的命運卻讓人久久不能釋然。

潘向黎的《白水青菜》可以說是一篇平淡無奇的小說。故事的中心就是一罐慢火耐心煨出的湯。圍繞著一罐湯，一男兩女卻演出了一場愛情的悲喜劇。丈夫最欣賞的就是妻子能燉出一罐與眾不同的色味具佳的湯，這是在最好的湯館也喝不到的湯。更重要的是丈夫在喝湯時妻子在身旁構成的溫馨、美好和幸福的家庭氣息。但丈夫有了外遇，有了青春、漂亮、活潑和浪漫的情人，和情人時尚、新鮮的體驗又很快成為過去，尤其是兩個人的生活習慣大異其趣，情人嘟嘟或者吃肯德基，或者叫外賣。這個喝慣了妻子慢火燉湯的丈夫，懷念起他習慣卻又久未品嘗的那罐湯。情人百思不得其解，決定見妻子一面，場景艱難卻也平和，嘟嘟明白了這罐湯但斷然不辭而別，新新人類畢竟不同。丈夫回到了妻子身旁，但妻子已不是從前的妻子，湯當然也不是從前的湯。小說通過一個具體的細節走進三個人的情感世界，寫得極為簡潔。

這兩篇小說都出自江南青年女作家筆下，也都是寫女性的小說。但可以肯定的是，這兩篇小說都不是張揚的、跋扈的女權主義小說。小說中悄然彌漫著一種情緒或思緒，猶如茶館裏的絲竹管絃，淡淡憂傷又婉約多情，又如精心打造的名流庭院，起伏多變但錯落有致。這是兩篇帶有江南地域特徵的、精緻和有藝術氣質的小說作品。社會轉型時期在情感、道德、倫理領域的變化，以及兩性世界的豐富性，在作家同時感知並表達的時候，也確實帶有鮮明的性別特徵。女性作家似乎更關注情感領域，更理想化；男性作家似乎對

「兩性生活」不那麼諱言。但這裡的性，不僅僅是「下半身」，不是明清以降白話小說對性興致盎然的欣賞和迷戀。他們要言說的還是性之外的東西。陳希我的《又見小芳》，是以「物」和「性」的視角表達兩性心理世界的。已有女朋友的「我」，在因特網上認識了一個富有的女人，在這個虛擬的電子世界裏，匿名交流似乎無須遮掩，傾訴的渴望能夠最大程度地滿足，因此更有吸引力和信任感。這是個相當奇特的現象，熟悉的人難以彼此交流，對陌生人卻可以無所不談。但「我」卻在交往過程中發現了女人的差異性。那個被命名爲「影」的女友是個拜物主義者，她所有的欲望集中在對物的佔有上。「我」的窘迫不足於滿足女友的欲望，於是，這個有老闆身份的網友對「我」構成了巨大的吸引，他甚至時時準備「獻身」。但是，這個女老闆並沒有這個要求，他發現她痛苦於男人對她金錢的興趣，而不是對她五短肥胖「人」的興趣。她厭惡這個金錢和物所支配的世界，對曾經擁有的「小芳」時代懷戀無比，並因那個單純過去的永遠消失而選擇了一個擁抱之後的死亡。陳希我是以一種感傷的筆調來講述這個故事的，這個略嫌冗長的敘述裏，有相當精彩的細節和想像，然而出其不意的卻是一個慘烈的悲劇。

劉慶邦是當下爲數不多的專事中、短篇創作的作家。他不是暴得大名的作家，他的聲譽形成於他耐心和持久的創作過程中。他對底層生活的熟悉和長久關注，使他的創作具有了某種精神的連續性。《雙炮》的故事極爲荒誕，一對雙胞兄弟，婚後竟突發奇想，在嫂子翠環躁動情慾的鼓惑中，試圖以兄弟相貌的酷似實現「換妻遊戲」。但哥哥得逞之後，弟媳小如卻在羞愧中自盡，弟弟一怒之下當兵死活不知沒了音信，哥哥也在一次與土匪的戰鬥中死於非命。這個年代不詳的故事事實上還是關乎倫理道德的表達，它有點宿命論，有點因果報應。但劉慶邦顯然是借助「過去」的故事表述他對當下倫理秩序的態度和立場。

荊歌的小說永遠是不緊不慢的敘述，無論是長篇還是短製，他沒有大開大闔轟然迸發的事件，而是細緻入微娓娓道來，這種切入小說的方式和講究的文字已經形成了荊歌相對穩定的風格。《前妻》延續了他的敘述個性。《前妻》和潘向黎的《白水青菜》可以對比來讀。主人公阿明是個欲望強烈的已婚男子，他和前妻生活在一起時並不覺得如何幸福，認識了新華書店的金婧後離了婚並又結了婚。但阿明再也找不到和前妻生活時的感覺，他每周一定要和前妻履行一次性事。這是個男性視角的故事，也是一個情感領域的迷宮。

小說沒有解釋其中的道理，也緣於情感領域本來就是說不清楚的事。但小說還是道出了三個人的各自不幸：前妻已沒有名分，但仍沒有怨言地與前夫履行夫妻之間的義務；金婧有了名分，但卻名不副實；阿明「棄暗投明」又奔波於兩者之間，不能了卻的是「剪不斷，理還亂」的重重心事。小說從一個方面書寫了當下青年情感的困境和迷亂的狀態。這個狀態當然首先是生活提供的。

因篇幅的原因，我不能對齊鐵民的《豆包也是乾糧》、趙德發的《手疼，心更疼》、黃詠梅的《多寶路的風》、莫言的《養兔手冊》、遲子建的《踏著月光的行板》、阿成的《妝牛》等一一做出評論。但它們都是值得一讀的好小說是沒有疑問的。因此，2004 年《小說選刊》刊選的作品，還是從不同的方面折射了與生活沒有斷裂的健康傾向。包括小說在內的文學藝術，本來就是處理人的情感、精神、思想領域的一種形式，它和現實生活不可能不構成一種先天的關係。但是，現實既是可以觸摸的政治、經濟、文化和日常生活，既可以反對貪污腐敗和描寫伊拉克戰爭，也可以是難以觸摸的思想、精神和情感領域的生活。上述作品從兩個方面探討了人在心理和情感領域的隱痛，並在一定程度上捍衛了文學起碼的尊嚴、表現了探討當下生活豐富性和複雜性的努力。但我同時認為，對當下小說創作仍然可以懷有更高的期待，或者說，我們還沒有看到一篇可以令人興奮不已奔走相告的作品，還沒有看到那種刻骨銘心過目難忘的作品，這是否也構成了我們對小說期待的一種隱痛？這樣的作品是可遇不可求的，但我相信終會讀到這樣的作品。

戰爭文化的記憶與想像

一、和平時期的「英雄焦慮」

　　傳統的中國文化中，英雄文化是其中重要、甚至是具有支配性的一種文化。這與儒家文化的「兼善天下」、「修齊治平」有直接關係，當然也與古代社會頻仍的戰爭並在戰爭中捍衛國家利益的英雄想像有關。於是「英雄文化」在文學創作中通過抒情、敘事和不同的修辭手段被成倍地放大，然後又哺育了一代又一代的「文化英雄」。《詩經》中的《公劉》、劉邦的《大風歌》、諸葛亮的《出師表》、唐代的「邊塞詩」、岳飛的《滿江紅》、施耐庵的《三國演義》、一直到清末民初、到秋瑾、譚嗣同、李大釗、毛澤東，英雄文化雖然在不同的歷史時期負載著不同的歷史內容，但就這一文化本身而言，它在軍旅文學中是被繼承得最徹底的文化。

　　進入當代社會以後，英雄文化得到了進一步的光大。構成主流文化的兩個基本來源，一個是革命歷史，一個是當代英雄。當代文學的經典作品，「三紅一創」以及進入當代文學史的「紅色經典」，可以說基本是一部完整的現代中國英雄史。我們經常復述的「人民，只有人民才是創造歷史的真正動力」，在當代文學的歷史敘述中並沒有得到貫徹，我們看到的恰恰是一部英雄創造的歷史。在這部英雄歷史中，戰爭文學表現的是最充分的。從長征、抗戰、解放戰爭、抗美援朝一直到和平時期的軍營，在文學的敘事中英雄輩出，這些英雄成了我們時代的表徵，成了不同時代最可感知的里程碑。他們不僅讓我們景仰，而且讓我們產生追隨感，想起他們，就有光榮和神聖在心頭油然而生。這就是文學修辭的力量。但是，進入 90 年代以後，英雄文化遭遇了前所未有的挑戰，在一個沒有英雄或不需要英雄的時代，在革命者向職業軍人

轉換的時代，如何塑造英雄、特別是如何塑造和軍隊、和戰爭相關的英雄，如何釋放在沒有戰爭的情況下當代軍人被壓抑了的愛國主義激情，構成了軍旅作家正在承擔的「英雄文化」的現代焦慮。

通過對革命戰爭歷史題材的創作和反映當下軍人生活作品的比較，我們會發現，前者或是革命戰爭的親歷者，或是革命英雄文化的認同者。在他們講述的故事和塑造的人物中，他們沒有焦慮。這些故事和人物都是透明的、單純的、健康而生機勃勃的。他們是人民的子弟兵，爲人民的翻身解放而戰。那裏明確無誤的階級關係，是一個具有歷史合法性和「政治正確」的關係，也是實踐著毛澤東新文化猜想的文化成果。這個方向性問題的解決，無須作家再徬徨猶豫。因此，那是沒有焦慮的一代軍旅作家。但是，進入 90 年代之後，現代性在中國日益表現出了它的複雜性，現代化的進程並沒有沿著人們想像的方式進行。市場經濟和商業化爲社會帶來了巨大財富，但同時也無情地瓦解了當代歷史建構起的包括情操、道德、信仰等文化觀念。這個巨大的「解放」因素，使中國成爲一個無所不有的超級文化市場。這種情形，酷似法國後結構主義先驅吉爾·德勒茲所描述的「游牧文化」。在「千座高原」之上，人們喪失了方位和目標，但每個方位都成了目標。「游牧文化」在今日中國已經變成了現實。但我們正在經歷的這種混雜文化，與我們期待的「文化多元主義」無關。我們常常把當下的文化描述爲「轉型」時期的文化，無論這一描述是否準確，可以肯定的是，它已經深刻地影響了包括軍旅作家在內的文學創作，因此也更具今天軍旅文學的特徵。

在沒有戰爭和不需要「解放」的今天，軍人的革命者和解放者的身份也逐漸被職業軍人的身份所替代，職業軍人就是捍衛國家民族利益。但是，就軍旅文學而言，它的功能性並沒有改變，也就是說，軍旅文學仍然是這個時代主流意識形態的表意形式之一。因此，軍旅作家沒有在寫作形式上同社會上其他作家同步地進行文學實驗、爭做先鋒，這與軍旅文學沒有改變的功能是有關的。除了喬良的《末日之門》在形式和小說結構上有新探索之外，重現戰爭歷史、反映當下軍隊演習、迎接未來戰爭的準備，仍然是當下軍旅文學重要的表現內容之一。朱蘇進的《炮群》、柳建偉的《突出重圍》、朱秀海的《穿越死亡》、裘山山的《我在天堂等你》、姜安的《走出硝煙的女神》、項小米的《英雄無語》、馬曉麗的《楚河漢界》等，是這方面的代表作。在新一代青年軍人的身上，可以明確地感覺到他們和老一代軍人的差別：他們有文

化、懂現代戰爭，但他們也知道如何維護自己的個性；他們有國家民族關懷，但他們也有過去軍人或文學作品沒有表現出來的焦慮。這樣焦慮是來自職業軍人的焦慮：他們有功名心，要在激烈的競爭中免於淘汰，要建立功業才能作軍事領袖。也只有實現這一切，他們才能獲得作為軍人的身份認同。然而和平時期鮮有戰爭，這就進一步加劇了現代軍人的焦慮感。上述作品充分地表達了這一矛盾的時代性。在敘事策略上，它們都提供了許多新的經驗，這些青年軍官幾乎都被推向了極端，都經歷了精神的生死攸關，他們都曾絕望過。但作者都寫出了他們的絕處逢生，這種處理人物命運的能力，是過去的軍旅文學作品不曾提供的。但我們不能不警惕地指出，面對新時代英雄的焦慮，這些作品幾乎形成了一種未作宣告的新模式：人物都是將門虎子，都有婚姻和情感危機，都有被軍隊淘汰的可能，然後都在絕望中獲得新生。這新的寫作模式是「文化英雄」現代焦慮的另一種表現形式。

革命歷史和戰爭小說，是 20 世紀「紅色話語」重要的組成部分，也是需要我們清理識別的文化遺產的一部分。當紅色革命已經成為歷史的時候，我不同意徹底忘記或拋棄這個歷史，事實上也不可能。那裏的英雄主義文化精神，仍然是鼓舞我們的精神遺產。在當下的軍旅文學中，我們看到了這一精神遺產的繼承和新的發展，當然我們也看到新時代軍人特有的「焦慮」。但我仍不能不遺憾地指出，當代軍旅作家還沒有寫出像蘇聯戰爭文學那樣的作品。蘇聯的戰爭文學如果從二戰開始，曾有過《斯大林格勒保衛戰》、《一個人的遭遇》、《解放》和《這裡的黎明靜悄悄》等從不同角度描寫和理解戰爭的文學作品，幾代人對戰爭的描述是非常不同的，戰爭歷史在他們那裏成為一種開掘不盡的創作資源，而且多為傑作。這種情況甚至在好萊塢也存在，曾在中國上映不久的《拯救大兵瑞恩》，也是以二戰為題材的。因此我認為，軍旅文學除了對當下新的生活和矛盾充滿想像和寫作欲望外，對過去的戰爭題材，特別是正面描寫戰爭，還應懷有熱情和期待，歷史並沒有成為過去，也沒有終結，它仍然活在我們的記憶和理解中。因為只有戰爭文學，才是真正意義上的軍人文學，才能構成對軍旅作家想像力和表現力的真正挑戰。

進入 90 年代之後，新成長小說幾乎構成了小說生產的基本類型。女性文學和新生代小說，都在言說成長的過程，都在言說隱秘的心理和不為人知的過去。私秘的個人空間獲得了空前的拓展，一個「私語」的解放運動在文學領域全面展開。但《兵謠》作為成長小說的最大不同就在於，它在否定了「國

家寓言」式的成長小說類型的同時，也改寫了當下「私語」言說的成長小說類型。更難能可貴的是，《兵謠》是在主流話語的範疇之內展開人物的成長歷程的。古義寶是個地道的農民子弟，他是帶著農民文化的全部特徵進入兵營的。他質樸忠厚、勤勞肯幹，但同時也深懷著農民的世俗心計和出人頭地的強烈欲望。於是他在趙昌進的「設計」下，按照「先進人物」的藍圖，在「異化」的道路上越走越遠，他幾乎就要攀上人生「光輝的頂點」了。如果說古義寶沒有個人目的論，他所做的一切是無可非議的，做好人和好事總是一個文明進步的社會應該倡導的。但古義寶所做的一切都源於他個人根深蒂固的目的論，個人「欲望」既是他的出發點也是他的歸宿。他最後失敗於和女性的關係，從另一個方面互證了「欲望」對古義寶的支配和驅使。「進步」是他的精神欲望，和尚晶的關係是他的「物質」欲望。

人是有欲望的，但人必須在一定的範疇內限制個人的欲望。古義寶的失敗就在於他沒有限度地滿足個人的欲望。在個人欲望可以不加掩飾地張揚和釋放的今天，《兵謠》對古義寶欲望的否定，就超出了「軍旅文學」的意義，事實上，它也是對今天世俗社會無休止的欲望要求的批判和否定。

古義寶精神欲望的破產首先來自於他「物質」欲望的破產。或者說，在現行的精神制度領域古義寶的「進步」之舉，還是有合法性的，趙昌進對古義寶的連續報導不僅證實了他的合法性，而且是以體制或制度的方式施加了對古義寶的正面鼓勵。因爲「進步」是在道德的意義上被肯定的。但「物資」欲望、特別是對女性的欲望，是「不合法」的，「不合法」是因爲它是不道德的。所以，趙昌進對古義寶的肯定，還僅僅限於道德的意義，他和一個人的成長並沒有構成本質關係。但這個轉折對古義寶來說卻意義重大──他從人生的顛峰跌落到了谷底，一場巨大的精神危機如期而至。「成長」正是從這個時候開始的。

古義寶的光環幻滅之後，他回到了現實的土地。農場既是一個具體的生存場景，也是一個具有象徵意義的場景。巨大的跌落和反差才有可能使主人公從虛妄中猛然醒悟。他不僅改變了對趙昌進的關係和態度，而且有能力識別了一開始就存在的軍營的兩種聲音：一種是趙昌進的聲音，一種是文興的聲音。趙昌進的聲音是虛假的，文興的聲音是眞實的。古義寶獲得了識別這兩種聲音的能力，是他成長的一個標示性事件。文興到農場和古義寶的那段談話的話語方式，已經證實古義寶從雲端回到的現實的大地。古義寶在農場堅實和出色的工作，使他又重新地成爲一個英雄，成爲一個眞實的、敢於面

對現實的、有尊嚴感的英雄。這是《兵謠》最動人的魅力所在。在最困難的地方重新崛起，作者將人物致於死地而後生，在極端和絕對的境地中讓人物「死裏逃生」，顯示了作者傑出的想像力和對小說非凡的把握能力。當然，這部小說也只能產生於今天，在社會轉型和價值觀念轉變的時代，才有可能產生《兵謠》式的成長小說。一個人真正的成長過程才有可能被表達出來。

與黃國榮創作不同的，是石鍾山的和平時期的部隊小說。戰爭文學、或中國現代革命歷史，是當代中國的文學最重要的創作資源之一，當代文學的經典作品，有相當一部分是和革命戰爭有關的。但我們也必須承認，對戰爭文學或我們稱爲「軍旅文學」的創作，需要探索的道路仍然還很漫長。說得極端一點的話，這一領域的創作對作家構成的挑戰仍然是相當尖銳的。特別是在和平時期，如何書寫軍隊生活，離開戰爭後的軍人該怎樣表現，應該是所有軍隊作家共同面對的問題。石鍾山的出現並不是說他找到了解決這一問題最有效或最好的途徑，但他的探索於軍旅文學來說，具有文學史的意義是沒有問題的。他的《男人沒有故鄉》、《向北，向北》、《遍地鬼子》、《紅土黑血》、《玫瑰綻放的年代》、《激情燃燒的歲月》、《軍歌嘹亮》、《母親》、《幸福像花樣燦爛》等作品的出版或播映，不僅使石鍾山炙手可熱名重一時，而且，和平時期的軍旅文學也在他這裡發生了某些重要的變化和轉向。

在《激情燃燒的歲月》衝擊波尚未過去的時候，石鍾山趁火打劫，又創作了以紅色歷史爲題材的長篇小說《軍歌嘹亮》。這顯然是一部演繹和想像紅色歷史的小說，是一部虛構的「過去」的人物命運史。在沒有英雄的年代，紅色歷史建構的英雄譜，爲英雄的再度出場提供了取之不盡的合法性資源。不同的是，在以往的歷史敘事中，英雄的身份總是與國家民族相縫合的、「威武不能屈，富貴不能淫」的民族形象的象徵。因此，過去的「紅色英雄」的「高大全」本質總是與普通人無法建立起情感聯繫，他們爲民眾設定的仰視的光環，先天地具有「神性」的性質。但是，從《激情燃燒的歲月》開始，宏大的國家民族敘事僅僅是作爲背景鋪陳的，英雄的日常生活和精神歷程成爲主要表述的對象。石光榮和楮琴的家庭生活成爲主要的表達場景。《軍歌嘹亮》沿襲了《激情燃燒的歲月》的敘述策略，主人公高大山同樣是軍隊的高級將領，他同樣經歷了戰爭年代血與火的洗禮。但戰爭也只是作爲人物性格和命運的背景而設定的。小說主要是沿著高大山的情感經歷和家庭生活的線索展開的。他與林晚和秋英的情感糾葛，以及與另一個未出場的女人的潛隱

經歷，為英雄高大山編織了一個豐富又複雜的情感之網。但事情遠遠沒有結束，現實生活中，高大山「危機四伏」，先是意外地出現了「身份不明」的兒子高大奎，妻子秋英和子女拒絕接受；接著是女兒婚姻不幸，兒子成為不良少年。戰爭年代的英雄在和平環境中承受著和普通人一樣的痛苦和煩惱。這種敘事方式，使普通讀者以觀看「奇觀」的心理滿足了對英雄的窺視，同時在「解秘」的過程中，也使普通人瞭解了英雄的日常生活和他們並無二致。故事的平易性和對英雄的生活化處理，是小說成功的最大隱秘。

當然，高大山與愚頑樸實的妻子秋英的婚姻，與戰友陳剛之間微妙的關係，女兒悲劇性的婚姻和兒子的犧牲，以及高大山重歸民間的結局等，都強化了小說的故事性和戲劇性。在重新想像紅色歷史的過程中，作家石鍾山不僅完成了一次有聲有色的關於英雄人物的再敘事，同時也把紅色歷史的消費性寫作推向了新的極致。在高大山重歸故里的路上，我們彷彿再次看到了夕陽落在巴頓的肩頭：一個時代結束了。但英雄的過去卻沒有終結，它仍然以不同的方式對我們施加著影響。重新敘述的紅色歷史依然可以在我們內心激起久違的震動和激情。在一個文化多元主義的時代，在與斷裂的歷史難以建立起聯繫的時代，在懷舊情緒彌漫四方又須不斷前行的時代，紅色歷史的重新書寫不僅為本土文化資源的開掘提供了可能，同時作為一種文化撫慰，它必然會受到普通文化消費者的熱切期待和歡迎。當然，作為一種新的文化現象，對其深入的研究和解讀可能還尚未開始。

《天下兄弟》是石鍾山出版的另一部長篇小說。這部作品不是通過戰爭／和平的對比尋找差異性，也不是在退伍／退休離開部隊或崗位的落差中突顯人物性格。這樣展開故事的方式石鍾山已經嘗試過。因此，《天下兄弟》如何突破過去的軍旅文學並且超越自己的創作，對石鍾山來說是首先面對的困難。在我看來，《天下兄弟》最大的特徵就是它的戲劇性因素：無力撫養一對雙胞胎兄弟的母親，將其中一個孩子送給了不能生育的團長田遼瀋夫婦，取名田村的孩子高中畢業後被父母送進部隊；為了改變家庭和個人命運，留下來的孩子劉棟，也以姐姐犧牲婚姻幸福為代價走進了軍營。兄弟兩個被分配到同一個部隊。這樣戲劇性的情節設置，自然會有既出人意料又在意料之中的故事發生。他們既是競爭對手，同時又在關鍵時刻相互幫助甚至拯救對方的生命。最後謎底托出，倆兄弟身世被告知，田村與蘇小小終結良緣，又生出一對雙胞胎。小說以大團圓結束故事。

在以往的軍旅文學中，國族敘事是不能改寫的主旋，個人命運或人性的因素一直受到壓抑。這是這一題材的小說難以突破的主要原因。石鍾山在《天下兄弟》中雖然設置了戲劇化的情節主線，但在這個框架中他力求表現的還是普通人性的問題。生母王桂香的忍辱負重牽腸掛肚，幾乎寫盡了天下母親的骨肉親情；養母楊佩佩意外得子的歡欣和怕失去的心神不寧；大哥劉樹的一再犧牲直至捐給弟弟眼角膜；姐姐劉草爲弟弟參軍而寧願嫁給自己不喜歡的人；農村姑娘蘇小小對愛情的美麗想像和堅韌的等待等，都寫得極爲令人感動。這些動人的因素就是因爲那是普通的人性，是任何人面對或遭遇了這些問題時都會產生的情感和行爲。因此，小說就超越了「軍民魚水情」模型，而昇華爲對人性探討的深度。另一方面，小說對農村特殊年代苦難的書寫，對普通農民苦難忍受力的書寫，都因其眞實性而給人以極大的震撼。

需要指出的是，《天下兄弟》因其戲劇性而具有可讀性，它奇異的故事以及圍繞故事的節外生枝，都誘惑或吸引著讀者。但誇張的戲劇性和密集的故事更像是一部長篇電視連續劇，這樣又壓抑或制約了小說文學性的生成。直白的語言和過多的交代敘述，使這部小說幾乎一覽無餘，小說的「意味」所剩無幾。這是對大眾文學因素接受或吸收過多所導致的。此前他的小說也程度不同地存在這樣的問題。這個問題對石鍾山來說，可能是今後需要超越的最大的問題。「石鍾山現象」是一個值得研究的現象，同樣「石鍾山模式」也是一個值得警惕的模式。

二、戰爭本質的國族敘事與個人體驗

在現代中國，抗戰文藝事實上比抗日戰爭的全面展開要早許多年，1932年日軍在上海製造了「128 事變」，第十九路軍奮起反抗，拉開了中華民族現代抗日戰爭的序幕。第二年，上海眾多電影製片公司陸續推出了《十九路軍抗日戰史》、《上海抗戰》、《上海浩劫記》、《十九路軍血戰史》等多部表現這次抗戰的紀錄片以及故事片《上海之戰》、《共赴國難》等，成爲中國抗戰文藝的先聲。也是世界上最早的反映二戰題材的作品。「九一八事變」之後，東北作家群的抗日作品空前繁榮，最有代表性的是蕭紅的《生死場》和蕭軍的《八月的鄉村》。「七七事變」之後，抗日戰爭全面展開，抗戰題材的文學藝術也隨之日益高漲。東北作家群的小說、國統區和解放區的抗戰戲劇、電影等，成爲三、四十年代之交最重要的文藝現象。抗戰文藝對於民族的整體動

員起到了巨大的作用，它使民眾通過藝術的方式瞭解了民族的危亡和危險，並激起了他們保家衛國的決心和勇氣。殘酷的戰爭場景、血腥的暴力場景和母親送兒上戰場等英雄主義場景，是抗戰文藝最常見和歷久不衰的經典場景。國族動員的訴求就是同仇敵愾，於是，每當戰鬥即將展開時，「請戰書像雪片般地飛向連隊」，也是我們經常看到的文字敘述，中國人民在反侵略戰爭中的高尚、純粹和勇於犧牲，在這類文藝作品中表達的最爲充分；這樣的場景一方面表達了參與戰爭的人對非正義戰爭、侵略戰爭的正義感和無畏精神。但另一方面，它也不經意地表達了對戰爭這一事物本身的態度。戰爭結束之後，當代文學史上確實也創作了一些表達「抗戰記憶」的作品，比如像《烈火金剛》、《鐵道游擊隊》、《敵後武工隊》、《平原槍聲》以及其他電影等。但這些作品更注重表達的是對戰爭勝利過程的描述，以及對戰爭勝利的慶祝。而對戰爭本質更深入的揭示還沒有完成。

　　因國族動員需要而形成的表達策略，使這些作品對戰爭的價值判斷淹沒或遮蔽了對戰爭這一事物本身的思考。或者說，對反侵略戰爭、反對非正義戰爭因國家民族的敘事而忽略了戰爭對具體人構成的精神影響或心靈創傷。在這一點上，我們和西方以二戰或其他戰爭題材的作品所表達的思想和關懷對象是非常不同的。2005 年，紀念反法西斯戰爭勝利 60 週年的活動在世界各地展開，在北京，國家話劇院著名導演查明哲博士推出了他根據蘇聯作家瓦西里耶夫的同名小說改編的《這裡的黎明靜悄悄》、薩特的《死無葬身之地》、和加拿大劇作家考琳‧魏格納的《紀念碑》──「戰爭三部曲」話劇系列。這是在藝術觀念、戲劇結構、舞臺形式和「戰爭記憶」等方面都大不相同的話劇作品，他們的差異性幾乎令人難以置信。更有趣的是，查明哲博士沒有選擇一部中國這類題材的作品，這三部作品均來自異域。這個選擇本身也從一個方面反映了一個導演對中國抗戰題材話劇的評價和信心。

　　我們注意到，在紀念世界反法西斯戰爭勝利 60 週年的活動中，俄羅斯紅場的閱兵尤其引人注目。那裏出現了當今世界的大國領袖，也有當年戰爭中的老兵和英雄。全世界都矚目那裏，不是因爲俄羅斯獨特的風情和文化，也不是因爲俄羅斯作爲大國在當今世界舉足輕重的國際地位，全世界矚目那裏，將目光聚焦那裏，是爲了參加一場偉大的儀式，是爲了向在二戰中做出了偉大貢獻的俄羅斯民族致敬。這個偉大的民族不僅創造了二戰的奇跡，以最大的犧牲保衛了自己的國家，幫助解放了波蘭、羅馬尼亞、保加利亞、匈牙利和捷克斯洛伐

克等東歐許多國家，並且最終攻克柏林。而他們付出的卻是兩千七百萬人口和
1941 年計算的六千七百九十億盧布的代價。瓦西里耶夫的《這裡的黎明靜悄
悄》，就是在這樣的歷史背景下創作出的一部偉大的作品。這部作品連同改編的
電影，就像 19 世紀以來的俄羅斯文學一樣，在我國產生了持久不衰的影響。特
別是 80 年代，有幾部獲獎的中篇小說，都有這部作品鮮明的印痕。《這裡的黎
明靜悄悄》被中國的讀者所接受，一方面是我們與俄羅斯／蘇聯文學源遠流長
的歷史關係，一方面是這部小說所展示出的俄羅斯文學的英雄主義、理想主義
和它揮之不去彌漫全篇的俄羅斯式的詩情和風情。

　　查明哲將這部作品搬上話劇舞臺，成功的最緊要處，不止是他對作品精
緻洗練的詮釋，不止是他對原作的誠實改編。在我看來，更重要的是他對俄
羅斯文化獨特的理解，以及他對戰爭文化全新的解讀和識見。戰爭的殘酷和
反人性人所共知，但戰爭對女性訴諸於肉體的消滅，就以極端的方式呈現了
戰爭絕對的罪惡。當然，這一點與原作提供的基礎有關，但在具體的、以形
象的、舞臺藝術的方式闡釋的時候，則顯示了查明哲對俄羅斯文化獨特的理
解和想像。作為一個中國的藝術家，他是帶著「他者」的眼光去詮釋或者添
加了個人主體性的思考完成這個舞臺劇的。當然，關於那場戰爭，人們的理
解隨著時間的延展、國際環境的變化以及對戰爭本身的多方面反省已經有了
很大的變化。瓦西里耶夫自己也曾談到了這種變化以及對他的影響。他說：「在
戰爭之後，在蘇聯立刻出現了戰爭文學表現勝利的浪潮。這是對我們的巨大
犧牲的反映，大家都知道，為此，我們灑出了多少鮮血。後來，略微清醒和
冷靜了。為回答這種勝利浪潮我寫了《這裡的黎明靜悄悄》，我想說，不，孩
子們，請原諒我，一切並非如此，戰爭是殘酷的事物，不是盛大的歡宴……
關於偉大的衛國戰爭還會繼續寫。現在的一代人寫不出，但是，我認為在下
一代將會寫出來。要知道每個人有自己的戰爭，每個人在自己的戰壕中、自
己的坦克上，自己的大炮旁親臨戰爭……關於 1812 年戰爭的鴻篇巨製是在戰
爭 50 年以後寫出來的。我們現在關於戰爭的小說，情況也將如此。」對戰爭
以政治學、社會學或意識形態的角度去認知的時候，可以得出正義、非正義；
侵略、反侵略的戰爭觀念。但對戰爭本身的反省或檢討，卻可以超越意識形
態的框架，用藝術的方式去感受、認識戰爭就是其中的一種。我們知道，藝
術是處理人類精神和心靈事務的領域，無論是什麼性質的戰爭，都會對人的
心靈造成難以愈合的創痛，勝利的戰爭也不能抹去戰爭給人的心靈帶來的陰

影。《這裡的黎明靜悄悄》就是這樣的作品。事實上，「保衛基洛夫鐵路」僅僅構成了戲劇的基本背景，編導者並沒有對一個真實或虛構的戰爭事件投入更多的熱情，他對外在的事件並不懷有興趣。我們看到、聽到的是舞臺上，象徵俄羅斯風情的白樺林亭亭玉立，俄羅斯歌曲不時響起，快樂的女兵風情萬種，痴情的女房東一往情深。詩性、浪漫的俄羅斯文明，即便在戰時也被凸顯得淋漓盡致韻味無窮。這種渲染與罪惡的沼澤、子彈和匕首無情地結束了五個如花似玉年輕姑娘的生命，形成了強烈的反差。沒有什麼比剝奪這樣的生命和生活更震撼人心。對人的命運的深切關懷、對人性的關懷、對人類基本價值的守護和承諾，才是這齣話劇要表達的基本主題。戰爭結束了，但一切並沒有成為過去，幸存的瓦斯科夫並沒走出戰爭的陰影，他的心靈已傷痕累累不堪重負。因此，這是一個反對所有戰爭的戲劇，這個想法一經浮出，我個人也不免震驚，但事實的確如此。

《死無葬身之地》，是法國著名哲學家、劇作家薩特的作品。它被查明哲第一次搬上中國的戲劇舞臺，演出之後好評如潮。這是一部極端複雜的戲劇，反覆交替的兩個場景都被規定為極端化的場景。一面是法西斯的審訊室，一面是關押游擊隊員的牢房。但事實上，與游擊隊員構成尖銳戲劇衝突的不僅僅是法西斯的嚴刑拷打，更尖銳的矛盾和衝突來自於每個游擊隊員的內心。除了堅強和富有經驗的希臘人卡洛里之外，索比埃、呂茜、弗郎索瓦和昂利，都惶恐不已惴惴不安。每個人都希望能夠有點什麼秘密出賣以逃脫刑訊。既然游擊隊的行動都受到了懷疑，那麼在敵人面前表現堅貞是否還有意義？但為了人的尊嚴，也為更多的游擊隊員免於被俘，卡洛里、索比埃和昂利都在審訊中堅持下來。但這時已經逃脫的隊長若望卻意外地被捕了，而且與隊員們關在同一牢房。於是，矛盾急轉直下：大家擁有了共同的秘密；相同的處境因隊長的到來起了變化：隊員要為守住這個秘密去遭受苦難，隊長則要承受不能參與其間的心靈的煎熬。於是索比埃怕自己泄密選擇了自殺，隊長的同志和戀人被敵人凌辱，而呂茜的弟弟弗郎索瓦因揚言告密而死於同伴的扼殺。人性的多種可能性在極端化的情境中表現了它的不確定性。人是堅強的也是脆弱的；人是理性的也是非理性的；人是有尊嚴的也是自私的；人是可以溝通的而他人也是你的地獄……但爭吵、宣泄或漫長的沉默之後，人的尊嚴要求和內心對高貴的意屬，最終戰勝了懦弱、私欲、卑下和法西斯的慘絕人寰，他們以死亡肯定了人的尊嚴和高貴。薩特的存在主義哲學已廣為人知，但薩特的存在主義是一種人道主

義。在他看來，人除了他自己別無立法者，在本身在被棄的情況下，必須自我決定。人需要重新發現自己，是去瞭解沒有什麼東西能夠從他的自身中拯救他。因此存在主義哲學從來也不是悲觀的、絕望的哲學。恰恰相反，當存在主義強調人的主體性、有自我超越可能的時候，存在主義正是一種樂觀主義。《死無葬身之地》從一個方面體現了薩特的哲學。

如果說《死無葬身之地》是在靈與肉極端化的情景中，對人性複雜性和多種可能性真實地呈現的話，那麼，《紀念碑》則是在生與死的臨界線上對人的靈魂的嚴酷拷問。劇中的戰爭背景很模糊，但一個少年罪犯竟在戰爭中姦殺了 23 名女性，罪惡罄竹難書。他被判處了極刑，死到臨頭的罪犯斯特克並沒有懺悔之意。他的邏輯是，這是戰爭的罪惡，他所做的一切是戰爭的一部分，人人都這樣他為什麼不能這樣。意外發生的故事是，有人願意擔保斯特克免於一死，條件是必須無條件地服從擔保人。斯特克答應了這個條件得以出獄，他沒有想到的是，這個擔保人梅佳的女兒也是被他姦殺的。於是在梅佳和斯特克之間展開了一場關於人性的拷問和被拷問的決鬥。梅佳在這裡本應該是一個復仇者，但她又是一個救渡者。對斯特克既仇恨又悲憫，她希望這個罪犯能說出埋葬自己女兒的地方，然後再復仇。但當找到女兒之後，她卻放棄了復仇。在追問、尋找女兒的過程中，梅佳也完成了對斯特克靈魂的刑訊。這個罪犯終於能夠說出一句「對不起」！但梅佳能夠原諒他嗎？即便罪犯能夠認識自己的罪惡，從此生活在生不如死的罪惡感中，心靈永遠是暗夜，他就應該寬恕嗎？梅佳放棄了復仇但也放棄了原諒，這種複雜性是所有善良和熱愛和平的人都能夠理解和接受的。

關於戰爭題材以及對戰爭這種集中表達政治、經濟、文化、軍事以及人性的現象，對其理解還遠遠沒有終結。不同的時期，不同的國際國內環境的變化，都會影響和左右我們對這一現象的重新解讀。但可以肯定的是，無論宗教信仰、民族或種族有怎樣的差異，反對戰爭，維護和平不僅是人類的共同目標，同時它也是這一題材藝術活動的最終目的。

這是三部形式上差異性鮮明的劇作，同時，這三部戲又同是戰爭題材，在內容上又顯示了他對不同國度同一題材戲劇理解的深刻性。在讓我們瞭解異域高端話劇藝術發展的同時，也讓我們領略了一個中國導演的奪目風采。這三部戲的意義還在於，在話劇藝術日趨邊緣化，高雅藝術正在遭遇亞文化或商業文化擠壓、覆蓋、遮蔽的時代，為我們重新建立了對話劇藝術的信心。

當然，中國不是俄羅斯，將劇院當作教堂的時代還遠沒有到來，也許永遠不會到來。但可以肯定的是，查明哲們的努力將會使這一藝術提高到一個新的水平。他對戲劇的現代性理解，對打破地域乃至國界的嘗試，都顯示了他在全球化語境中的遠見卓識。另一方面，我們也隱約感到了查明哲對中國戰爭題材話劇的失望甚至絕望。在紀念反法西斯戰爭勝利 60 週年的時候，他沒有選擇中國戰爭題材的話劇。這對本土話劇劇本創作來說，確實是一件遺憾和令人憂慮的事情。在我看來，本土這一題材的創作在藝術性和思想的深刻性上，與這三部劇來說，存在的差距是不言自明的。在我的印象中，我們關於這一題材的創作，多少年來，從來也沒有超越國家主義的框家和「暴力美學」的模式。在這個框家中，對戰爭的表現、反省和檢討還限於「正義」與「非正義」、「侵略」與「反侵略」的二元對立中。於是，無論是戰爭還是鬥爭，只要被命名為「正義」、「革命」，那麼，無論訴諸於怎樣的暴力乃至肉體消滅，都是合法並且合理的。於是，在國家主義和暴力美學的支配下，與戰爭、鬥爭相關的文學藝術，都殺人如麻血流成河，「血雨腥風」是我們在這一題材上可以概括出的統一風格。「英雄」和「敵人」，「神」和「鬼」是我們戰爭題材的基本形象。我們能夠敘述的關於抗戰的記憶，除了真實的歷史事件比如：《八女投江》、《英烈千秋》、《八百壯士》、《南京1937》、《血戰臺兒莊》；就是保家衛國同仇敵愾，比如《最後關頭》、《正氣歌》、《孤島天堂》、《東亞之光》、《狼山喋血記》、《松花江上》、《平原游擊隊》、《苦菜花》、《地道戰》、《地雷戰》、《小兵張嘎》、《雞毛信》等。瞭解或廣為傳誦的也是「十大英雄」、「九大鬼子」、「八大漢奸」、「七大游擊戰」。〔註1〕而普通人的遭遇，普通人精神和心靈的感受、痛苦和傷害並沒有、也不可能在這樣的敘事中得到更豐富、複雜

〔註1〕 「十大英雄」是指：《平原游擊隊》的李向陽、《鐵道游擊隊》的劉洪、《地道戰》的高傳寶、《地雷戰》的趙虎、《小兵張嘎》的張嘎、《趙一曼》的趙一曼、《白求恩大夫》的白求恩、《吉鴻昌》的吉鴻昌、《白山黑水》的楊靖宇、《回民支隊》的馬本齋等；「九大鬼子」是：《平原游擊隊》的松井；《小兵張嘎》的龜田；《地道戰》的山田；《地雷戰》中的中野；《鬼子來了》中的花屋《自有後來人》的鳩山；《鐵道游擊隊》中的岡村；《鐵道游擊隊》中的小林；《烈火金剛》中的豬頭小隊長等。「八大漢奸」是：《地道戰》的湯司令、《苦菜花》的王東芝、《沙家濱》胡傳魁、《小兵張嘎》的胖翻譯官；《新兒女英雄傳》的張金龍、《紅燈記》的王連舉、《烈火金剛》的何志武、《鬼子來了》的翻譯官。「七大游擊戰」是：《地道戰》、《地雷戰》、《烈火金鋼》、《小兵張嘎》、《鐵道游擊隊》、《平原游擊隊》、《敵後武工隊》等。

的展現和表達。特別是戰後，對戰爭的深刻反映還沒有達到一個新的水平。因此，我認為有兩個問題是特別值得我們進一步思考的：

一個問題是，抗日戰爭這一題材沒有成為一個重要的創作資源被不斷地開掘。這一點我們和蘇聯的二戰題材的文藝是非常不同的。在蘇聯，不僅有即時性的關於二戰的文學藝術，同時，戰爭結束之後，對那場戰爭的反省、檢討和更深入的思考並沒有終結。他們不僅有《莫斯科保衛戰》、《解放》等全景式的反映二戰的文藝，同時有《一個人的遭遇》、《這裡的黎明靜悄悄》等通過戰爭對個人命運改變或毀滅的書寫。劫後餘生，他們是在更深刻的層面上表達對戰爭極端化的體驗。因此，二戰雖然已經成為過去，但對戰爭的審視和體驗的表達並沒有成為過去。80年代以後，我們也曾出現了《晚鐘》、《鬼子來了》、《紫日》等反映抗日戰爭的影片，但因其爭議性而影響不大，國內的討論也沒有充分展開。

第二問題是，我們反映和表現內戰的作品比抗戰的作品更多更成熟也更有影響。當代文學史上最重要的經典是「三紅一創、保山青林」。這八部作品有五部是和內戰有關的。階級矛盾或者誰來統治中國的問題，作為創作資源或表現對象來說，比抗日戰爭更受到重視，因此也更發達。我們現在還沒有一部能夠稱得上經典的反映抗日戰爭的小說。像《烈火金剛》、《鐵道游擊隊》、《平原槍聲》等，在當代文學史上也不是重要作品。因此，關於戰爭，關於戰爭中的人性及複雜性、多樣性的揭示還遠沒有窮盡。這不僅需要作家的想像力，需要對戰爭這一現象的誠實理解，同時也需要突破經久不變的創作模式和思維模式。對人的關懷、對人性的關懷，對人的複雜性和豐富性的理解、寬容、悲憫等本身，就是反對戰爭、倡導和平的基本立場和感情之一。不是說只有在政治和社會學的框架內才能解釋戰爭的本質。藝術應該用藝術的方式來闡釋其他學科或範疇對戰爭不曾言說或難以言說東西，這就是關於對戰爭的極端化體驗。這種「極端化」不止存在於國家民族的大敘事上。事實是，只有細部才能進入歷史，也只有細部才能進入戰爭的本質。而人在戰爭中的生存狀態、心理狀態和精神狀態的極端化體驗，恰恰是我們理解、進入戰爭本質最有效的切入點。上述三部作品能夠被中國導演所認同，並冒著極大的風險敢於將其搬上中國的話劇舞臺，從一個方面表達了他對這些作品的心懷感激和藝術認同。

在這個意義上，國外的這三部反映戰爭的作品，也為我們這一題材的創

作提供了有價值的經驗和啟示。值得我們思考的是，在評價這三部作品時，很多人還認為這是「現實主義」的勝利。事實上，在這三部話劇中，多種不同的藝術手法的調動，已經遠遠超出現實主義所能概括的範疇。這裡的浪漫主義、荒誕主義、存在主義、超現實主義等藝術觀念和手法都融合或整合在一起，它不是哪一種「主義」的產物。因此，無論是藝術觀念還是對戰爭本身的理解，域外戰爭題材的經驗都是值得和需要我們學習的。